新潮文庫

月桃夜

遠田潤子著

新潮社版

10431

目次

月桃夜

海のはなし 1

いつの間にか月が出ていた。

下弦の月が東の海に浮かんでいる。もう真夜中を過ぎているから、ずいぶん遅い月の出だ。半分抉《えぐ》られたような月を見上げ、茉莉香《まりか》はカヤックの狭いコクピットでため息をついた。奄美《あまみ》の浜を出たのは昼過ぎのことだったが、パドルを失って流されるうちに陽が落ちた。もう長い間座ったきりなので、背中も腰も強張《こわば》りずきずきと痛む。脚はむくんで痺《しび》れたように重かった。

一体、どのあたりまで流されてしまったのだろう。奄美大島はどちらの方角だろう。茉莉香はぐるりと海を見渡した。だが、何度眼を凝らしても同じだ。見えるのは半分の月と無数の星だけで、空と海の境もよくわからない。

「どう？　そろそろ判決は出た？」

わざと軽く呟《つぶや》こうとしたが、干涸《ひか》らびた喉《のど》からはしゃがれた声しか出ない。ふいに涙が浮かんだので、慌《あわ》てて荷物入れからスプレーボトルを取り出した。今朝、島で買った月桃水《げっとうすい》だ。たっぷりと顔や肩に浴びせると、青く涼しい香りが滲《にじ》んだ涙をごまかしてくれた。落ち着かなければ、と言い聞かせる。覚悟をしなければならない。

そのとき、すこし大きな横波が来てカヤックが揺れ、ボトルが手から落ちて足許《あしもと》に転がった。泡立った波が船体に打ち付け、強い汐《しお》の香が口に飛び込んでくる。慌てて船縁《ふなべり》に摑《つか》まり、フットブレイスに脚を踏ん張った。細長い船はしばらく左右に揺れていたが、やがてまた静かになった。茉莉香は大きく息を吐き、空を仰いだ。ライフジャケットの胸が凄《すさ》まじい勢いで上下している。すこしでも鼓動を静めようと、胸に手を当てたときだった。

いちゅび山登て、いちゅびもてくれちよ。
あだん山登て、あだんもてくれちよ。

どこからか子どもの歌声が流れてきた。驚いて茉莉香はあたりを見渡した。だが、島影も船影もなく、空を見上げても飛行機も見えない。墨と群青《ぐんじょう》を混ぜたような空と海がゆらゆら揺れているだけだ。

いちゅび山登て、いちゅびもてくれちよ。

あだん山登て、あだんもてくれちよ。

子どもは繰り返し歌っている。すこし掠《かす》れた裏声が直接肌に浸《し》みてきた。冷えた小さな手で撫《な》で回されているような気がしてぞくりと肌が粟立《あわだ》った。よく聴けば、子どもの声はひとつではない。ふたつの声が咽《むせ》び哭《な》くように重なり合っているのだ。冷たい歌は長い間茉莉香の周りを漂っていたが、次第に細くなりゆっくりと波の間に消えていった。

今の歌声は幻聴だったのだろうか。これほどはっきりした幻聴を聴くということは、もう長くはないのかもしれない。

ひとり乗りのカヤックは昼間見たときには綺麗《きれい》なオレンジ色だったが、夜の海では熟れすぎて腐った柿《かき》の色に見える。乗るならオープンデッキにすればよかった、と後悔した。それなら横たわって死ねる。だが、クローズドデッキのカヤックでは座ったまま死ぬしかない。

「奄美の海で屈葬か」

茉莉香は肩を揺らしてひとしきり笑った。笑い終わると、ふいに恐怖が襲ってきた。茉莉香は全身を震わせ身をよじった。大きな音を立てて歯が鳴った。舌を噛《か》みそうになる。怖い。苦しんで死んでいくのが怖い。怖い、怖くてたまらない、と心の中で繰り返しながら顔を覆《おお》った。

そのとき風を感じた。ついで奇妙な物音が聞こえた。なにかがはためくような、風で草が揺れるような音だ。そして、ほんのわずかだがカヤックが前方に沈んだ。

なんだろう、と顔を上げてぎょっとした。艇首《バウ》に鳥が留まっている。しかも凄まじく大きい。カヤックに座った自分と目線が同じ高さだ。翼を広げれば二メートルは越すだろう。月の光を浴びて、鉤型《かぎがた》に曲がった嘴《くちばし》と鋭い爪《つめ》が浮き上がる。巨大な猛禽類《もうきんるい》のようだった。鳥は静かに頭を上げると、こちらを真《ま》っ直《す》ぐに見た。左の眼は潰《つぶ》れていて、額には黒っぽい染《し》みのような模様がある。もしかすると禿鷹《はげたか》だろうか。私が死んだら食おうと、今から待ち構えているのだろうか。

「私、屈葬じゃなくて鳥葬《ちょうそう》だったんだ」

たしか鳥葬はチベットあたりの風習だったはずだ。本来なら乾いた山の頂で行われることが、南の湿った海の上とは、いい加減にも程がある。

「ごめんね。私はまだ死んじゃいないの。悪いけど出直してきてくれる？」

なかばやけくそで鳥に笑いかけた。

「気遣いはありがたいが、俺に屍肉《しにく》を喰らう趣味はない」鳥が大真面目《おおまじめ》な口調で答えた。

茉莉香は一瞬なにが起こったのかわからなかった。呆然《ぼうぜん》と艇首の鳥を見つめ、ようやくのことで間の抜けた返事をした。

「いえ、こちらこそどういたしまして」

「いや」

大鳥は軽く頸《くび》を巡らした。礼儀正しいのか傲慢《ごうまん》なのか、よくわからない仕草だった。どうやら、自分はもう死んでいるらしい。鳥と言葉を交わせるということは、あの世に来てしまっているからなのだろう。

「私、いつの間に死んだのかな」

「いや。死んではおらぬ。生きてもおらぬが」

鳥の声は熱いのに錆《さ》びていた。部活帰りの高校生の男の子のようにも聞こえるし、修学旅行先で会った語り部の老人のようにも聞こえる。心地好《よ》いのか悪いのか、判然としない。鳥が抱えた不釣り合いは、ライフジャケットから突き出た首筋をむずむずさせた。

「どういうこと？　よくわからないけど」

「おまえはマブリが抜けかかっている状態だ。だから、俺とも話ができる」

「マブリ？」

「魂のことだ。永久に身体《からだ》からマブリが抜けてしまえば死ぬ。おまえのマブリは今ならまだ戻れる。生き死にの境というところだな」

「あなたは私のマブリを助けに来てくれたの？」

「いや。俺はノロでもユタでもない、ただの鷲《わし》だ。そんなことはできぬ」

「じゃあ、ただの鷲がなにをしに来たの？」

「サネン花の匂《にお》いがした」鷲はわずかに顔を歪《ゆが》め、苦しそうな顔をした。

「サネン花？　ああ、月桃のことだっけ？」すこし考えて、足許から月桃水のボトルを拾った。「月桃の葉を蒸留したのを薄めてあるから、こうやってね」

乾いた顔に月桃水を吹き付ける。わずかに草の香りの残る涼やかな霧を浴び、肌の火照《ほて》りがすうっと引いた。

「でもすごい。空の上からこんな匂いがわかるなんて」

眼を開けた茉莉香は思わず言葉の続きを呑《の》み込んだ。鷲は残った眼を固く閉じ、天を仰いでいる。鋭い鉤爪がカヤックの船体に食い込み、がりがりと音を立てた。月桃の匂いを楽しんでいると言うより、むしろ苦しめられていると言ったふうだった。

「あ、ごめんなさい、この匂い、苦手だった?」

「まさか」鋭く言い放つと、鷲は薄目を開け軋《きし》るように呟いた。「サネンの匂いなのだ。俺はどこにいようとわかる」

「そう。ならいいけど」

たかが花の匂いに苦悶《くもん》する鷲の態度は奇妙だったが、今の自分にはたいした問題でなかった。誰かと話ができるということが嬉《うれ》しくてたまらない。たとえそれが人間でなくて、鳥の化物でもだ。ひとりではないと思えることが、これほど幸せだとは思わなかった。

「どうして、なんにもない海の上を飛んでいるの? 迷い鳥?」

「迷ったわけではない。俺はもうずっと海を飛んでいる」

「ずっと? そんなに長く?」

「ああ。幾度陽が昇って沈んだか、幾年が過ぎたかも知らぬ。今、ヤマトを治めているのが誰かも知らぬ。ただ、薩摩《さつま》が天下を取れなかったことは知っている」

「薩摩って薩摩藩のこと? 江戸時代のことよね」

「江戸か。江戸に上ることを夢見た頃もあったな。家慶《いえよし》公の御前に、とな」

「家慶？　えーと、そんな将軍がいたような気もするけど」

「おまえたちはその世のことを天保《てんぽう》、弘化《こうか》と呼んでいた」

「天保って『天保の改革』の天保？　じゃあ、あなた、本当に江戸時代からずっと飛んでるの？」

「らしいな」鳥はまるで他人事《ひとごと》のような言い方をした。

「じゃあ、飛んでなにをしてるの？　獲物でも探してるの？」

「いや、なにも」

「退屈しない？」

「退屈などするものか」鳥が鼻で笑った。「いや、退屈したくてもさせてもらえぬ、と言ったほうが正しいな」

「どういうこと？」

持って回った言い方にすこし苛々《いらいら》した。だが、鷲の煌《きら》めく独つ眼を見ていると、その苛立ちすら心地好く思えてくるから不思議だ。

「おまえは知らぬらしいな。このあたりの海が荒れたのは、それほど昔の話ではない。そう、あのときは凄まじかった。無数の死にマブリが海を覆いつくし、その声は波音を打ち消した。その呻《うめ》きは、なかば朽ちた俺の心にすら毒のように滲《し》みてきたのだ。死にマブリの声は怨嗟《えんさ》に満ち、俺を海の底へと引きずり込もうとした。だから、俺は耳を塞《ふさ》ぎ眼を閉じて、空を飛び続けたのだ」

そう言って、鷲は左の翼を広げて潰れた眼を覆ってみせた。翼の内側に、きれいな模様の風切り羽がのぞいた。先端の一枚だけ色が違う。月の光ではよくわからないが、黒に近い暗褐色に見えた。

鷲が眼を覆ったまま、言葉を続けた。

「薩摩の海岸を飛び立った鉄の蜻蛉《とんぼ》は一匹も戻らなかった。おまえたちはあの鉄の蜻蛉のことを、花の名で呼んだのだ。それだけではない。もっと酷《むご》いものも見た。狭い金筒《かなづつ》に押し込められ海の底を這《は》い進む男だ。その男たちは海も空も見えず、たったひとり暗い筒の中で破裂したのだ」鷲はぞっとするような声で話し続けた。「同じ頃、港を出た鉄の艦《ふね》のことも憶《おぼ》えている。おまえたちの国の名をつけた艦だ」

「国の名？　もしかしたら、戦艦大和のこと？」

「そうだ。巨《おお》きな艦だった。そして、哀れな艦だった。艦の上を鉄蜻蛉がひっきりなしに飛んでいた。俺ははるか高みからその様子を眺めていた。牛にたかる虻《あぶ》のようだった。全身いたるところから煙を噴き上げよたよたと進んでいた巨艦は、破裂しふたつに折れて沈んだ。凄まじい水柱が立ち、黒煙があたりを覆った。昼下がりの空が真っ暗になるほどにな。俺は濡《ぬ》れた翼で闇《やみ》の中を飛んだ。夥《おびただ》しい数の悲鳴が湧《わ》き起こり、死にマブリも生きマブリも一緒になって、油の流れる海をのたうち回った。それでも、俺は飛び続けた。飛び続けるしかなかったからだ」

鷲が無意識に何度か足を踏み鳴らした。鋭い鉤爪がかちかちと音を立てた。

「沈んでいったのは戦船《いくさぶね》だけではない。女や子どもを乗せた船も海の底へ消えた。ヤマトから島へ引き揚げてくる者たちが大勢乗っていたのだ。子どもの悲鳴を聞くのは辛《つら》い。女の悲鳴を聞くのは辛い。俺はそれでも飛び続けた。死者の怨嗟の渦巻く海を飛び続けた」

鷲が海の凄惨《せいさん》を抑揚のない声で語る。茉莉香は鷲から眼が離せなかった。

「なぜ？　なぜ、あなたは飛び続けなければならないの？」

「待っているからだ」

「なにを？」

鷲が値踏みでもするようにこちらをじっと見、それからかすかに笑った。

「この世の終わりを待っている」

「この世の終わり？　それってどういうこと？　世界が滅ぶ日のこと？　最終戦争で

も起こるの？」

「この世の終わりがいつ、どんなふうにやってくるのか、そんなことは知らぬ。俺はただ待つだけだ」

さらりと言い捨てた鷲の声に迷いはない。当たり前のことを訊《き》くな、とばかりの素っ気ない返事だが、冷たさは微塵《みじん》も感じられなかった。それどころか、聞き慣れた心地好い響きのようにも聞こえた。どことなく、最期《さいご》まで茉莉香をかわいがってくれた兄の声を思わせる。ふいに懐《なつ》かしさと痛みがこみ上げてきた。

「あなたの声、すこしだけ兄に似ている」

すると、鷲は返事をせずに顔を背けた。潰れたほうの眼がわずかに震えているように見えた。茉莉香はふと不安になった。もしかしたら、鷲を不快にさせてしまったのだろうか。

「ごめんなさい。私、なにかいやなことを言った？」

「……いや」鷲は押し殺した声で答えた。「いや、そうではない。気にするな」

そう言うと、鷲は昂然《こうぜん》と半分の月を見上げた。艇首に落ちた鷲の影が急に濃くなったように見えた。

「おまえは道策《どうさく》という碁打ちを知っているか？」

「ドウサク？」

「四世本因坊《ほんいんぼう》、名人碁所《ごどころ》だ」

「本因坊っていう言葉は聞いたことがあるけど……」

「ならば、秀策《しゅうさく》はどうだ？」

「ごめんなさい。その人も知らない。ふたりとも江戸時代の人？」

「いや、知らぬならよい」鷲はひっそりと息を洩《も》らし、独つ眼を暗く歪めた。「そうか。名も残っておらぬか」

「あ、そんなことないかも。私が知らないだけかもしれない。碁とか将棋とか、全然わからないから」茉莉香は慌てて言葉を継いだ。「それに、私、一般常識がちょっと足りなくて。ごめんなさい」

鷲は慌てる茉莉香の様子を見て、ほんのすこし笑ったようだった。

「俺は退屈しないと言ったな。海でなにも起こらないときでも、倦《う》むことはない。頭の中で石を並べているのだ」

「石って碁石のこと？　頭の中だけで碁が打てるの？　碁盤に並べなくてもわかるの？」

「当たり前だ」

「へえ、すごいんだ」

茉莉香の賞賛を聞くと、鷲はまたわずかに顔を歪めた。それから、ふいに訊《たず》ねた。

「櫂《かい》はどうした?」

「櫂? ああ、パドルのこと? 昼間、カヤックが揺れたときに流されたの」

「そうか」

つまらなそうに答えると、鷲はそれきり眼を閉じてしまった。茉莉香は再び訪れた沈黙が怖《おそ》ろしくなった。

「ねえ」

呼びかけると、鷲は薄眼を開けた。だが、返事はない。黙ってこちらを見つめている。怯《おび》えを見透かされたようで気まずかったが、孤独には耐えられなかった。

「この世の終わりって、どんなふうだと思う?」

「さあな」

「どうしてこの世の終わりを待ってるの? もしよかったら、あなたの話を聞かせてよ」

「断る」鷲はあっさりと言い捨てた。

だが、茉莉香は引き下がらなかった。もっと、この鷲と話していたい。ひとりになるのはいやだ。それに、この世の終わりについて知りたい。鷲はこの世の終わりを楽しみにしているように見える。この世の終わりに、一体なにがあるというのだろうか。

「だって、あなたは語るために来たんでしょ？」

「違う。サネン花の匂いに惹《ひ》かれたまでだ」

「きっかけはそうかもしれないけど、でも、本当はそうじゃない。あなたは誰かに話したかったのよ。持って回った言い方をするのも、私の気を引きたいため。つまり、話を聞いてほしいから。違う？」

これはちょっとした賭《か》けだった。鷲が気分を害して去ってしまうか、挑発に乗って話を聞かせてくれるか。どちらに転ぶかはわからなかった。

鷲が心外そうに茉莉香を睨《にら》み、それから薄く笑った。

「なるほど、そうかもしれぬ。俺が語りたかっただけかもしれぬな」鷲はねじれた笑いを浮かべたまま、傲然《ごうぜん》と頭を上げていた。「マブリの迷った女に泣きついて、身の上話を垂れ流す、か。つくづく情けないものよな」

曲がった嘴《くちばし》がぎらりと光った。見れば見るほど大きな鳥だ。羽毛に被《おお》われた胸は厚く盛り上がり、強靭《きょうじん》な翼を支えている。太い足と鋭い爪は、牛ですら持ち上げてしまいそうに見える。だが、鷲《わし》は憐《あわ》れに見えた。先程聞いた巨艦と同じくらい、憐れに見えた。

「ごめんなさい。そんなふうに思わせるつもりはなかったんだけど。ただ、あなたの話を聞きたかっただけ。私はもうすぐ死ぬと思う。ひとりで死ぬのを待っているのは怖いから、だから、誰かにそばにいてほしかった。なにか話をしてほしかった」

素直に詫《わ》びると鷲はしばらくの間黙った。それから、静かに歌いだした。


いちゅび山登て、いちゅびもてくれちよ。

あだん山登て、あだんもてくれちよ。


鷲が裏声を使い哀切な調子を響かせた。裏声は奄美の島唄《しまうた》の特徴だ。聴く者に不安と陶酔を同時にもたらす、得体の知れない力がある。茉莉香は息苦しさを憶え、無意識に喉《のど》に手をやった。

「その歌、あなたが来る前にも聴いた。どこからか海の上を流れてきたの。そのときは子どもが歌ってた。一体、なんの歌？」

「ほう、おまえも聴いたのか。あれは島にいる幽霊が歌っているのだ。こんなところまで流れてくるのは珍しいが」

「そうだ。島の山には幼い姉弟の幽霊がいた。骸骨《がいこつ》みたいに痩《や》せ細った姉と弟だった。ふたりは飢えて死んだのだ。島の者はみな、その歌を聴いて涙した」

鳥は眼を閉じると、もう一度歌を繰り返した。茉莉香も眼を閉じて歌を聴いた。鷲のよく通る裏声が闇の中に溶けていく。少年とも老人ともつかぬ奇妙な声が身体中の血を泡立て掻《か》き回した。たまらない声だ、と思う。

歌い終わると、鷲は夜の海をぐるりと見渡した。

「こんなところにまで響いてくるとは、おまえのマブリはよくよく業《ごう》が深いのだな。俺のような外道《げどう》ばかりか、憐れな幽霊まで引き寄せる」

「私のマブリが魅力的ってことでしょ？」

「ふん。おまえのマブリだ。好きに言え。だが、俺に言わせれば、ただの傍迷惑というやつだ」鷲は薄目で茉莉香を睨むと、面倒臭そうに呟《つぶや》いた。

「ひどい」

睨み返しながらも思わず笑ってしまった。鷲の毒舌は心地好かった。誰かと話している、言葉を交わしている、という実感がする。こんな手応《てごた》えは、ずいぶん久しぶりのことだった。このところ、誰と話しても薄っぺらい合成音にしか聞こえず、親もクラスメイトも自動販売機も、たいして変わりなかったのだ。――いや、と茉莉香は思い直した。それは私も同じだ。それどころか、たぶん私のほうがずっとひどい。

茉莉香は鷲のいる艇首のほうに身を乗り出した。もっと、もっとこの鳥と話していたい。

「もしかしたら、あなたがその幽霊？　幽霊の弟のほう？」

「違う。俺はただの鷲だ。山で幽霊の歌を聴いていただけだ」

「ただの鷲は喋《しゃべ》らないし、碁も打たないと思うけど？」

「ふん」鷲は軽く上体を反らし、胸の白い毛をふくらませた。「マブリの抜けかけた人間に言われたくはないな」

鷲の眼は不機嫌の塊だったが、どこかに拗《す》ねたような稚気が残っている。茉莉香はどんどん大鳥に引き寄せられていった。一体、この鷲は何者なのだろう。なぜ、話せるのだろう。どうして、海の上にいるのだろう。

「じゃあ、その歌はどういう意味？　いちゅび、ってなに？」

「いちゅびというのは、野いちごのことだ。では、アダンの木は知っているか？」

「アダン？　海縁《うみべり》でよく見かけるパイナップルみたいな実のなる木でしょ。あれって食べられるの？」

「ああ。島の者にとっては、どちらも大切な食料だ。いちゅびやアダンだけではない。おまえには信じられないだろうが、蘇鉄《そてつ》ですら食ったのだ。実だけではない。あの硬い幹もだ」

「えっ、蘇鉄を」

茉莉香は絶句した。鋭く尖《とが》った葉を広げた蘇鉄の異様な姿は、到底食べられるものには見えない。生きるためにあんなものまで口にしたのかと思うと、ふいに島の過去が生々しく迫ってきた。

「おまけにな、蘇鉄はそのまま食うと毒なのだ。何日も水に晒《さら》すか、それとも一旦《いったん》腐らせてから乾かして、さらに煮る。そこまでしないと食えない。だが、島の者にとっては貴重な食い物だった」

「蘇鉄を食べなきゃならないなんて、そんなにひどい飢饉《ききん》があったの」

「飢饉？　それは違うな。貧しい者にとっては、蘇鉄の粥《かゆ》はごく当たり前の食い物だった。毎日、米を食う者がいるように、蘇鉄の粥や芋の粥を食っていた者もいるのだ」

安木屋場《あんきやば》の海岸で見た、蘇鉄の群落を思い出した。急峻《きゅうしゅん》な斜面に張りつく蘇鉄の群れが海風に葉を揺らしている様子は、なぜか人がもがいているように見えた。あれは見間違いではなかったのだ。

「飢饉とはもっと悲惨なものだ。蘇鉄すら口にできず、姉弟は飢えて野山をさすらい、そして死んでいったのだ」

「どうして飢饉になるの？　こんなに暖かい南の島だから、冷害なんてなさそうだけど?」

「南の島がみな楽園だとでも思っているのか?」鷲がぐい、と嘴を突き出してしゃくるように天を仰ぎ、茉莉香を嘲笑《あざわら》った。「島では飢饉はしょっちゅうだった。冷たい雨が降りわずかばかりの芋が腐ると、みな簡単に飢え簡単に死んだ。黍《きび》しか作っていない島だったからな」

「黍?」

「甘蔗《かんしょ》、砂糖黍だ。茎を搾《しぼ》って煮詰め、砂糖を取る」

「ああ、砂糖黍ね。でも、どうして？　砂糖黍以外のものも作ればよかったのに」

「禁じられていたのだ。だから、すこし天候が悪くなると、すぐに食うものがなくなった。飢えたものたちは木の実木の根を捜し、山をさすらった。そして、せめて水を飲もうと川に集まり、そこで力尽きた。川岸には丸太のように死体が並んだのだ」

茉莉香は鷲の潰《つぶ》れた眼を見た。かすかに震えているのは、なにかを堪《こら》えているからなのか。

「おまえはヤンチュ（家人）というものを知っているか？」

「ヤンチュ？　いえ、知らない」

「では、当然ヒザも知らぬな」

「ごめんなさい。どっちも知らない」

「その昔、奄美の島々にはヤンチュと呼ばれる者がいた。あの頃、島は薩摩の黍畑だった。黍を搾って砂糖を作るためにだけ、島はあったようなものだ。ジブンチュ（自分人）という農民は懸命に黍を育て砂糖を作った。決められた量の砂糖を上納できないときは、高利と知りつつ衆達《しゅうた》などに借りて納めるしかなかった」

「衆達って？」聞いたことのない言葉ばかり出てきてすこし混乱した。

「成り上がりの豪農だ。薩摩に砂糖を余計に献上して認められた連中だ。貧しい者に砂糖を貸し付け、返せない者を証文一枚でヤンチュとして働かせた」

「えーと、つまり、借りた砂糖を返せない人が、ヤンチュになったのね」

「そうだ。ヤンチュをたくさん抱えた家は安い労働力を得たわけだから、いっそう富み栄えた。中には何百人というヤンチュを使っていた衆達もいた」

「じゃあ、ヒザってなに？」

「両親がヤンチュなら、生まれた子どもはヒザと呼ばれる。結婚せぬまま女ヤンチュが産んだ場合もそうだ。ヒザは生まれた瞬間からヤンチュとなり、息を引き取るまで自由はない」

鷲の説明を聞いても、まだしっくりこなかった。たしかに、昔、砂糖は今よりもずっと高価で貴重だったのだろう。だが、いくら貴重だといってもたかが砂糖だ。金や銀とは違う。それに、借金をするのではなく、砂糖を借りるというのもよくわからない。

「よくわからないんだけど、砂糖ってそんなに大事なものだったの？」

茉莉香が訊ねると、鷲はくく、と喉の奥を鳴らした。

「なるほど。おまえたちの世では砂糖はさほど大事ではないのだな」

「ええ、まあ。死ぬまで働かされるほどの価値はないけど」

「黍汁をひと舐《な》めしたせいで、片眼を失った男もいた」鷲はたった独つの眼でじっとこちらを見据えた。

「眼を？　ひと舐めで？　まさか」

「まさかではない。島では砂糖がすべてだった。銭すら禁じられた。その砂糖のために島は苦しんだ。苦しみの一番底にいたのがヤンチュだ」

「でも、ヤンチュなんてはじめて聞いた。教科書にもなかったと思うけど」

「それはヤンチュに限ったことではないだろう？　この世では表に出ぬことのほうが多いのではないか？」

「ずいぶん悟ったようなことを言うのね」

「こうやって空を飛び続けていると、いつの世もたいして変わらんように見える。ヤンチュが苦しんだように、おまえたちの世にも苦しむ者がいくらでもいるではないか。だが、それでも」

鷲は鋭い嘴を軋《きし》らせながら笑いかけた。額の染《し》みが暗赤色に燃えた。

「それでも、島にいた頃は苦しかった。俺は怒り、憎しみ、怨《うら》み、それに呪《のろ》いの塊だったようなものだ。俺の心は地獄の坩堝《るつぼ》よりも禍々《まがまが》しかったろう」

鷲の翼がぼうっと鬼火のように青白く燃え上がり、夜の海を揺らめかせた。独つ眼は坩堝そのままに赤く滾《たぎ》って沸いている。その眼に引きずり込まれそうになって思わず呻《うめ》いた。

――いっそ、このまま引きずり込まれてしまえば。

坩堝という言葉は、なぜだかとてつもなく甘美に響いた。茉莉香は眼を閉じ、瞼《まぶた》の裏に明滅する鬼火と坩堝を楽しんだ。このまま地獄の坩堝に引きずり込まれ、骨が溶けるまで煮立てられ、髪のひと筋、爪《つめ》の一枚まで消えてなくなってしまいたい。そうすれば、気休め程度には償いになるかもしれない。

眼を閉じたまま、大きく深呼吸をした。汐《しお》の香りを吸い込み、海水をすくって額を濡《ぬ》らす。想像の坩堝の中で溶けた身体《からだ》を冷やし、鷲に向き直った。

「じゃあ、その坩堝の話を聞かせて」

「退屈しのぎにか？」鷲がじろりと睨んだ。不快を隠そうともしない。

「どうせ、私は死ぬのだから。すこしくらいの情けを掛けてくれてもいいじゃない」

厚かましいのを承知で言った。「島の話を聞かせて」

鷲は黙った。身じろぎもせずカヤックの艇首に立っている。波の揺れさえ、この鳥には伝わらないように見えた。

「よかろう」鷲がかすかな笑いを浮かべた。「では、あるヤンチュの話をしてやろう。つまらぬ話だ。退屈しのぎにはならぬかもしれぬ。それでも聞くか？」

「もちろん」

「おまえたちが天保と呼んだ頃だ。島にフィエクサとサネンという、幼いヤンチュがいた」

潰れた眼を海に向け、鷲はゆっくりと語りはじめた。

「ふたりが出会ったのは夏のはじまりで、強い南風が黍畑を揺らす午後だった。フィエクサは七つでサネンは五つ。それからふたりはずっと一緒にいた。毎夜、擦り切れた筵《むしろ》にくるまり、犬の仔《こ》のように抱き合って眠ったのだ。フィエクサは乱暴で、しょっちゅう怒っていた。ひねくれて、かわいげのない男だった。だが、サネンは違った。温かく柔らかで、いつもよい匂《にお》いがした。薄桃色のサネン花のように澄み切って甘く、涼しい娘だった」

島のはなし 1

南風《ハイヌカゼ》に黍畑《ウギバテ》が揺れている。

海からの風はフィエクサの背よりも高い黍《ウギ》を震わせ、呻《うな》りを上げながら山へと抜けていった。潮《しお》の香りと黍の青臭さが混ざり合った風が容赦なく吹きつけ、肩に担《かつ》いだオコ（担《にな》い棒）と一緒に飛ばされそうになる。身をかがめ腰を落として、フィエクサは黍畑の脇《わき》を歩いた。どうせなら、このまま山まで吹き飛ばしてくれたらいいのに、と思う。俺は畑仕事より山仕事のほうがいい。自分たちの口には入らぬ黍の世話をするくらいなら、鳥を追って罠《わな》を掛けたり木挽《こび》きの手伝いをするほうがよほどいい。

フィエクサは眼を閉じ想像した。俺は鷲《フィエクサ》だ。熱い南風に乗って、空高く舞い上がるのだ。たちまち両腕が大きな翼になり、身体《からだ》が持ち上がった。見る間に黍畑が小さくなり、山の頂が近づく。イジュの巨木がまるで苗木のように見えた。フィエクサはジョウゴの滝を飛び越し、谷底を流れる川を眺めた。ほんのすこし翼の先を捻《ひね》ると、身体が傾き島が回る。険しい山が海のすぐそばまで迫り、滝が直接海に流れ落ちていた。昔、星が落ちたと言われる入り江を眺め、大きな弧を描きながら、高く高く飛び続けた。

ひとつ息をつき、フィエクサは眼を開けた。草いきれが鼻を突く。見えるのは山でもジョウゴの滝でもなく、どこまでも続く青い黍だけだった。鳥になる夢を追い払い、オコを下ろして腰から鎌《かま》を抜いた。畑の脇には青草が一面に茂っている。マジムン（ハブ）がいないことを確認して、まだ朝露に濡《ぬ》れている草を刈りはじめた。空のことはもう考えない。刃物を使っているときは、余計なことを考えると怪我《けが》をする。草刈りのコツはなにも考えないこと、ただそれだけだ。

朝早いとはいえ初夏の陽は強い。笠《かさ》をかぶってこなかったので、直接陽の当たる頭がぼうっと痺《しび》れてきた。顎《あご》の先からひっきりなしに汗が落ちる。芭蕉衣《バシャギン》はぐっしょり濡れて背中に貼《は》りついていた。ヤンチュの着る芭蕉衣はごく粗末なもので、とにかく使っている布が少ない。筒袖《つつそで》は短く、裾《すそ》は膝《ひざ》が隠れる程度で、衽《おくみ》もない。草刈りをすると、すぐに手足が傷だらけになる。そこに汗が沁《し》みると辛《つら》い。歯を食いしばりながら、懸命に鎌を動かした。

俯《うつむ》いたままざくざくと刈り進んでいくと、突然サネンの大株に突き当たった。花は終わって葉だけが勢いよく茂っている。腕を止める暇もない。サネンの葉に鎌が入った途端、一面に清冽《せいれつ》な香りが立った。フィエクサは思わず眼を閉じて、サネンの葉の匂《にお》いを味わった。潔《いさぎよ》い香気が胸の奥まで浸《し》みていくのがわかる。サネン葉の香りは特段強いわけではない。甘い香りというわけでもない。ただ一言で言えば涼しい匂いだ。

サネン葉を何枚か刈り取ると、濡れた額に押し当てた。熱でぐずぐずになった頭から、すうっと火照《ほて》りが退《ひ》くような気がする。もう一度大きく息をして、胸いっぱいにサネンの匂いを吸い込んだ。胸の奥から指の先まで、ゆっくりと涼気が拡《ひろ》がっていく。これで、あとすこしは保《も》つだろう。再び鎌を握った。

サネン葉の香りのせいか、あとの作業は思ったよりもはかどった。フィエクサは刈った草をまとめ、大きな束をふたつ作った。その束をオコの両端にひとつずつ突き刺して、肩に担ぐ。刈ったばかりの草はたっぷりと水気を含んでいるので、やたらと重い。腹に力を入れ、ゆっくりと立ち上がった。右肩にオコが食い込み、膝ががくがく震える。転ばないよう慎重に歩いて、マァン屋（馬小屋）に戻った。

刈った草を積み上げると、フィエクサはマァン屋の柱にもたれて腰を下ろした。馬の熱い鼻息が首筋にかかる。まだまだ草は足らない。もう一回、刈りにいかなければならない。くそ、と手近な石を拾って思い切り投げつけた。オコの食い込んだ肩はずきずき痛んだし、脚はもうくたくたで棒のようだ。

あとすこしだけ休んでからにしよう。腰に差したままの邪魔な鎌を抜いて、足許《あしもと》に放り出した。ひとつ息をして眼を閉じたときだった。

「この馬鹿鷲《ばかわし》」

いつの間にか、目の前に主取《ヌシドリ》が立っていた。主取というのはヤンチュの頭《かしら》で、毎日の仕事の指図はこの男がする。背は人並みだが、肩も胸もごつごつと盛り上がって岩のようだ。もう五十近いはずだが力なら今でも一番で、砂糖樽《サタダル》を両脇にひとつずつ抱えられるらしい。ついた渾名《あだな》が岩樽《いわだる》だ。

「おい、今なにをした？」

真っ黒に焼けた顔で、ひとの倍はありそうな太い眉《まゆ》がびくびくと震えていた。昔から、フィエクサのことを持て余しているようで、いつもうっとうしそうな顔をする。かわいげがないと言うのだが、どうすれば気に入られるのかなどわからない。

「今投げた鎌はおまえのものか？　ああ？」岩樽がざらざらした声をぶつけてきた。

「衆達《しゅうた》のものを粗末にするとは、どういう了見だ」

フィエクサは黙って鎌を拾った。岩樽の機嫌が悪いのは、衆達の機嫌が悪いからだ。

この前、二番草の草取りが終わった黍畑に黍横目《きびよこめ》と黍見廻《きびみめ》がクサバミツモリに来た。その年の砂糖の出来高を予想して上納量を決めるのだ。横目はちらと畑を見て、到底こんなには穫《と》れないだろうというほどの無茶な見積もりを出したらしい。同じ島民でも、島役人である横目の言うことは絶対だ。横で見ていた他のヤンチュの話では、頭を抱えた衆達は岩樽に八つ当たりした。その余波が回り回って、自分にやってきたというわけだ。

「すこしは愛想よくしたらどうだ。そうすれば衆達だって、憐《あわ》れなみなしごだ、とかわいがってくれるだろうに」

岩樽は手にした杖《つえ》でマァン屋の横木を二三度叩《たた》いた。相当、苛立《いらだ》っているようだ。

「かわいがってくれなくていいよ」

むっとして言い返した。両親が死んだとき衆達がなにを言ったか、はっきり憶《おぼ》えている。年季の半分で死なれて大損だ、と。当時生きていた先代はいたわりの言葉を掛けてくれたのに、だ。

「俺の親を買ったのは衆達だろ。あんたは主取かもしれないが、所詮《しょせん》ヤンチュじゃないか。文句を言われる筋合いはない」

「黙れ、ヒザのくせに。養われてる分際で文句を言うな」

フィエクサは言葉に詰まった。ヒザを育てる費用は主家が出すことになっている。たとえそれがどんなに粗末であっても、寝る場所、食べるもの、着るものを与えてくれることには違いない。言い返せないでいると、岩樽はがらりと調子を変えて言った。

「まあ、いい。それより、おまえも山狩りを手伝ってこい。昨日来たばかりのヤンチュが逃げ出したんだ。男とその子どもだ」

「どこの山を捜す?」

「裏の林を駆けていくのを、他のヤンチュが見たらしい」

「わかった」フィエクサは鎌を置いて、マァン屋を出た。

屋敷の裏手は、ガジュマルやフクギの茂るこんもりとした林になっている。その脇を流れる川沿いをずっと遡《さかのぼ》っていけば、そのまま山へ続いた。今、この道の両脇は荒地打《アラジ》ちの最中だ。青草と芭蕉《ばしょう》が茂る荒れ地を黍畑にしようと、衆達はヤンチュを使って切り開いているのだ。マジムンの潜む叢《くさむら》を払い、岩を掘り起こす作業は辛く、ヤンチュはみな嫌がっていた。岩樽ですら荒地打ちの監督は投げやりだった。

山裾にある馬洗いの淵《コモリ》を過ぎたあたりで、男の声が聞こえてきた。

女身《おなご》の哀れ糸柳風の押すままに靡《なび》ち行きゅり

声自慢の安熊《あんぐま》が詠《うた》っているようだ。その声を耳にした途端、げんなりした。安熊は去年来たばかりの若いヤンチュだ。とにかくだらしない性格で、この前など斧《おの》を山に置き忘れたのをフィエクサのせいにした。フィエクサは散々岩樽に怒鳴られて、誤解を解くのに苦労したのだ。

前を歩いているのは、安熊の他に五人ほどだった。みな、手に手に棒を持ってのろのろと歩いている。荒地打ちから解放されたかと思うと今度は山狩りを命じられ、うんざりした顔だ。

「おい、フィエクサ」安熊が振り向いた。「おまえが一番目を歩けよ」

みなより頭ひとつ高い安熊は、薄い唇を歪《ゆが》めて笑っている。安熊はのっぺりとした優男で、身体は大きいが着痩《きや》せして見えるたちだ。声だけでなく、踊る姿が美しいと女の間で評判だ。去年の八月踊りは今でも語り草だ。安熊に見とれて手振り足拍子を間違える女が何人もいた、と。

安熊の言葉を聞いた途端、ざわついていたヤンチュたちが静かになった。山や畦《あぜ》など細い道を歩く際、マジムンに狙《ねら》われやすいのは先頭ではなく二人目だと言われているのだ。

「ほら、早くしろよ、マジムン殺し」

フィエクサはむっとした。いくら鷲がマジムンを殺すからと言って、マジムン殺しと呼ばれるのはいやだ。

「子どもになにを言うんだ。そんなことを言うなら、おまえが二番目を歩け」

古参のヤンチュがたしなめたが、安熊は相手にしない。

「だって、こいつはマジムン殺しなんだから、二番目でも平気だろ。俺は先頭をやるさ。女の尻《しり》ならまだしも、こんなガキの尻を眺めて歩くのは勘弁してくれ」

「ミヤソの尻ならいいのか?」一番端に立っていた男が囃《はや》し立てた。

「うるさい。あんな尻、たいしたことないぞ」はだけた胸をぼりぼりと掻《か》きながら、安熊は笑った。「もっといい尻はいくらでもあるからな」

自分の恋人を笑いものにする安熊に不快を覚えた。どうしても好きになれない男だ。なぜ、こんな男に女が寄っていくのか不思議になる。

「おら、フィエクサ。さっさとしろよ」

仕方なしに安熊の命令に従った。言い返しても、安熊相手に勝てるわけがない。ひとつ頰を張られて終わりだ。

木挽《こびき》小屋が見えたあたりで、フィエクサはみなから離れ脇道に入った。安熊の怒った声が聞こえたが、かまわず奥へ進んだ。草が生い茂り道は荒れているが、一見したところ、急峻《きゅうしゅん》な本道よりもなだらかに見える。逃げたヤンチュは子ども連れだというから、楽に見えるこの道を行った可能性が高い。だが、この脇道は峠を越えない。登ったり下ったりしながら、知らず知らずのうちに沢へ降りていき、いずれはジョウゴの滝で行き止まりになる。もし、本当に親子がこの道を選んだのなら、今頃は立ち往生しているはずだ。

ジョウゴの狭い谷底に降りると、あたりは鬱蒼《うっそう》と暗かった。沢の両岸から羊歯《しだ》が覆《おお》いかぶさり、さらにその上にはイジュや椎《しい》の大木がそびえている。水面《みなも》に木漏れ日が映り、ちらちらと揺れていた。遠くからアカヒゲのさえずりが聞こえてくる。ときどき魚の跳ねる音もした。ヤンチュを狩りに来たのでなければ、こんなに気持ちのいい場所はない。

湿り気のある柔らかな苔《こけ》を踏みながらしばらく歩いたところで、滝に着いた。勘が当たった。滝壺《たきつぼ》の横に小さな人影が見える。その向こうには倒れている者がいた。

「おい、どうした?」

フィエクサが近づくと、小さな女の子が庇《かば》うように手を広げた。

「勘違いすんな。俺はなにもしない。捜しに来ただけだ」

倒れている男を見て息を呑《の》んだ。滝の飛沫《しぶき》を浴びて濡れた身体は、奇妙な角度で捻《ねじ》れていた。はだけた胸が不規則に上下するたび、鼻と口から泡混じりの血が溢《あふ》れる。左足は折れ曲がり、肉を突き破って骨がのぞいていた。

ジョウゴの滝は真《ま》っ直《す》ぐ一息に注ぐのではなく、左右の岩にぶつかりながら何段にも折れ曲がって落ちている。左右の岩は登る手掛かりに見えるが、実際は濡れて滑りやすい。たぶん、男は滝の横をよじ登ろうとして、足を滑らせたのだろう。

もう助かる見込みはなさそうだった。血が流れすぎたせいで真っ白になった顔を見て、フィエクサは父の最期《さいご》を思いだした。砂糖樽作りに山へ入り、なんのはずみか裂けた木が腹に刺さったのだ。父は半身を血に染めて死んだ。戸板に載せられて戻ってきた父の顔も、目の前の男と同じでやはり白かった。

「おまえ、嶺《みね》家のヤンチュか？」男が薄目を開けた。

「ああ、そうだ。主取に言われて来た」

「頼む、見逃してくれ」

男はフィエクサの顔を見て血で汚れた手を合わせた。女の子も父親の真似《まね》をして、手を合わせた。合わさった小さな手が震えているのを見ると息が詰まりそうになった。

「やめてくれよ、そんなこと」フィエクサは男と子どもから目を逸《そ》らせた。「それより、傷の手当てをしないと」

「ヤンチュなど、御免だ。たかが、砂糖百斤《きん》やそこらのことで」

男は切れ切れの言葉で訴えた。見たところ、まだ若い。今は苦痛で引き攣《つ》っているが、顔立ちは整って上品に見えた。フィエクサは男の簪《ギファ》に眼を遣《や》った。綺麗《きれい》な細工のある鯨のひれだ。きっと、よい暮らしをしてきたのだろう。ヤンチュに落ちるなど、考えたこともなかったのかもしれない。

簪ひとつで身分がわかる。与人《よひと》や横目といった島役人は、菊型をした銀の二本簪《にほんかんざし》を薩摩《さつま》から許されている。普通の島民の簪は一本。よくて鯨のひれで、ほとんどは竹や木を削ったものを挿す。自分が挿しているのは、父親が遺《のこ》した木製の簪だ。

「でも、仕方ないだろ。好きでヤンチュになるやつなんかいない」

「だからと言って、諦《あきら》められるのか？　おまえはヤンチュで、満足か？」

男が血で喉《のど》を詰まらせながら絡《から》んできた。フィエクサは苛々と言い返した。

「そんなの考えたこともない。俺はヒザだから」

「ヒザか」

男は気まずい顔になりフィエクサから目を逸らせた。ヤンチュの中でもさらに惨《みじ》めなヒザを前にして、言葉を失ったようだ。その横で、女の子はわけがわからず不思議そうな顔をしている。

「すまん、悪かった」

「いや。もう、いいよ。俺は人を呼んでくる。あんたはじっとしてろ」

「だめだ」男は血の混じった唾《つば》を吐いた。「船を出して、琉球《りゅうきゅう》へ行く。琉球王に助けてもらうんだ」

「琉球へ？」

フィエクサは思わず声が上ずった。琉球のことは話でしか聞いたことがない。はるか南の海にあって、琉球王が立派な御殿に住んでいるという。今、島を直接治めているのは薩摩だが、本来、島は琉球王のものだ。なぜ、王は薩摩の横暴を許しているのか、と文句を言う年寄りもいた。王が薩摩を懲《こ》らしめてくれればいい、という者までいる。そんな年寄りは最後に必ずこう言うのだ。那覇世《ナハンユ》はよかった、と。

「琉球へ行くなんて無理だ。そんな身体《からだ》で船に乗れるもんか。それに、向こうに逃げても捕まるって聞いた」

「ああ、前に逃げたやつらは連れ戻されたらしいが、俺は絶対うまくやる」

「でも、浜は見張りが厳しいんだろう？」

「津口《つぐち》横目が、見張っていることは知っている。でも、なんとか眼をくぐって逃げる」

男の声は掠《かす》れ、聞き取りにくかった。引き攣った男の顔を見ながら、フィエクサは言葉に詰まった。

島の砂糖はすべて薩摩が買い入れることになっている。抜け売り、抜け買いを取り締まるために、港には津口横目という島役人がいた。沖にまで船を出して見回るという厳しさだ。抜け売り買いの罪は重く、見つかれば死罪ということだ。

子どもの自分ですら、男の計画がいかに無謀で行き当たりばったりかがわかる。もし仮に怪我《けが》をしていなかったとしても、山を降りた途端、浜まで行き着かずに捕まるだろう。

「どっちにしろ、その怪我じゃ無理だ」

フィエクサが言うと、男は血の溜《た》まった眼で見上げた。

「おまえ、いくつだ?」

「七つ」

無意識に身構えた。後に続く言葉はわかっている。――七つにしては、子どもらしくない。かわいげがない、だ。いつも、みなから言われることだ。いやな眼をしてひねくれたガキだ、と。

男はフィエクサの顔をしばらくの間、じっと見つめていた。

「娘もおまえのようになるのか」

「知るか」

フィエクサはむっとして横の女の子を睨《にら》んだ。まだ四つか五つくらいだろうか。こちらの話を不安げな顔で聞いている。

「慈父《ジュウ》」女の子が泣きそうな顔で言った。「ジュウ、ほんとに船に乗るの？　もう、家には帰れないの？」

「静かにしろ、サネン」

男が娘を強い口調で叱《しか》った。女の子はびくりと震え、怯《おび》えた顔をした。大きな黒眼がちの眼には、薄く涙が浮いていた。たぶん、まだなにもわかっていないのだろう。自分がヤンチュに売られたことすら理解していないのかもしれない。やりきれなくなって眼を逸らすと、川縁《かわべり》に白い花でできた水車が回っていた。

「おまえが作ったのか？」

「うん」女の子は頷《うなず》いた。「クチナの水車。ジュウが喜ぶかと思って」

思わず女の子の顔を見た。青ざめてはいるが真剣そのものだ。

裂けた白い花びらの水車が、石に挟まれぎこちなく回っている。黍《きび》を搾《しぼ》るための水車ならあちこちで見かけるが、クチナの水車ははじめてだった。フィエクサは思わず手を伸ばした。そうっと指で花に触れてみると、水車は止まった。冷たい水をいっぱいに受け、クチナの花は懸命に我慢している。指を離すと、水車は待ちかねていたように勢いよく回り出した。ぎりぎりまで堪《こら》えた花から水が溢れ出す様子が面白く、二度三度と水車を止めてみた。

「壊さないで、ね。ジュウのだから」

おずおずと女の子が言った。フィエクサは慌《あわ》てて指を引いた。こんなときに、つい遊んでしまった自分が恥ずかしい。

そのとき、父親が咽《む》せながら、掠れた声を張り上げた。

「この子だけでも、逃がしてやりたい。サネンは、まだ五つなんだ。このまま、一生ヤンチュだなんて、あまりにも、哀れだ」

「サネン？　その子の名か？」

「ああ、サネン花のサネンだ。ユタの話では運命の名だ、と」

「運命の名？　サネン花がか？」

「ああ。その娘の運命はサネン花と共にある、と」男はひゅうひゅうと苦しげな息をしながら、フィエクサをじっと見つめた。「こうも言ったのだ。案ずるな、娘の望みは必ず叶《かな》うだろう、と」

　男は咳《せ》き込み、虚《うつ》ろな眼で笑った。

「おかしな話だ。ヤンチュになっては、望みなど叶うものか」

　男の後ろで、サネンという女の子は、やっぱり泣きそうな顔でフィエクサを見つめていた。フィエクサは男が笑い止《や》むのを待って、話しかけた。

「なあ、悪いことは言わない。あんたもサネンも、おとなしく山を下りた方がいい。ヤンチュなんてたいしたことじゃない」

「いやだ。絶対に、いやだ。それに、ここの衆達《しゅうた》は、評判が悪い。ヤンチュを酷《ひど》く扱うと」

「それは」

　否定することができなかった。嶺家は代替わりしてから、ヤンチュの扱いががらりと変わった。先代の嘉栄国《かえくに》衆達は祭りや祝い事の際にはヤンチュをオモテ（母屋《おもや》）に上げて、餅《もち》や菓子を振る舞ってくれた。だが、今の嘉栄義《かえよし》衆達は庭先で配るようにした。ヤンチュからすれば、餌《えさ》を与えられているようだ。

「頼む、この子を」男がフィエクサに向かって手を伸ばしかけた。

「大丈夫か？　おい」

男は焦点の合わぬ眼を彷徨《さまよ》わせ、唇を震わせた。もう、だめのようだった。

「山の神さま」男が最後の気力を振り絞って言った。「どうぞ、願いをお聞き届けください。私の、命を差し上げる代わりに、娘をお守りください。いつか将来、娘が本当に困ったとき、たった、一度でいいから、望みを叶えてやって」

それきり男は動かなくなった。

フィエクサは黙って男に手を合わせた。もう、自分にできることはなにもない。岩樽に伝えて、死体を下ろす手配をしてもらうだけだ。

「さ、行くぞ。一旦《いったん》、山を下りよう」

だが、サネンは父の死体の横に立ち尽くしたまま、動こうとしない。

「ほら、山を下りるんだ」

フィエクサが繰り返しても、サネンは動かない。水車を見下ろしたまま、じっとしている。地面に細枝が突き刺さっているようだった。焦《じ》れてサネンの手を乱暴に摑《つか》んだ。

そのとき、声がした。

――フィエクサ。

どこからか名を呼ばれた。女の声だった。あたりを見回してみたが、誰もいない。

サネンのほうを見たが、サネンは口をへの字にして川を睨んだままだ。気のせいか、ともう一度サネンの手を握った。

——憐《あわ》れなフィエクサ。

また声がした。瞬間、ぞくりと肌が粟立《あわだ》った。やはり女の声だ。だが、若いのか老いているのか判然としない。慌てて四方を見回し、声の主を捜した。どこから聞こえてきたか、まるで見当がつかないのだ。ごく遠くから降ってきたようにも思えるし、すぐ足許《あしもと》から這《は》い上がってきたようにも思える。

「おまえ、なにか言ったか？」フィエクサはサネンに訊《たず》ねた。

「ううん」サネンは首を振った。

フィエクサは生唾を呑《の》み込んだ。背中の汗が冷え、今になって震えが来た。今の声は一体なんだろう。一体、誰がなぜ、俺を呼んだのだろう。

「どうしたの？　寒いの？」

サネンがフィエクサを見上げた。ふと見ると、サネンの手を引くフィエクサの腕はみっともないほどに震えていた。その震えがサネンにも直接伝わっているのだ。

「いや」

フィエクサは乾いてひりつく舌を無理矢理に動かした。頭の中は混乱したままだ。

先程の声はケンムンか？ それとも、天降れ女《アモレウナグ》か？ どちらにせよ、マヨナムン（得体の知れないもの）の類《たぐい》であるのは間違いない。

「さ、行くぞ」

なんとか気を取り直し、サネンを連れてもと来た道を戻った。サネンはもうおとなしく後をついてくる。お互い、なにを話していいのかわからず黙ったきりだった。

木挽小屋の前まで戻ると岩樽が立っていた。安熊たちは山の奥へ行ったらしく、姿は見えなかった。

「父親のほうはどうした？」

「この先の滝で動けなくなってる。登ろうとして落ちたみたいだ」

サネンの前で、父が死んだとは言えなかった。

「そうか。じゃあ、そのアゴは連れて帰って面倒見とけ」

フィエクサに命じると、岩樽は沢へと降りていった。その姿が見えなくなると、ふいにサネンが口を開いた。

「あたし、アゴじゃない。サネン」

「いや、アゴは名前じゃない。えーと、そのへんの女ヤンチュはみんなアゴだ。男ヤンチュはアジャ」

「じゃあ、あたしはアゴでサネン？」

「ああ。アゴのサネンだ。俺はアジャのフィエクサ」

「フィエクサ？」

「フィエクサってのは、鷲《わし》のことだ。大きくて立派な鳥だ」

ふうん、とサネンがほんのすこしだけ面白そうな顔をした。

フィエクサはサネンを連れて屋敷に戻った。なにか食べるものをもらおうとトウグラ(炊事小屋)を覗《のぞ》くと、竈《かまど》の前にはミヤソが独りでいた。

「あー、その子、もう捕まったの」

へらっとミヤソが赤い唇で笑うと、サネンがさっとフィエクサの後ろに隠れた。

ミヤソはまだ二十歳を越えたくらいの、むっちりと肉の乗ったふくらはぎが目立つ女だ。丸い眼と鼻をしていて、舌足らずな話し方をする。いつ見ても半開きの口で微笑《ほほえ》んでいて誰にでも愛想がよいことから、男の間では人気があった。

「なにか用？　フィエクサアジャ」

ミヤソがべったりと笑った。ずっと年下のフィエクサを呼び捨てにせず、わざわざアジャをつけて呼ぶ。フィエクサはミヤソのこんなところが苦手だ。安態といい仲かと思うと、もっといやになる。

「別に」

慌てて背を向けた。ミヤソに頼むくらいなら、空腹を我慢するほうがいい。結局、なにももらわずにトウグラを出た。

トウグラの先には高倉が三つ並び、その先にはマァン屋がある。そのちょうど裏手にあるのが、フィエクサの小屋だ。掘っ立ての植柱屋《ウエバリヤ》で、入口は筵《むしろ》を下げただけ、床は板のままで畳などなく、壁は黍の搾《しぼ》り滓《かす》でできた粗末なものだ。後ろはすぐ芭蕉《ばしょう》の生い茂る湿った崖《がけ》になっている。

擦り切れたゴザの上にサネンを座らせた。サネンは不安そうにあたりを見渡している。入口の破《や》れ筵は、風が吹くたびゆらゆら揺れる。外の音も筒抜けで、芭蕉葉やら蘇鉄《そてつ》やらがざわざわ擦れる音もすぐ近くに聞こえる。慣れるまで夜は怖い。

「水でも飲むか?」

「いらない。それよりジュウは? ジュウは大丈夫なの? いつ来るの?」

「さあな」

それ以上答えられなかった。サネンには父の死が理解できないらしいが、わざわざ言い聞かせるようなことでもない。いずれ、いやでもわかることだ。

「ここはフィエクサの家なの?」サネンが狭い小屋を見渡した。

「家じゃない。もともとここは、働けなくなったヤンチュを入れるところなんだ。ヤンチュが怪我や病気で仕事ができなくなったら、この小屋に移す。俺の親もここに移されたんだ。そんときに俺も一緒に来た」

「ひとりなの？」

「他のヤンチュは畑にあるもっと大きな小屋にいる」

大量に増えたヤンチュを住まわせるため、衆達が黍畑の隅に大きなヤンチュ屋を建てたのだ。

説明するのが面倒になり、そこで口をつぐんだ。サネンは中途半端《はんぱ》な説明に納得したのかしないのかわからないが、黙って頷いた。

そのとき、馬草刈りの途中だったことを思い出した。山狩りを命じられたとはいえ、いつもの半分も刈っていない。文句を言われる前に済ませたほうが楽だ。

「おまえ、ここで待ってろ。俺は草刈りを片付けてくるから」

サネンに言い捨てて、オコと鎌《かま》を持って畑に出た。日暮れが近づき風は凪《な》いでいる。山を見たが雲はない。夕立の心配はなさそうだった。フィエクサは手近な青草に鎌を入れた。急いで済ませて、サネンのところへ戻らなければならない。手の届く範囲を刈り終わり、次の場所を刈ろうと鎌を振り上げたとき、突然草の中に脚が見えた。

「危ない」

フィエクサは慌てて鎌を引っ込めた。見上げると、いつ来たのかサネンが立っていた。

「馬鹿《ばか》、危ないだろ。ついて来んなって言ったのに」

「ごめんなさい」

サネンが今にも泣き出しそうな顔で、怯《おび》えていた。フィエクサは無視して草を刈った。だが、どうしても仕事に集中できず、いつまで経《た》っても束ねるほどの草が刈れない。ふと見ると、サネンが散らばった草を集めている。フィエクサの仕事を手伝っているつもりらしいが、集めている量よりも散らしているほうが多い。かえってうっとうしい。

「おい、そんなことしなくていいよ」

だが、サネンは聞かない。真剣な顔で草を拾い集め続ける。

「サネン」フィエクサは怒鳴った。「もういい。やめろ」

「でも、ジュウが言ってた」サネンが真っ赤な顔で言った。「ヤンチュになったら一所懸命働かなければいけない、って。一所懸命働いて、一所懸命砂糖を返したら、家に帰れるって。だから、だから」

サネンは大きな眼を見開きじっと見上げていた。睨《にら》んでいた、というほうが正しいかもしれない。そこには、先程、泣き出しそうな顔で怯えていた子どもの姿はない。だが、固く唇を結び青草を抱えてこちらを睨みつけるサネンは、怯えていたときよりもずっと痛々しかった。

「だから、あたしも働く。一所懸命草を運んで、ジュウと家に帰る」

そのとき、とうとうサネンの眼から涙が一粒滑り落ちた。瞬間、たまらなくなった。

「そうだ。サネンの言うとおりだ」フィエクサはわざと大声で言った。「だから、もっと働け。俺がどんどん草を刈るから、サネンもどんどん集めるんだ」

「うん」サネンが大きく頷《うなず》いた。

「俺はすごくたくさん刈るからな。サネンが持ちきれないくらい刈るぞ」

「あたしもたくさん持つから」サネンが勢い込んで言う。

それからは、ものも言わずにひたすら草を刈った。フィエクサはオコに刺せるだけの草を刺し、サネンは両手いっぱいに抱えられるだけの青草を抱えた。屋敷に戻ろうと歩きかけたとき、浜縁《はまべり》にアダンの茂みが眼に入った。

「ようし、帰る前にちょっとだけ休憩だ。アダン、好きか？」

アダンは梅雨の頃に大きな実をつける。決して美味《うま》いものではないので普段はあまり食べないが、食べ物が不足した年には奪い合いになる。

　たちまちサネンの眼が輝いた。はしゃぎ声を上げて駆けだしていく。フィエクサは苦笑した。さっきまで泣いていたくせに、と思う。

「あっ」アダンの実に手を伸ばしたサネンが短い叫び声を上げた。

「どうした？　マジムンか？」

　オコを地面に投げ出すと、慌《あわ》てて駈《か》け寄った。見ると、サネンは指を押さえて半泣きだ。どうやら、アダンの葉の棘《とげ》で刺したらしい。アダンの葉の周りには鋭い棘がある。結構硬いので厄介な棘だ。

「見せてみろよ」

　サネンの指を摑《つか》んで引き寄せた。刺したときに慌てて手を引っ込めようとしたらしい。裂いたような傷の奥に折れた棘が残っているのが見えた。

「これ、取らないと駄目だな」

　フィエクサがそうっと傷口に指を伸ばすと、サネンが泣き声を上げた。

「いや、痛いよ。やめて」

「じっとしてろ。中に棘が刺さったままになってるんだ。放っておくと、治らないぞ。大丈夫。痛くないから」

「ほんと？」

「本当だ。絶対に痛くないようにやるから」

サネンが身体《からだ》全体を捻《ひね》るようにして、小さな顔を背けた。フィエクサは爪《つめ》の先で棘を抜いてやった。たぶん、すこしは痛かったはずだが、サネンはなにも言わなかった。

「ほらな。そんなに痛くなかっただろ？」

「うん。すごい。フィエクサはなんでもできる」

こんなつまらないことでサネンが真剣に誉《ほ》めてくれたので、なんだか恥ずかしくてたまらない。鎌でアダンを割るときも、やたらと緊張してしまった。

サネンはアダンを囓《かじ》ると元気が出たようで、たちまち笑顔を見せた。もともと人なつこい性格らしい。

「ねえ、フィエクサはなんでフィエクサなの？」

「俺のジュウは鳥刺しだったんだ。小鳥を捕まえるのがうまかった。だから、俺に鷲、フィエクサってつけた。ほら、鷲は小鳥を捕まえるだろ？」

「へえ、じゃあ、フィエクサも小鳥を捕まえるのがうまいの？」

「まあな。ほかのやつらより、ちょっとだけな」

「ねえ、どうやって小鳥を捕まえるの？」

「罠《わな》を掛けたり鳥もちで」フィエクサはふいに言葉に詰まった。

「鳥もち?」

サネンが無邪気な顔で訊《たず》ねてきたが、フィエクサはしどろもどろになってしまった。

「モチノキや、ヤマミンギョの根っこから作るんだ。それを長い竿《さお》の先に付けて、鳥を捕まえるんだ」

「へえ、すごい」

最後に、こんなふうに人と話をしたのはいつのことだっただろう。他人に自分の話を聞いてもらうのは、ずいぶん久しぶりのことなので、なんだか落ち着かない。嬉《うれ》しいようで、いたたまれないようで、おかしな気分だ。

「でも、マジムン殺しって、言われることもある。鷲はマジムンを捕るから」

「マジムンも捕れるの? すごい、怖くないの?」

フィエクサの混乱をよそに、サネンは素直に感心しているらしく赤い顔で何度も頷いた。

「サネンっていうのはね、あたしがお腹《なか》にいたとき、阿母《アンマ》がサネン花の夢を見たんだって。そうしたらシマのユタが、サネンっていう名にしろって」

サネンの邪気のない話しぶりは新鮮だった。フィエクサの周りは年上のヤンチュばかりだ。オモテ（母屋《おもや》）にはフィエクサよりひとつ下の亀加那《かめかな》という娘がいるが、話す機会はほとんどない。衆達は自分の娘がヒザと親しくするのを好まなかったのだ。だから、フィエクサは大人たちの下世話な話や、年寄りの繰り言ばかり聞いて育ったようなものだ。

「ねえ、サネン花、好き？」

「ああ」

「じゃあ、カサムチは好き？　サネンの葉っぱで巻いたお餅《もち》」

「食ったことがある。ものすごく美味かった」

先代が生きていた頃を懐《なつ》かしく思いだした。慣れない畳の上で緊張していると、親を亡《な》くして気の毒だ、とカサムチをひとつ余計にくれたのだ。だが、今の衆達はまったく違う。なりふり構わず余計に砂糖を上納して、藩から苗字《みようじ》と一代限りの郷士格をもらった。次は、代々郷士格をもらうことしか頭にない。

「でしょ？　アンマのカサムチもすごくおいしかった」

サネンがぱっと笑った。フィエクサはどきりとした。サネンは名のとおり、サネン花のようだった。色白の顔が、笑うと頬に血が射《さ》して薄桃になる。その色合いが柔らかで甘いサネン花そのものなのだ。歌にある色白女童《イルジルメラベ》だな、と思った。

しばらくサネンに見とれていたが、気がつくと苦しくてたまらなくなっていた。南風に揺れる黍のように、頭の中がざわついている。誰かが俺に話しかけるのは、仕事を言いつけるときだけだ。俺の返事などだれも聞かないし、ましてやサネンのように笑って答えてくれるものなどいない。

「アンマが言うの。サネン、サネン葉を採ってきて、って。で、あたしがサネン葉をいっぱい採ってきたら、アンマが呆《あき》れた。そんなにたくさんムチは作れない、って、そんなに黒砂糖はないから、って」

フィエクサのとまどいも知らず、サネンがまた笑いかけてきた。ふいにフィエクサは怖《おそ》ろしくなった。なにか、どこかが壊れかけている予感がする。かわいげのない馬鹿鷲《かわし》として眼も耳も塞《ふさ》いで生きてきたのに、こんな女の子のたわいない笑顔ひとつで俺は倒れてしまいそうだ。一度倒れてしまうと、もう立ち上がれないかもしれない。そうなったら、明日からどうやって生きていけばいいのだろうか。もっと辛《つら》くなるだけではないか。

フィエクサはすっかり混乱していた。鼻歌を歌うサネンを連れ、途方に暮れて小屋へ戻った。

陽が暮れると、岩樽《いわだる》が小屋へ来た。フィエクサの後ろに隠れたサネンを見て、吐き捨てるように言った。

「山狩りなんぞで一日仕事をふいにして、手間を掛けさせた挙げ句がこれか」

「そんなこと言うなよ。サネンには関係ないだろ」

言い返すと、岩樽が怒ってフィエクサの肩を突いた。すこしよろけたが、背後のサネンのことを思って足を踏ん張って堪《こら》えた。

「うるさい、ヒザのくせに。衆達に文句を言われるのは俺なんだぞ」

いつも厳しい岩樽だが、これまで手を上げたことなどない。どうやら、買ったばかりのヤンチュを失って、衆達が激怒したのだろう。山狩りを任された岩樽は責任を問われ、強く叱責《しっせき》されたに違いない。

「おい、今日からそいつの面倒はおまえが見ろ。子ども同士でうまくやるんだ。高い金を出して買い取ったアゴらしいぞ。なにかあったらおまえの責任だからな」

岩樽が出て行くと、フィエクサはほっとして筵《むしろ》の上に座り込んだ。

「だいじょうぶ？　痛くない？」サネンがフィエクサの肩をそうっと撫《な》でた。

「あんなの平気だ」フィエクサは顔を背けた。

サネンはしばらく黙っていたが、ぽつりと言った。

「ジュウは死んだの？」

「おまえのジュウは死んだ」

「もう、会えないの？」

「会えない」

「前にね、アンマも死んだの。それと同じ？」

「同じだ」

サネンがすこし困った顔でフィエクサの顔を見つめた。落ち着かない様子で、自分の着物の筒袖《つつそで》を握りしめている。父の死を聞かされても泣きもしないサネンを見ていると、母の死んだ朝を思い出した。ちょうどサネンと同じくらいの頃だ。秋に冷たい雨が降って流行病《はやりやまい》が拡《ひろ》がった。母はこの小屋に運び込まれて、二日目に死んだ。フィエクサが母の死にとまどっていると、父が山で死んだ。死んだ両親がどこに埋められたのか、知らないままだ。

「そんなのよくあることだ。俺の親も両方死んだ。でも、別にどうってことない」

「ほんとに？」サネンが身を乗り出して食いついてきた。

「ほんとだ。だから、俺とおまえは同じだ」

あのとき、哀《かな》しいとも寂しいとも思わなかった。ただ感じたのは、寒い、冷たいということだけだ。息が詰まるほどの熱波に蒸されても、眼が潰《つぶ》れそうなほどの陽射しに焼かれても、独りの小屋へ帰るとそこは冷たい雨の朝のままだった。鼻の先、顎《あご》の先から汗を滴《したた》らせていようと身体の芯《しん》は冷えきって、寒いと呟《つぶや》けば他のヤンチュに馬鹿かと笑われた。そうやって二年が過ぎた。

「ほんとに同じ？」

サネンが大きな眼でじっとフィエクサの顔を見上げていた。見ているほうが苦しくなるような真剣な眼だ。そろそろとサネンが手を伸ばし、フィエクサの擦り切れた着物に触れようとした。だが、そこでためらった。サネンの指は震えていた。

瞬間、思い違いに気付いた。サネンはわけがわからなくて困っているのではない。自分がヤンチュになったことも、父親が死んだことも、きっと幼いなりにきちんと理解してしまった。だから、困っているのだ。わかってしまったことを、うまく片付けられないから苦しいのだ。俺にはサネンのこれからが手に取るようにわかる。サネンも俺と同じだ。哀しくはならない。寂しくもならない。きっと、ただ黙って冷たくなるのだ。

「サネン、でも、なんにも心配しなくていい。俺が面倒見てやる。わかるか？　俺がおまえの兄《ムイ》になってやる」

フィエクサはサネンの前に膝《ひざ》をついた。同じ高さになって、真っ直《ます》ぐサネンの眼を見返した。決めたのだ。サネンに俺と同じ思いはさせない。絶対に冷たくなどさせない。

「兄に？　ヤクムィ（兄上さま）に？」

「ヤクムィなんてやめろよ。兄でいい。フィエクサ兄だ。俺はサネンの兄、フィエクサだ。ずっと一緒にいてやる」

「ほんとに？」

「ほんとだ。山の神さまに誓って言う。俺はおまえの兄、フィエクサ兄だ。わかったか？」

「わかった」サネンが神妙な顔で頷《うなず》いた。「わかった。フィエクサ兄」

「俺とおまえは兄と妹。これからずっと、ずっとだ」

フィエクサも大きく頷きながら、力強く繰り返した。

「わかった。あたしも山の神さまに誓う。ずっとずっと、兄と妹」

蕾《つぼみ》が開くようにサネンが笑った。ぽん、と開く音まで聞こえそうなほどの笑みだった。フィエクサもつりこまれて笑った。ふたりは向かい合って、しばらくの間笑い続けた。すると、サネンが思い出したように訊ねた。

「兄は家に帰りたくないの？」

「俺に家はない。ここで生まれたから」

「じゃあ、ここが家じゃないの？」

「違う。俺はヤンチュ小屋で生まれた。だから、ヒザなんだ」

「ねえ、兄、ヒザってなに？」

サネンが眉《まゆ》をひそめた。ヒザという言葉によい意味がないことを、父や岩樽との会話で感じ取っているようだ。サネンが不安げな顔をしたので、フィエクサは声の調子を作って、わざと軽く、なんでもないことのように言った。

「ヒザってのはヤンチュ同士から生まれた子どものこと。普通のヤンチュは借りた砂糖さえ返せば自由になれるけど、ヒザはなれない。一生、主の家で働かなきゃならない」

「兄はヒザなの？」

「ああ。だから、衆達が俺を売ったりしない限り、死ぬまでここにいる」

「じゃあ、あたしは？」

「サネンはジュウと一緒に来たろ？　だから、ヒザじゃなくて普通のヤンチュだ」

幼いサネンにも証文があるはずだ。父親と揃《そろ》えたとしたなら、年季は十年ほどか。

ふうん、とサネンがまた眉を寄せた。考え込むときのくせらしい。小さいなりに懸命に考えているようで、いじらしいと思った。

「でも、兄がここにいるなら、あたしもいる」

そうか、とサネンの頭を撫でてやった。サネンの気持ちは嬉《うれ》しかったが、無知は哀しかった。どちらにせよ、サネンはここにいるしかない。砂糖を返せば自由になれるというのは、ただの建前だ。証文には年三割の高利がついている。どんなに働いても利息を返すのがやっとで、いつまで経《た》っても元の借用糖は減らない。だが、それでも、ヒザよりはましだ。たとえ建前でも年季があるだけましなのだ。

「あたしのこと、高い買い物だった、って言ってた」

フィエクサは黙ってもう一度、サネンの頭を撫でてやった。サネンには高い買い物の意味がわからないのだ。なにもできない幼いサネンに高い値が付いたとしたら、衆達はサネンの将来に金を払ったのだ。それは、サネンが大きくなったらよく働く、という意味ではない。サネン自身ではなく、サネンが将来産むであろう子どもに金を払ったのだ。サネンが産んだ子はフィエクサのようにヒザとなって、死ぬまでヤンチュだ。つまり、ただでヤンチュが手に入るということだ。

フィエクサはサネンの手を取った。山を逃げ回った際の傷が無数に付いている。まだ小さな子どもの手だったけれど、すんなり伸びた長い指に見えた。

「サネンは綺麗《きれい》な指をしている。きっと上手に糸を紡《つむ》いで、いい芭蕉衣《バシャギン》が織れる」

上等の芭蕉衣は献上品になる。上手に織れたなら、衆達は大事にしてくれるかもしれない。辛い畑仕事はせずに、ずっと機《はた》の前に座っていられるかもしれない。

「アンマの手にはきれいな針突《ハヅキ》があった。それで、機を織ってた」

「針突か」

島の娘は年頃になると、針突といって手の甲に美しい紋様の墨を刺す。豊かな家の娘はハヅキデーク（彫師）に謝礼をはずみ、何日も掛けて精緻《せいち》な紋様に仕上げてもらうのだ。フィエクサの母の手にもあったが、紋様はごく簡単なものだった。家が貧しかったから、こんなものしか入れられなかった、と嘆いていたのを憶《おぼ》えている。

「アンマは言ってた。十三になったら立派な針突を刺しましょう、って。でも、アンマは病気で死んだ」

「そうか。そこも俺と同じだな」

「うん、兄と同じ」頷きながら、サネンが大きなあくびをした。

「眠いのか？　じゃあ、そこで眠れ」

フィエクサは自分の筵をサネンに与えた。サネンは言いつけ通り、筵にくるまって丸くなった。

「兄は？　兄はまだ寝ないの？」サネンが筵から顔を半分だけ出して訊《たず》ねた。ほとんど瞼《まぶた》が下がっている。

「じきに寝る。気にせず、おまえは先に眠れ」

うん、と答え、サネンはもう一度大きなあくびをした。次の瞬間にはことりと頭を落とし、眠ってしまった。犬の仔《こ》のようだった。

フィエクサは裏の崖《がけ》から筵代わりにする芭蕉《ばしよう》の葉を取ってきた。芭蕉葉をかぶってサネンの横に腰を下ろすと、うう、と呻《うめ》きながらサネンがフィエクサの脚にしがみついてきた。息が脛《すね》に当たってむずむずする。

「おい、くすぐったいぞ」

だが、サネンは目覚める気配もない。フィエクサの脚を強く抱くと、再び深い寝息を立てはじめた。

「ほんとに犬みたいだ」フィエクサは思わず笑ってしまった。

それでもサネンの息は心地好《よ》かった。骨張ったフィエクサの脚を握りしめる小さな手は、びっくりするほど熱い。柔らかだけれど力強い熱が伝わってくる。頼りなくて泡のように消えてしまいそうなくせに、一番深いところへどんどん侵入してくるのだ。あっという間に、サネンの熱が溢《あふ》れかえった。フィエクサは身体中に満ちた不思議な感覚にとまどい、一瞬わけがわからなくなった。この感覚は一体なんだろう。ずっと昔に感じた懐《なつ》かしいなにかだ。思い出せないのがもどかしい。一体、なんだったろう。なんだったのだろう。

――温かい。

ふいに、思い出した。これは温かいということだ。温かいというのは、こんなふうに人に触れてもらえることだったのだ。

「くすぐったいって言っただろ、サネン」

温かい。温かくてたまらない。自分のそばに人がいる。自分に触れてくれる人がいる。ただそれだけのことが嬉《うれ》しくてたまらない。この温かさが気持ちよくてたまらない。足の先から、指の先から、髪の毛一本一本から、ひっそりと伝わってくる終わりのない心地好さだ。いつの間にか涙があふれていた。

「この、馬鹿鷲《ばかわし》」

自分で自分を叱《しか》って歯を食いしばった。しっかりしろ。こんなのたいしたことじゃない。たかが女の子ひとりだ。サネンという名の女の子ひとりが来ただけのことだ。なのに、このザマはなんだ、昼間から、腹が立ったり嬉しくなったり恥ずかしくなったりを繰り返している。挙げ句の果てに、だらしなく涙まで流しているではないか。

泣き声が洩《も》れそうになるのを堪《こら》え、芭蕉葉を頭からかぶった。すっかり寝入ったサネンは眼を覚ます様子もない。それどころか一層強く自分の脚にしがみついてくる。もう、我慢できなかった。フィエクサは芭蕉葉の下からそっと手を伸ばし、サネンの頭を撫でてやった。サネンはかすかに頭を揺すり、フィエクサの脚に顔を擦りつけた。

「おい、おい、そんなことしたら顔が汚れるぞ」

涙で声を詰まらせながら、サネンの頬に触れた。みっちりと詰まった熱が指を押し返してくる。その弾力が、闇《やみ》の中で見えるはずもない薄桃色をはっきりと眼の裏に伝えてきた。フィエクサは身を丸め、懸命に嗚咽《おえつ》を呑《の》み込んだ。泣き声を立てれば、サネンが起きてしまう。すこしでも寝かせてやらなければならない。もう、サネンはジブンチュではなくヤンチュなのだ。

「眠れ、サネン。眠れ」

フィエクサはサネンの頭を撫でながら眼を閉じた。

その夜、夢を見た。深く冷たい水溜まりに、薄桃色をしたサネン花が浮かんでいる夢だ。花はあたりに涼しい香りを漂わせていたが、やがて震えて溶けて消えた。

ヤンチュである以上、小さいからといって、遊んでいていいわけではない。フィエクサはサネンの面倒を見ながら、毎日すこしずつ仕事を教えていった。馬草刈りに草取り、水汲《みずく》みなど、やることはいくらでもある。辛《つら》い仕事もあったが、中には遊びの延長のようなものもあった。

たとえば、蘇鉄《ナリ》の実の下準備はサネンの大好きな仕事だった。フィエクサが殻を割って、サネンが中の実を取り出す。それを目の粗い布袋に入れて口を縛ると、ふたりで屋敷林の脇《わき》を流れる川へ出かけた。袋を水に沈め、流れないように重石《おもし》をする。このまま一週間ほど水に晒《さら》すと毒が抜けるのだ。

フィエクサは袋を沈めた場所の目印に棒切れを立てた。サネンはその横にこっそりと、蘇鉄の実をふたつ組み合わせて水車を作った。ぎくしゃく回る水車を見て、フィエクサはわけもなく胸が高鳴るのを憶えた。サネンが来てからよくこんなことがある。今まで止まっていた心臓が動き出したように感じるときだ。胸の奥から吐き出された熱いものが、身体《からだ》中を流れ下っていく。指の先、足の先まで満ちていくのがはっきりとわかるのだ。

サネンと過ごすはじめての夏はあっという間に終わり、ある日風が変わった。ずっと強く吹いていた南風《ハイヌカゼ》が弱まり、北西の風になったのだ。

「兄、今日はミィーニシが吹いたね」

はじめての北風《ニシヌカゼ》をミィーニシという。秋に向かって北風は次第に強まり、山を揺らす。

「もう秋だな。じきに椎《しい》の実拾いだ」

「アンマとやったことがある。楽しかった」

山には椎の木が多く、いくらでも実が落ちた。普段、芋や蘇鉄しか口にできないから、椎の実は御馳走《ごちそう》だ。朝早くから背負い籠《テル》を背負って山に入り、深い谷を進んでいく。みな熱心に椎の実拾いをした。

だが、山にあるのは恵みだけではない。そもそも、山は人の領分ではない。山の神を頂点として、人には決して理解のできぬものの棲処《すみか》なのだ。ケンムンやら天降れ女《アモレウナグ》やらといったものが待ち構えていて、悪さをすることがある。そういった得体の知れないもの、つまりマヨナムンの類《たぐい》と関わり合うのは大変危険で、下手をすると命を取られることもあるという。

幼い頃、父から繰り返しケンムンの話を聞かされた。父は夜なべに罠《わな》の修繕をしながら、こんな話をしたのだ。

――あれは、やたらと風の強い日暮れのことだった。山で鳥を獲《と》った帰り道だ。大きな古いガジュマルの下に差し掛かったのだ。すると、アカショウビンの籠《かご》をぐいと引っ張るやつがいる。振り向くと、毛むくじゃらのケンムンだった。怖《おそ》ろしかったが、こう怒鳴りつけてやったのだ。おい、逆立ちしてみろ、と。

フィエクサは息を凝らして父の話を聞いた。何度聞いてもぞくぞくした。毛むくじゃらのケンムンは怖ろしかったが、化物に怯《ひる》まない父は誇らしかった。

――ケンムンは頭の上に水を湛《たた》えた皿がある。水がこぼれては一大事だからな。そいつは慌《あわ》てて逃げていったよ。

山の話をする父の顔は厳しかった。すこしでもフィエクサがふざけるときつく叱り、いつも同じ言葉で締めくくった。

――山でのことはみな、山の神さまの心の内だ。決してそのことを忘れてはならないぞ。

サネンがはじめて椎の実拾いに出る朝、フィエクサも同じことをした。

「山では兄から絶対に離れるな。でも、もしもだぞ、兄とはぐれて迷ったときは、腰を下ろして地面に十字を描け。そして、そのままじっとしていろ。兄が必ず見つけてやる」

「わかった」サネンは大真面目《おおまじめ》な顔で頷《うなず》いた。

「もし、陽が暮れたなら、自分の周りに柴《しば》を並べて輪を作るんだ。そして、山の神さまにお頼みしろ。山の神さま、どうぞ一晩、この輪の内をお貸し下さい、ってな」

「山の神さまって偉いの？」

「当たり前だ。それに、偉いだけじゃなくて、すごく綺麗ですごく怖いんだ。山は神さまのもので、俺たちは入れてもらってるだけだ。山でのことは、みんな神さまの心の内だ。そのことを忘れるなよ」

「わかった、フィエクサ兄」

サネンはやっぱり真面目な顔をしていたが、心なしか引き攣《つ》っているように見えた。すこし怖がらせすぎたか、と心配になったが、フィエクサは言葉を続けた。もしものことがある。はじめにきちんと教えておくべきだ。

「峠の頂上《チヂ》では絶対立ち止まるなよ。悪いものが憑《つ》くからな。それから、山では絶対に『ヤマミンギョ』って言っちゃだめだ」

「ヤマミンギョって鳥もちの？」

「よく憶えてるな。山で『ヤマミンギョ』って言うと、ケンムンが来るからな。気をつけろ」

ヤマミンギョというのは、木の根の間から生える臙脂色《えんじいろ》の丸っこい花だ。秋になれば、落ち葉の下から茸《きのこ》のように生えてくる。珍しいものではなく、子どもが人形遊《ミンギョ》びに使ったり、根から鳥もちを取ったりするものだ。

「フィエクサ兄、もしケンムンに遭ったらどうしよう」ケンムンと聞いて、サネンが震え上がった。

「大丈夫、ケンムンはこっちが悪さをしない限り、滅多なことはしない」

「でも、ジュウが言ってた。ケンムンは毛がいっぱい生えてて、すごく怖いって」

サネンが泣きそうな顔をしたので、フィエクサは頭を撫《な》でてやった。

「心配するな。ケンムンが来たら、兄がこう言ってやる。逆立ちしてみろ、ってな」

「逆立ち？　なんで？」

「逆立ちしたら頭の皿の水がこぼれるだろ？　だから、ケンムンは逃げてくんだ」

いざ山に入ると、サネンは意外な才能を発揮した。椎の実を拾うのがやたらとうまかったのだ。すこし眉《まゆ》を寄せ、幼いなりに真剣な顔を作り、ゆっくりとあたりを見渡す。すると、あっという間に椎の実を見つけるのだ。草の陰や木の根が絡《から》み合う隙間《すきま》やら、落ち葉の下やらに落ちている、ほんの小さな椎も見逃さない。

「もし、この山にたった一粒だけ椎が落ちてたとしても、サネンなら簡単に見つけ出してしまうんだろうな」

「うん。がんばって捜して、きっと見つけてみせる」

「よし、サネンはすごいな」

サネンならきっと一粒の椎を見つけ出すだろう。フィエクサは心からそう思った。

だが、やはり山は怖ろしい場所だった。そんなたわいない会話が、危なっかしい出来事のきっかけになった。

その日も、ふたりで山へ入った。フィエクサは懸命に椎を拾っていたが、ふと顔を上げるとサネンが見えない。どきりとしてあたりを見渡したが、どこにも姿がない。サネンの籠だけがぽつんと残されている。

「サネン」フィエクサは叫んだ。

だが、返事はない。まさか迷子になったか、ケンムンにでもさらわれたか、と血の気が退《ひ》いた。

「サネン、サネン」フィエクサは籠を放り出し、あちこち走り回った。「サネン、返事をしろ」

藪《やぶ》をかき分け、木の裏側を覗《のぞ》き、岩を乗り越え、崖《がけ》を登ったり下ったりしながら、サネンの名を呼び続けた。すると、どこからか小さな声が聞こえてきた。

「兄、フィエクサ兄」

「サネン、どこだ」

「ここ」

奇妙にくぐもった声だ。まるで、穴の中から答えているようだ。

「ここじゃわからない。どこだ？」

フィエクサは声のした方へと斜面を下っていった。すると、羊歯《しだ》の茂みの向こうがすり鉢状の窪《くぼ》みになっている。覗き込むとサネンがその中にいた。どうやら、落ちて上がれなくなったらしい。

「サネン、大丈夫か？」

「うん、大丈夫」

怪我《けが》はないらしい。フィエクサはほっとして、すり鉢を滑り降りた。底は水が溜《た》まってぬかるんでいる。その中で、サネンはあちこちに泥をくっつけて立っていた。手足は無論、顔も髪にまで泥がへばりついている。だが、サネンは得意そうに笑っていた。その顔を見た途端、フィエクサは腹が立って思わず怒鳴ってしまった。

「馬鹿。勝手に山の奥へ入っちゃだめだ。危ないだろ」

「だって」サネンが心外そうな顔をした。

「兄のそばを離れるなって言っただろ。山で迷ったら大変なことになるんだぞ」

「ごめんなさい。大きな実がいっぱい落ちる木を見つけたの。でも、兄は言ったから。もし、あたしが山で迷子になっても絶対に見つけてやる、だから動くな、って。だから、あたし、待ってた。ほら、地面に十字も描いた」

サネンの示すほうに眼をやれば、泥の上になにか印が描いてある。周りに手形やら足形がべたべた付いているのでわかりにくいが、たしかに十字だ。

「サネン」

フィエクサは言葉に詰まった。サネンの顔は真剣で、口答えをしているつもりはないらしい。ただ単純に信じているのだ。絶対に兄が見つけてくれる。だから安心だ、と。

「ほら、フィエクサ兄」

サネンが泥だらけの拳《こぶし》を突き出した。フィエクサの前でぱっと開くと、そこには泥で汚れた椎が一粒載っていた。

「拾ってたら、掌《てのひら》からひとつだけこぼれたの。そのままどんどん転がって、見えなくなって。あたし、絶対見つけようと思って、追いかけて捜してたら、ここに落ちた」

サネンが椎の実をフィエクサの掌にそっと載せた。フィエクサは掌の椎を見つめた。なんの変哲もない実だ。格別大きいわけでも、形が美しいわけでもない。しかも、今は泥だらけだ。だが、なぜだかじんとした。

「だって、この前兄と約束した。たった一粒の椎でも見つけてみせる、って」サネンは満足げに微笑《ほほえ》むと、言葉を続けた。「それに、兄があたしを絶対見つけてくれるなら、あたしは椎を絶対見つけようと思った。これで、おあいこ」

サネンがめちゃくちゃな理屈を得意気に語るので、フィエクサは思わずふきだしてしまった。サネンの中では原因も結果も順番がぐちゃぐちゃで、ただ兄に対する絶対的な信頼だけがあるのだ。

「ああ、おあいこだな」

フィエクサは笑いながら言った。サネンを叱《しか》らなければならないのに、もうそんな気にはなれなかった。サネンはやっぱり心外そうだったが、フィエクサは声を立てて笑った。

たった一粒の椎でこんなに心地好《よ》くなれる。ほんとに俺は馬鹿《ばか》鷲《わし》だ。川でサネンの泥を落としてやりながら、何度も思い出し笑いを嚙《か》み殺した。

一方、フィエクサは椎の実拾いが下手だった。ずっと下を向いて歩いているのが苦手だったからだ。気がつくといつの間にか上を見ていた。高い梢《こずえ》に鳥の巣を捜し、谷を鳴き渡る小鳥を眺め、通り道を憶《おぼ》えようとしていたのだ。鳥がいなければ空を見ていた。深い森の底から仰ぎ見る空は小さくいびつだったが、それでも地を這《は》っているよりはましだった。

二人の差は籠に現れた。フィエクサは五升拾ったことがないのに、サネンはいきなり六升拾った。次の日は七升近く拾った。そのうちにどんどん差が開いて、サネンは八升拾うようになったが、フィエクサはどうしても五升を越えることができなかった。

「サネン、椎の実拾いが楽しいか？」

「うん。すごく面白い」

「そうか、よかったな」

サネンにはまだヤンチュ仕事と遊びの区別がついていないのだ。なにか歌いながら椎を拾うサネンを見ていると、フィエクサまで楽しくなってきた。自分がヤンチュではなく、仕事を命じられているのでもなく、妹と山へ遊びに来ているような気になった。

「サネン、もっと大きな声で歌えよ」

フィエクサが促すと、サネンは椎拾いの手を止めずに声を張り上げた。

てんぼうくわや　しひれけ　いもしやめ　しいや　ざらざら　ええるり　ややもや

ごうごう　ええるり

（戸円の坊っくわや　椎拾いに　こられた　椎は　ざらざら　こぼれる　どんぐりは　ごう
ごう　こぼれる）

鞠《まり》つき唄《うた》だった。

「お正月になるとね、アンマが綾鞠《アヤマル》を作ってくれた。ハーマ（蘇鉄の綿毛）に、ほや糸をくるくる巻き付けてね。それから綺麗《きれい》な糸で刺繍《ししゅう》をしてくれた」

サネンが椎を拾いながら、声を弾ませた。

「へえ、ハーマで鞠が作れるのか。知らなかった。サネンの鞠はさぞ綺麗だったろうな」

「うん、兄にもつかせてあげたかった」

「そんな綺麗な鞠なら、兄もついてみたかったな」

「あんまり綺麗な鞠だから、ついて汚すのがもったいなくて、でも、我慢しきれなくて、何度も何度もついて遊んで、アンマに怒られるまで鞠で遊んで」

サネンは一《ちー》よ、二《たー》よ、三《みー》よと鞠をつく真似《まね》をした。フィエクサもサネンの仕草を真似てみた。見えない鞠を懸命についていると、サネンが笑った。

「兄は下手だ。そんなに強くついたら、鞠が弾みすぎて続かない」

そうか、と腕の力を抜いて、そうっと上下に動かしてみた。

「だめ、それじゃあ、鞠は弾まない」

「サネンは文句が多いぞ」

今度は、もうすこしだけ強くついてみる。サネンがまた鞠つき唄を歌ってくれた。

「サネン、これならどうだ？」

夢中になって鞠をついた。フィエクサの鞠は瑠璃色《るりいろ》だった。想像できる限りで、一番美しいのはルリカケスの羽の色だからだ。

「だめ。ちゃんとまっすぐつかないと、鞠はね、すぐにどこか変なところに行ってしまう」

くそ、とむきになって鞠をついた。サネンの許しが出るまで、何度も夢の鞠をついた。

「うん、それなら大丈夫」サネンがにっこり笑って頷いた。

「やった、できた」

フィエクサも大声で笑った。いつの間にかびっしょり汗をかいている。手にははっきりと瑠璃色の鞠の感触が残っていた。

サネンと山へ入ると、楽しくてあっという間に一日が過ぎた。だが、籠《テル》を担《かつ》いで山を下りると、いつも岩樽の叱責《しっせき》が待っていた。

「この馬鹿鷲、サネンより少ないではないか」

するとサネンが横からなにか言おうとしたが、フィエクサは止めた。わざわざ面倒を起こすことはない。怒られるのは俺ひとりで充分だ。フィエクサは岩樽に詫《わ》び、明日はもっと拾うと約束した。

次の日は空を見ずに椎を拾い続けた。下ばかり見ていると頸《くび》が痛くなったが、痛くなっただけの甲斐《かい》はあった。普段よりもずっと早くに籠がいっぱいになったのだ。

「なんだ、やればできるではないか」岩樽も満足そうな顔をした。

さすがのサネンも山仕事が続くと疲れてきたようだ。懸命に拾ってはいるが、目に見えて量が減ってきた。この前など、飯を食っているときに眠ってしまいそうになり、もうすこしで蘇鉄粥《そてつがゆ》をこぼすところだった。慌《あわ》ててサネンを支えてやった。

「さ、それだけ食って、さっさと寝ろ」

「だいじょうぶ、兄」寝惚《ねぼ》けた顔でサネンが答えた。

結局、サネンは粥を半分も残したまま眠ってしまった。フィエクサは抱いてサネンを小屋まで運んだ。残した粥も貰《もら》ってきた。ぐったりとしたサネンに筵《むしろ》を掛けてやりながら、悔しくてたまらなかった。

どうして、こんな目に遭わなくてはならないのだ。どうして、飯も食えないほど疲れ切るまで、こんな小さな子が椎を拾わなければならないのだ。ヤンチュだからか？文句を言ってもはじまらないのはわかっている。でも、どうしても許せない。怒りで頭がいっぱいになっていた。

だめだ、我慢するんだ、と懸命に自分に言い聞かせる。昔なら腹が立ったら石でも投げて気を紛らわせた。でも、もうそんなことはできない。俺の横にはサネンがいる。俺が暴れたらサネンが起きてしまう。すこしでもサネンを寝かせてやらなければ。俺はもう独りじゃないんだ。癇癪《かんしゃく》を堪《こら》え、フィエクサは拳を握りしめたまま眠りについた。

その翌日、フィエクサはサネンとまた山へ入った。サネンは歌も歌わず、懸命に椎を拾っていた。小さな身体《からだ》で山を這い回る様子は、人の子というよりは、やっぱり犬の仔《こ》のようだ。

「サネン、無理すんなよ」

「うん」

サネンは顔も上げない。その様子を見ていると負けてはいられない。空も鳥も見ず、ひたすら椎を集め続けた。

　昼を過ぎてひと休みすることにして、フィエクサは用足しに出かけた。ちらと覗《のぞ》くと自分の籠にはまだ半分もなかったが、サネンの籠はもう八分目だった。なのに、戻ってきたときに見ると、自分の籠とサネンの籠が同じくらいになっている。

　ようやく、ここ数日の出来事の意味がわかった。拾う椎が増えたのは、頑張ったからではない。サネンがこっそり足してくれたからだ。

「サネン。そんなことしちゃだめだ」

「でも、あたしより少なかったら、フィエクサ兄が怒られる。だから、ちょっと分けたらいいと思って」

「俺は怒られたって平気だ。慣れてるんだ。だから、もう絶対にこんなことしちゃだめだ。もし、これがばれたらサネンが怒られるぞ」

　サネンがびくりと身体を震わせたが、気丈にも言い返した。

「あたしも平気」サネンは眉《まゆ》を吊《つ》り上げ肩を張った。「慣れてる」

「馬鹿。そんなこと慣れなくていい」

　サネンの頭を撫《な》でてやると、堪えきれずにサネンがしゃくり上げた。怖い岩樽の眼を誤魔化し、自分が拾った椎の実をフィエクサに分け与える。それは、サネンに取って命がけの大事だったのだ。

「サネン、ありがとう。でも、これからはやめてくれ。サネンが怒られたら、俺は自分が怒られるよりもっと辛《つら》い。約束できるか?」

「わかった。約束する。兄が辛いなら、もうしない」

「それより、サネンは歌うんだ。歌いながら拾うんだ」

フィエクサは鞠をつく真似をしてみせた。サネンが赤くなった眼を細めて笑った。

サネンは昼からまた歌った。鞠つき唄やら童歌《わらべうた》をいくつも歌った。フィエクサも根を詰めて拾った。それでも、フィエクサの椎はまた減ってしまった。岩樽は怒ったが、フィエクサは満足だった。

秋の間、椎の実は溢《あふ》れんばかりに穫《と》れる。フィエクサはサネンと毎夜トウグラで、椎の実を燻《いぶ》した。茹《ゆ》でた椎の実を竈《かまど》の煙で燻すと、腐らないし虫がつかない。椎の実を広げたザルを揺すり、満遍なく煙が当たるようにした。

「そうっと、そうっとだぞ」

サネンの小さな手に自分の手を添え、ザルを揺らした。乱暴に揺すると、ザルから飛び出した椎が灰の中に落ちる。たまに、ばちんと爆《は》ぜるので危ないのだ。

「二十三夜さまにはね、いっぱい人が来てね、アンマの作ったお団子を供えて、お月待ち《ウジキマチ》をするの。とっても美味《おい》しいお団子でね」サネンがぽつりぽつりと話しはじめた。「平べったいお団子を三つ、ちっちゃな丸いお団子をいっぱい作って、夜遅くまでいろんな話をしてね」

椎の実がざらざら擦《す》れ合う音が響くなか、もう決して帰ってこない日々のことを、サネンは昔話《ムンバナシ》でもするように語った。鞠つきのこと、人形遊びのこと、お手玉のこと、正月にナリムチを作ったことなど、なんでも語った。特段面白い話でもない。ただ毎日の暮らしの話だ。だが、サネンの話を聞くたび、心が充《み》たされていくような気がした。ヒザとしてヤンチュ小屋で生まれ、普通の暮らしを知らないフィエクサには、サネンの話が夢のように心地好かった。聞いているうちに、自分がヒザではなく、普通の子どものような気さえしてくる。だから、毎夜、フィエクサはサネンに話をせがんだ。小さな子どもの語る、とりとめない、夢とも現《うつつ》ともつかぬ話をうっとりと聞いた。

フィエクサが楽しみにしたのは、話だけではない。ある夜は、手遊びを教えてもらった。せっせ、と言いながら、掌を打ち合わせる遊びだ。フィエクサは夢中ではしゃぎ、サネンが痛いと言うまで何度も何度も掌を叩《たた》き合った。

冬が過ぎ、春が来て、再びアダンが実をつける季節になった。サネンがヤンチュ小屋に来て一年が経《た》ったのだ。ふたりは仕事でしょっちゅう山に入った。フィエクサは父から教えてもらったように罠《わな》を掛け、小鳥を捕まえた。サネンは茸《きのこ》を採り、蘇鉄《ナリ》の実を集めた。

山には、飢え死にした子どもの幽霊がいた。どこからか歌が流れてくるのだ。ふたりは姉と弟で、白い靄《もや》のような姿で山の中を彷徨《さまよ》っていた。

あだん、とてくれちよ。

いちゅび、もてくれちよ。

弟は何度も何度もかぼそい声で訴えていた。姉の啜《すす》り泣く声も聞こえた。姉弟の幽霊はフィエクサたちにはまるで気付かぬ様子で、木々の間を漂っていた。ふたりがフィエクサたちのすぐそばを通り過ぎても、下草を踏みしだく音、木々の枝を掠《かす》める音はしない。なのに、その哀《かな》しげな声は山のどこにいても聞こえるのだ。

姉弟の幽霊はすこしも怖くはなかった。本当に怖いのは幽霊ではなく飢饉《ききん》や凶作だった。フィエクサもサネンもいつ飢え死にするかわからぬ身の上だ。大風が吹き、冷たい雨が降り、海にも山にも食えるものがなくなる。芋蔓《いもづる》も蘇鉄の実も食い尽くせば、飢えて死ぬのを待つだけになるのだ。


いちゅび山登て、いちゅびもてくれちょよ。

あだん山登て、あだんもてくれちょよ。


もし、サネンが死んでしまったら。思わずサネンを引き寄せ抱きしめた。そして、何度も繰り返した。

「心配するな。俺はおまえを飢えさせたりしない。どんなことをしてでも、おまえを死なせはしない」

「フィエクサ兄、どうしたの」

サネンがびっくりして、フィエクサの腕の中から逃げだそうとした。フィエクサは行かすまいと腕に力をいれた。

幽霊が消えてしまうと、サネンが斜面に生えていたクチナの花を摘んできた。白い花びらで小さな水車をふたつ作ると、岩陰に掛けた。谷川の冷たい水を受け、すぐに花の水車はひっそりと回りはじめた。

「あの子たち、気に入ってくれるといいんだけど」サネンは山の奥を見つめながら、ぽそりと呟《つぶや》いた。

その夜、小屋に戻ってからも、サネンは落ち着かないようだった。姉弟の幽霊のことが気になって眠れないらしい。

「あの子たち、どうしてるかな」サネンは筵の隙間《すきま》から夜の山を仰ぎ見た。「まだ、泣いてるのかな」

沈んだサネンの様子を見ると、フィエクサもいたたまれなくなった。

「大丈夫、クチナの水車で遊んでる」フィエクサは手を突きだした。「ほら、サネン。また、あれ、教えてくれ。せっせ、せっせ、ってやつ」

「うん」サネンはフィエクサに向かい合うように座ると、生真面目《きまじめ》な顔をした。

「フィエクサ兄、ほら、手を前に出して」

こうか、とサネンの真似《まね》をして両手を胸のあたりまで上げた。

「せっせ、せっせ、せっせ」

サネンが歌いはじめ、小さな手のひらをフィエクサに打ち付けた。最初はおずおずと掌を合わせていたのだが、フィエクサはすぐに遠慮がなくなった。まるで三つか四つの子どもに戻ったように、サネンの小さな手を叩いた。サネンは笑いながら、どんどん調子を速めていく。手が蜂《はち》のように目まぐるしく動いて飛び回る。歌も早口になり、なにを言っているのかわからないほどになる。フィエクサはサネンに必死でついていく。だが、とうとう間に合わなくなって、笑い出してしまった。勝った、とサネンも得意そうな顔をしながら笑った。フィエクサは信じられなかった。こんな夜が来るなんて、誰かと笑って過ごせる夜が来るなんて、と。

サネンが来てから、毎日が変わった。なんの意味もないヒザとしての毎日が、サネンの兄としての毎日になった。岩樽や衆達の叱責も気にならなくなった。炎天下の水汲みも草刈りも、平気になった。自分のことを兄と呼んで慕ってくれるサネンがいるだけで、全身の痛みも消えた。

夜、横でサネンの寝息を聞き、舌足らずな寝言を聞きながら満ち足りて眠りに就いた。こんな夜がずっと続くのなら、生きていけるような気がした。

＊

先代の嘉栄《かえ》国衆達《くにしゅうた》が生きていた頃、正月といえばヤンチュもオモテに上がって三献《サンゴン》の膳《ぜん》で新年を祝った。だが、今は膳はあるものの、トウグラで食べる。衆達への挨拶《あいさつ》も庭先からするだけだ。

「おまえも、もう七つか。これからは一人前に働いてもらうぞ」

正月早々、酒に酔った嘉栄義《かえよし》衆達がサネンに掛けた言葉だ。華やいだ気分を吹き飛ばされ、サネンの顔がいっぺんに強《こわ》ばった。衆達は飲んでも赤くならずに青くなるたちで、頭に張りついたような小さな耳までが青黒くなっている。

「父のぶんまで、しっかり働くのだぞ」

衆達は満足したように笑って、もう行けというように派手に手を振った。サネンが一礼して無言で下がった。周りの者は皆、鼻白んだ顔で衆達を見ていた。岩樽《いわだる》などは背中を向けて、眉《まゆ》の毛を抜いていた。とにかく人望のない主だ。

嘉栄義衆達はまだ四十を越えたばかりだ。もともと小柄なので、軽く見られることを気にしている。だから、いつも大袈裟《おおげさ》な髷《まげ》を結い、大きな声で話す。身振り手振りも不自然に大きい。だが、かえって馬鹿《ばか》にされることに、本人はすこしも気付いていない。

「俺も同じことを言われた。律儀《りちぎ》なことだよな」フィエクサはこっそり耳打ちした。

「ほんとだね」サネンがすこし笑って、晴着である真新しい芭蕉衣《バシャギン》の裾《すそ》を引っ張った。

フィエクサは九つ、サネンは七つ。歳《とし》を取るたび仕事が増える。あと何年かすれば、完全に大人並みに働かされるだろう。

島が一番忙しいのは、砂糖作りが行われる霜月《しもつき》（十一月）から如月《きさらぎ》（二月）までの四ヶ月だ。黍《きび》を刈り、搾《しぼ》って煮詰める。毎日毎晩、ひたすらこの作業の繰り返しだ。硬い黍の根元を刈るのは力のいる仕事だ。しかもただ刈るだけではなく、黍横目《きびよこめ》の厳しい見張りがある。刈ったあとで残った切株が長ければ、黍を無駄にしたといって罰がある。こっそり黍を囓《かじ》った者が鞭《むち》打たれたという話も聞くから、みな恐々としていた。

刈った黍は鉄輪車を使って搾る。昔は木輪だったそうだが、鉄になってから何倍も搾れるようになったという。搾った汁は四斗も入る溜樽《ためだる》に詰められ、珊瑚石《ウル》を焼いて作った石灰を入れる。石灰を入れる加減は難しい。あまりたくさん加えると黒くて苦い砂糖になるし、少なすぎれば飴《あめ》みたいに粘るヒュチ砂糖《ザタ》になって使い物にならない。もし、こんな砂糖を作るとやはり黍横目から罰がある。息の抜けない作業だ。

フィエクサはサネンと黍畑の横に建てられた砂糖小屋《サタヤドリ》で懸命に働いた。土間の中央には巨大な丸い煎鍋《いりなべ》が三つ据えられている。そこに黍汁を入れ煮詰めていくのだ。砂糖が沸騰《ふっとう》するとブクという不純物が浮いてくる。このブクをすくいながら、底が焦《こ》げ付かないよう搔《か》き混ぜ続けなければならない。炉の火を絶やさぬよう一日中薪《まき》をくべ続けるから、中で働く者も、全身煙で燻《いぶ》されているようなものだ。フィエクサもサネンも言われるままに働いた。溜樽と鍋を往復し、薪を運び、豚の飼料にするためブクを選り分けた。

できあがった砂糖は、砂糖樽《サタダル》に詰める。砂糖を詰めた樽は重さが百三十斤《きん》にもなることがある。これを男たちが肩に担《かつ》いで運ぶのだ。フィエクサは砂糖樽を担ぐ男たちを感嘆の目で見た。ヤンチュたちの逞《たくま》しい肩と腕は辛《つら》い毎日の結果だが、美しいことには違いない。九つの自分にはまだ無理だが、いずれ平気で担げるようになるだろう。苦しい仕事だとわかっているのに、その日が待ち遠しいような気さえした。

砂糖作りが終わって春が来た頃、岩樽が馬飼いとして老ヤンチュを連れてきた。真《しん》常《じょう》アジャといい、髪は真っ白で痩《や》せて小柄な男だった。フィエクサの小屋の少し先にマァン屋があるので、よく馬を曳《ひ》く姿を見かけるのだが、腰も曲がっておらず手綱を取る手に節もない。ちらと見ただけでも、今まで力仕事をしたことのない人間だとわかる。横顔は尖《とが》って厳しく、いつも薄い唇をへの字に嚙《か》みしめていた。

マァン屋へ馬草を運ぶのは、今、サネンの仕事だった。フィエクサが山から帰ると、サネンがしょぼんとした顔で訴えた。

「マァン屋に来た新しいアジャなんだけど、話しかけても返事をしてくれない」

「耳が悪いんじゃないのか？」

「そう思って何回も声を掛けたら、あっちへ行け、って怒鳴られた。アジャが奥で敷《しき》藁《わら》を換えてたから、新しいのを運んであげただけなのに」

「ひどいやつだな」フィエクサはわがことのように腹が立った。「もう、相手にすんなよ」

真常アジャの偏屈は相当なもののようだ。決して他のヤンチュと交わろうとはしない。畑にあるヤンチュ屋に入らず、ひとりマァン屋で寝起きしている。

「よほどの人嫌いだな」フィエクサが言うと、サネンが笑った。

「兄《ムイ》だってそうでしょ？　子どもの頃からずっと、こんなぼろぼろの植柱屋《ウエバリヤ》にいる」

「俺はサネンがいる。ひとりじゃない」

「じゃあ、あたしがいなかったら、畑のヤンチュ屋に住む？　楽しそうだよ」

「馬鹿。冗談でもそんなこと言うな。口に出したらほんとになるぞ」

「ごめんなさい」慌《あわ》ててサネンが謝った。

もし、サネンがいなければ俺はどうするのだろう、と思った。サネンのいない小屋を想像しようとしたが、どうしてもできない。どんなに打ち消しても、サネンは自分の横にいて、喋《しゃべ》ったり笑ったりしながら温かな風を振りまいている。何度か試して諦《あきら》めた。サネンがいなくなることなどないのだから、想像できなくて当たり前だ、と。

春も終わりに近づいた、月の明るい夜のことだった。

畑にあるヤンチュ屋からは、風に乗って笑い声が聞こえてきた。夜なべ仕事をする傍ら、三線《さんしん》を弾いて歌ったり踊ったりしているのだ。今は黍畑の仕事もないし、砂糖小屋の仕事もない。身体《からだ》が楽な時分には夜を楽しむのが、ヤンチュたちの暮らしだった。

そのとき、笑い声に混じって、どこからか奇妙な音が聞こえてきた。こおん、こおん、と小さな音だが不思議とよく響く。誰かがなにかを打っているようだ。フィエクサは耳を澄ました。こおん、こおん、という音は途切れながらも続いている。どうやら、すこし先のマァン屋から聞こえてくるようだった。

まさかシカタだろうか、と背筋が寒くなった。ひとが死ぬ前にはシカタといって、様々な変事が起きることがあるのだ。鳥の鳴き声がしたり、土を掘る音、釘《くぎ》を打つ音がしたりするという。もし、あの音がシカタの類《たぐい》だったとしたら、真常アジャはもう長くないということだ。

不安になって、マァン屋をそっと覗《のぞ》いてみた。すると、真常アジャが月の下で奇妙なことをしていた。五寸はあるかという分厚い板に向かって、ひとりで小石を並べているのだ。板には細工彫りをした脚が付いていて、表面には細かい枡目《ますめ》が引いてある。そこに、小さな白と黒の石を交互に置いていく。シカタかと思ったのは、板に石を置くときの音だった。アジャは右手の人差し指と中指の先で器用に石をはさみ、板の上に軽く打ち付けるように置いていく。すると、厚い板に反響してか、こおん、とよく通る音が鳴るのだ。

真常アジャはときどき唸《うな》ったり頭を掻いたりしながら、月明かりの下で考え込んでいた。たまに、なにやらぶつぶつ呟《つぶや》いているときもある。その様子は声を掛けるのもはばかられるほど、真剣だった。どうやらシカタではなさそうだったので、黙ってその場を離れた。

おはじき遊びだろうか、と小屋に戻って考えた。やったことはないが、衆達の娘の亀加那《かめかな》が庭先で遊んでいるのを見たことがある。浜で拾ったウシックワ（宝貝）を磨いて作ったおはじきを使い、取ったり取られたりで歓声をあげていた。小柄で色の白い亀加那が背を丸めてうずくまっている様子を見て、蚕《かいこ》のようだと思ったものだ。

さっき、アジャが並べていたのは、ウシックワのおはじきに似ているような気がする。だが、大の大人がおはじき遊びなど変だ。それに独りで遊ぶのもおかしい。釈然としなかった。

それから、フィエクサは夜の音に注意するようになった。毎夜のように、マァン屋からは石の音が聞こえてくる。一週間ほど経《た》った頃、もう我慢ができなくなった。おはじきではないとしたら、まじないかもしれない。ぶつぶつ言っているのが、邪《よこしま》な呪詞《ノレグチ》の類だったら大変だ。サネンが寝入ったのを確認し、マァン屋を訪れた。こそこそ覗き見るのも盗人のようなので、思い切って堂々と訊《たず》ねてみることにした。

「アジャ、アジャ」

声を掛けると、アジャはびくりと跳ね上がった。振り向いた顔は引き攣《つ》り蒼白《そうはく》だった。月の下で見る凄《すさ》まじい形相に、声を掛けたフィエクサのほうが驚いたほどだ。アジャは怯《おび》えたような眼でこちらを睨《にら》みつけていたが、やがて大きな息を吐いた。

「たしか、おまえは向こうの小屋のヤンチュだな。こんな夜更《よふ》けになんだ?」

「その石はなんだ? アジャは毎晩なにをしてるんだ?」

「碁だ。知らんのか?」

「碁? それはまじないとは違うのか? まさか呪詞でも吹き入れているのか? それともシカタなのか?」

「呪詞など馬鹿なことをするものか。そんなことをすれば、悪神《あくがみ》に眼を付けられるだけだ。それに、我のシカタまでには、まだすこし猶予《ゆうよ》がある」

「まだすこし?」

問い返したが、アジャの返事はなかった。

はじめて見る碁というものに、フィエクサは強い興味を覚えた。身を乗り出して盤を覗き込むと、寸分の狂いもなく正確に引かれた格子《こうし》の上に、どんな規則があるのか白と黒の石が置かれている。石はみなふっくらと同じ形で、よほど丁寧な仕事に見えた。このなんの飾りもない二色の石の連なりが、針突《ハヅキ》か紬《つむぎ》かと思うような複雑な模様を描いているのだ。

「白と黒の石が並んで、すごく綺麗《きれい》だ」

「ほう、おまえはこれを綺麗と思うのか」

アジャは碁盤に見入るフィエクサの様子を、黙ってしばらく眺めていた。それからひとつ頷《うなず》くと、意を決したふうに言った。

「よし、もっと近くへ来い」アジャが手招きした。「この黒と白の石を、こうやって碁盤の上に並べて、互いの陣を取り合う遊びだ。本来はふたりで争うのだが、我は相手がおらぬ故《ゆえ》、ひとりでこうやって並べておる」

「陣の取り合いか。なら、おはじきと同じだな」怖《おそ》ろしいものではないと知り、フィエクサはほっとした。「石を並べるだけが、そんなに面白いのか？」

「ああ、面白いぞ。なんならおまえもやってみるか？　教えてやるぞ」

フィエクサは驚いた。サネンを怒鳴りつけるような人嫌いのアジャだ。すぐに追い返されると思ったのに、わざわざ碁というものを教えてくれるという。意外だった。

「俺にできるか？」

「おまえ次第だ。さ、そこに座れ」

アジャは向かい合わせに座るよう指示し、盤上の石を片付けはじめた。見ると、盤の足許《あしもと》には筒型の櫃《ひつ》のようなものが二つ置いてあり、それぞれ黒と白の石が入っていた。横には蓋《ふた》が裏返しておいてあり、片方には黒石が三つ、もう片方には白石が五つ載っていた。

「この入れものを碁笥《ごけ》という。これは桑の木でできておる。蓋にはアゲハマと言う相手から奪った石を載せておくのだ」

アジャは盤上が綺麗になると、きちんと座り直しフィエクサに頭を下げた。

「お願いします」

「え……」フィエクサはとまどいながら、慌てて頭を下げた。「お願いします」

俺はヒザだ。今まで他人に頭を下げられたことなどない。お願いします、と言われたこともない。サネン以外に人間扱いしてくれる人は誰もいなかった。なのに、目の前のはるか年長のアジャは、俺に頭を下げた。到底、信じられない。

フィエクサの混乱をよそに、アジャは盤面の説明をはじめた。

「碁盤には縦横十九条の線がある。石はその交点に置く。見ろ。九つ、丸い印があるだろう。これを星という。中央の星を特別に天元《てんげん》と呼び……」

アジャは熱っぽく語り続けた。フィエクサは一言も聞き漏らさぬよう耳を傾けた。人嫌いのはずのアジャは、その夜、月が傾くまで碁を教えてくれた。

あっという間に、フィエクサは碁に夢中になった。碁は不思議だった。黒と白の石は複雑な模様を描いた。ある場所では飛び飛びに散っていたり、またある場所ではずらりと並んで壁を作る。斜めに並んでいたり、死んでぽっかりと穴の開いた場所もある。わけがわからずただ打っていても、ある一手を打った瞬間、突然石が美しく見えるときが来た。はじめてその瞬間に遭遇したとき、ぶるぶると身が震え、石の持つ力に心底感嘆した。

フィエクサは毎夜マァン屋に通った。アジャは敷藁の下に油紙にくるんだ碁盤を隠していた。どちらも昼間の仕事で疲れ切っていたが、ひやりとした碁石を握ると途端に眼が覚めた。ふたりは取り憑《つ》かれたように碁盤に向かい合った。

やがて、すこしずつだがアジャの様子に変化が見られるようになってきた。碁を打つとき以外は口もきかなかったのに、挨拶《あいさつ》をすれば返してくれるようになった。アジャの顔は日に日に柔らかくなっていき、しまいには、サネンにも笑顔で声を掛けるようになった。

「おうおう、アゴは小さいのに偉いのう」アジャは眼を細めてサネンをねぎらった。「おまえらは仲のよい兄妹《きょうだい》だな。独り身の我には羨《うらや》ましいぞ」

一度馴染《なじ》むと、アジャは気持ちのいい老人だった。今までアジャを敬遠していたサネンも、すぐになついた。碁そのものには興味がないようだが、フィエクサとアジャが打つときには必ずそばにいた。なにかしらで繋《つな》がっていたいようだった。

「なにか、あたしにできることはない？」

サネンがあまりしつこく言うので、アジャが碁石の手入れを頼んだ。

「普段はひとつひとつ乾いた布で拭《ふ》くだけでよい。たまにな、そうっと水洗いをするのだ。そのあと、また布で拭いて乾かす。碁盤のほうは、椿油《つばきあぶら》があれば文句はないのだがな」

「あたし、トウグラで菜種と荏《え》の油を見たことがある。オモテに行けば鬢付《びんつけ》があると思うけど」サネンが勢い込んで言う。

「鬘付はいかん。香料が練り込んであるからな」

「そうなの」

サネンが思わずがっかりすると、アジャが嬉《うれ》しそうに眼を細めた。

「おまえたちは本当に感心だ。我にもこんな子どもがいればと思うくらいだ」

「アジャに身寄りはないのか?」アジャの言葉にフィエクサは面映ゆくなった。

「我は家族には恵まれなかった。早くに妻を亡《な》くして、あとは気楽で通した」アジャは寂しそうに笑った。

「じゃあ、アジャはヤンチュになってどのくらいになる?」

「この春からの新参者よ」

「へえ。その齢《とし》までジブンチュでいられたのなら、よほどよい家だったのだな」

「我はな、元はこれでもユカリチュ（由緒人）だったのだ」

「ユカリチュってなに?」サネンが訊ねた。

「ユカリチュというのはな、昔、琉球《りゆうきゆう》王が直接島を治めていた那覇世《ナハンユ》の頃から続く、由緒《ゆいしよ》正しい家柄のことだ。ここの主のように衆達と呼ばれる者は、それとは違って新しい家で、ヤンチュと黒糖のおかげで成り上がったようなものよ」

「じゃあ、そんなすごい家柄のアジャはどうしてヤンチュになったんだ?」

「みな、我の傲《おご》りのせいよ。碁にかまけ、家のことなど顧みなかった。早い話、黍横《きびよこ》目《め》にも頭を下げず、付け届けなど一切しなかった。それで睨まれたのだ」

なるほど、と思った。横目の勝手は酷《ひど》いものだというのは、自分にもわかる。あの衆達も横目が見廻りに来た際は、頭が地面に着きそうなくらいの有様だった。横目の気分ひとつで上納量が決まるので、機嫌を取るのに必死なのだ。

「それでもなんとかやっておった。だが、凶作の年に知り合いの砂糖を肩代わりしたのがはじまりでな、後はあっという間だった。今ではヤンチュというわけよ。と、我の話ばかりしても仕方ない」

アジャはちらりとサネンに眼をやった。先程までフィエクサの横で相槌《あいづち》を打っていたのに、いつの間にか寝息を立てていた。

「おまえたち兄妹は幸せ者だ。我のようにひとりではない。ひとりでは堪えられんことも、誰かがいれば堪えられる。我はそのことに気付くのが少々遅すぎた。碁さえできればいいと、そう思って」真常アジャが言葉を途切らせた。

「アジャ?」

「今夜はもう遅い。これまでにしよう」

「いや、まだ月も高い。もうすこし、もうすこしだけ打とう、アジャ」

フィエクサは食い下がった。アジャは呆《あき》れ顔をしながらも嬉しそうに碁盤に向かった。

フィエクサは今ではすっかり碁の虜《とりこ》だった。碁盤に向かっていないときは、頭の中で石を並べた。単調な仕事のときは、碁のことばかり考えた。草を刈るときも、黍を刈るときも、塩焚《マシユタキ》きをするときもだ。石が繋がり、眼ができる。相手が打ち込んできたら、開いて受ける。いや、もっと厳しい手があるか。ならばこちらから切ってやろう。そうするとどうなる？

「フィエクサ兄、フィエクサ兄」

我に返って振り向くと、サネンがふくれっ面《つら》で立っていた。

「さっきから、ずっと手が止まってる」

気がつくと黍畑の中にいた。草取りの最中だったのだ。サネンの籠《かご》にはもう半分も抜いた草が入っている。だが、自分の籠にはまだ底にほんのすこしあるだけだ。

「ちゃんと草を取らないと、また岩樽が、文句を言う」

サネンがすこし息を切らせて言う。笠《かさ》の下の貌《かお》は汗でぐっしょり濡《ぬ》れていた。赤く上気した頰には葉で切った傷が幾条《いくすじ》もついている。黍畑の草取りは年に三度で、一番草は春。二番草、三番草はそれぞれ夏と秋だ。一番辛《つら》いのは夏の二番草のときで、ヤンチュたちが総出の作業になる。炎天下の草取りは過酷な仕事だ。ただ草を抜くだけの仕事だから、幼いサネンにだってできる。だが、これほど苦しい仕事はない。腰をかがめ俯《うつむ》いてばかりいると、身体《からだ》中が痛み出すのだ。手や顔は切り傷だらけになり、そこに汗が浸《し》みてじんじん痛む。広い黍畑はいくらやってもきりがなく、背の高い黍の根元を這《は》いずり回っていると自分が蟻《あり》になったような気がした。

「ああ、すまん」

心配げなサネンの顔を見て恥ずかしくなった。昔、サネンが山で椎《しい》の実を分けてくれたことを思い出したのだ。まだ五歳のサネンでさえ幼いなりに兄を気遣ってくれたというのに、今の俺はなんだ。碁のことばかり考えて、サネンを心配させている。くそ、と心の中で呟《つぶや》き石を追い払った。こんな有様では到底兄の資格はない、この馬鹿《ばか》鷲《わし》が。思い切り自分を叱《しか》って、それからは凄まじい勢いで草を抜いた。あっという間に籠に草がたまると、すきを見てサネンの籠に放り込んでやった。これでよし、と思った瞬間、勘のいいサネンが気付いた。

「だめ」サネンが怒った。「そんなことしたらだめって言ったくせに」

「いいんだ。兄はいいんだ」

「ずるい」

サネンが大きな眼で睨みつけた。だが、フィエクサは笑って言った。

「兄だから、そんなことしてもいいんだ」

「妹は損だ」

サネンのふくれっ面を見ながら、フィエクサはサネンの籠にもっと草を詰め込んだ。

藩に納めるのは砂糖だけではない。島にあるものはなんでも献上品だった。紬《つむぎ》やら壺《つぼ》入りの焼酎《しょうちゅう》やら、様々なものを上国の際に船に積んだ。中でも鳥は重要な献上品だった。アカヒゲやアカショウビン、ルリカケスにアオバトなど、珍しい鳥はなんでも捕らえて送った。鷲や鷹《たか》なども獲《と》った。大きな鳥を獲れば、餌《えさ》にする小鳥も必要になる。鳥を獲るのは重要な仕事だった。

フィエクサの父は鳥を獲るのがうまかった。幼いフィエクサを連れて山へ入り、鳥の鳴き声の聞き分け方や巣の掛け方など、様々な習性を教えてくれた。日当たりのいい乾いた場所には鳥の砂浴び場所があって、そばに罠《わな》を掛けるとよく獲れること、ドングリがたくさん落ちる場所にはルリカケスがいることなどなどだ。もともと山が好きなフィエクサは、すぐに鳥刺しの真似事《まねごと》ができるようになった。

父が死んだ後、鳥刺しはフィエクサの仕事になった。フィエクサが落とし籠やハジキ罠を仕掛けると面白いように鳥が掛かり、鳥もち竿《ざお》を突き出すと吸い寄せられるように鳥が付いた。無論、空手で帰る日もあったが、それでも他のヤンチュたちよりはずっと優秀だった。

普段、フィエクサをもてあましている岩樽も、鳥のことでは一目置いているようだった。ハジキ罠で獲ったばかりのよく太ったアオバトを手渡すと、岩樽が呆れたように笑った。

「鷲とはよく言うたものよな。これだけは誰にも真似ができん」誉《ほ》めているのか貶《けな》しているのかわからない顔で言葉を続けた。「砂糖が忙しいとき以外は、好きに山へ行っていいぞ。鳥はおまえに任せた」

衆達のほうは、それだけでは満足できないようだった。青黒い額の下から、小蛇のような眼でフィエクサを睨《にら》んだ。

「かすみ網を使ったらどうだ。網を使えば一度にたくさん獲れるだろう？　餌にする鳥なら、それで充分ではないか」

だが、そんな命令には絶対に従わなかった。一旦《いったん》網を掛けると、ほんの小さな鳥も獲らなくていい鳥も、区別なく網に掛けてしまう。絶対にやってはいけないことだ、と父からも教えられていた。衆達は相変わらず不満そうだったが、フィエクサの捕らえてくる鳥がいつも大物で傷もなく元気なので、強くは言えないようだった。

フィエクサは毎日のように自由に山を歩き回り、鳥を獲った。その帰りには、サネンのために土産を捜した。拾われずに残った椎の実だったり、卵形をした赤紫のムベの実だったり、なにもないときは川底に光る小石だったりした。サネンはフィエクサの土産を心待ちにし、どんなものも嬉しそうに受け取った。

今日の土産は小藪《こやぶ》の奥で見つけたイチュビ（野いちご）だった。トウグラの仕事から戻ってきたサネンは、イチュビを見て眼を輝かせた。

「イチュビを採りながら鳥も獲るなんて、フィエクサ兄は島で一番の鳥刺しだ」

「そうだな。一番の鳥刺しもいいが、一番の碁打ちにもなりたい」

サネンに言われるまでもない。いつも思っている。こんなヤンチュ小屋に閉じこめられ、衆達の持ち物のヒザとして死んでいくよりも、流れ者の鳥刺しになりたい。サネンと二人、山から山へと鳥を追ってさすらっていきたい。あの姉弟の幽霊のように永遠に山を漂うのも悪くない。そして、行く先々で碁を打てたらどんなにいいだろう。

だが、そんなものは所詮《しょせん》ただの夢だとわかっている。自分は死ぬまでヒザで、働けなくなったときが死ぬときだ。

「兄ならなれる。島一番どころか、ヤマトでも一番の鳥刺しと碁打ちになれる」

イチュビを頬張りながら、サネンがきっぱりと言い切った。無邪気な賞賛を聞きながらブクのような濁った泡が胸に湧《わ》くのを感じた。

ある日、前の日に仕掛けた罠を見に行こうと山へ入った。鳥が集まる水場を目指して沢を遡《さかのぼ》っていると、前に真っ白な猫がいた。思わずぎょっとして足を止めた。こんな沢に猫がいるのはおかしい。以前、父から聞いたことがある。山で猫に会うのは凶兆だ。二度まではよいが、もし三度見たならばそれは山の神さまの化身だ、と。いやな予感がしたが、罠も確かめずに引き返すわけにはいかない。ひとつ息をして胸を落ち着けた。今、川には鮎《あゆ》がいる。猫が鮎を捕りに来たっておかしくないだろう。そう言い聞かせながら、一面に苔《こけ》が付いた岩の上を慎重に歩いて行った。

やがて、落とし籠を仕掛けた場所が見えてきた。目印は巨大なお椀《わん》型のオオタニワタリだ。鋸《のこぎり》のような葉が大きく拡《ひろ》がったオオタニワタリが三つ並んだ向こうに、こぢんまりとした窪地《くぼち》がある。そこが鳥の集まる場所になっているのだ。フィエクサは垂れ下がる蘭《らん》を掻《か》き分け、足を速めた。陰になってよく見えないが、籠の中になにか入っているようだった。蘇鉄《ナリ》の実にひかれて入ったらしい。やった、と駆け寄ったが、籠の中を覗《のぞ》き込んだ途端、息が詰まった。

落とし籠の中で、ルリカケスが宙吊《ちゅうづ》りになって死んでいた。仕掛けに触れて蓋《ふた》が閉まったとき、羽を挟まれたらしい。もがいて暴れた挙げ句、翼が折れたのだ。籠の中には瑠璃色《るりいろ》に輝く羽が何枚も散っていた。

「すまん」

獲った鳥が死んでいたのは、これがはじめてだった。嘴《くちばし》を血に染めたルリカケスを見ると胸が潰《つぶ》れるほど苦しくなった。何度も心の中で詫びながら、籠からそっと鳥を取り出して、すこし離れたハゼの木の根元に埋めてやった。岩樽からは死んだ鳥も持って帰れと言われていたが、死んでまで見せ物にさせるのはあまりに気の毒だ。今日は一羽も獲れなかったことにすればいい。怒られるだろうがかまうものか、と思った。

鳥を埋め終わって立ち上がったとき、目の前に白いものが見えた。猫だった。フィエクサは背中に冷たいものを感じた。これで二度目だ。もし、もう一度猫を見たら、と思うと全身が粟立《あわだ》った。一刻も早く山を下りなければならない。サネンへの土産は、とあたりを見回し、籠の底から瑠璃色の羽を一枚拾って懐《ふところ》に入れた。

急いで沢を離れ山道へ戻った。近道をしようと、椎の倒木の下をくぐり抜けた途端、息を呑《の》んだ。すぐ目の前に真っ白な猫がいる。

思わず声を上げそうになったとき、ごうっと風が吹き森が揺れた。樫《かし》の太い枝がたわんで大きく振れ、小枝がちぎれ飛んでいく。その下でクワズイモの葉が壊れた傘のように裏返り、糸芭蕉《いとばしよう》の塊が擦れ合った。あっという間に籠が吹き飛ばされ、先程くぐった椎の倒木にぶつかって壊れた。フィエクサは手で顔を覆《おお》った。眼を開けていられない。細かい砂や木の枝葉やらが、音を立てて全身に打ち付けてくる。膝《ひざ》を突き身を丸めようとしたとき、ふいに風が止《や》んで眼の前が明るくなった。

今の大風は一体なんだったのだろう。恐る恐る腕を下ろし顔を上げた瞬間、全身が動かなくなった。椎の倒木の上に真っ白な振袖《ふりそで》を着た女が立っている。高く結い上げ金の簪《ギファ》を挿した髪は、炭の塊より黒くずっしりと長い。山の神さまだ。

「フィエクサ」

山の神がフィエクサの名を呼んだ。高く低く、重々しくそれでいて湧き出る泉のように軽やかかだ。だが、どこかで聞いたことがある。いつ、どこでだったろう。懸命に記憶を辿《たど》ったが、はっきりしない。

「わたくしの鳥を殺したな、フィエクサ」

山の神の声から火花が散った。金床を鎚《つち》で打ち叩《たた》いたときのような声だ。フィエクサは身体が凍りついたようで、声が出なかった。山の神がその様子を見て面白そうな顔をした。首に掛けた水晶珠《すいしょうだま》を連ねた飾りを弄《もてあそ》びながら、今度はもう一度強く呼んだ。

「フィエクサ、返事はどうした」

「はい」フィエクサは懸命に声を絞った。

震え掠《かす》れた声を聞いた山の神は満足したように微笑《ほほえ》み、ゆっくりと腕を上げた。真《ま》っ直《す》ぐにこちらを指差すと、珊瑚《ウ》石《ル》で作った石灰よりも白い袖がマブリ（魂）のように舞った。

「憐《あわ》れなフィエクサ」

その言葉を聞いた瞬間、思い出した。はじめてサネンと会った日だ。山からサネンを連れ帰ろうと手を摑《つか》んだ瞬間、どこからともなく降ってきた声だ。あれは山の神さまの声だったのか。

そのとき、白い袖がふわりと膨らんでフィエクサを包み込んだ。フィエクサは悲鳴を上げて腕を振り回した。だが、袖は鳥の羽のように薄く軽く、まるで手応《てごた》えがない。顔や腕をくすぐるように、さわさわと絡《から》みついてくる。息が詰まって、身体が痺《しび》れてきた。

「かわいそうに。憐れなフィエクサ」

俺はここで死ぬのかと思ったとき、ふいにサネンの貌《かお》が浮かんだ。サネンを独りにするわけにはいかない。そう思った瞬間、息が通った。フィエクサは山の神に向かって叫んだ。

「俺は憐れじゃない」

袖の向こうから、山の神の声が聞こえた。

「いや、おまえは憐れだ。だから、わたくしはおまえのようなものが好きだ。フィエクサ、おまえはかわいらしい」

そのとき、フィエクサを襲った袖が千切れ、四方に乱れ飛んだ。眼を開けたフィエクサは再び悲鳴を上げた。千切れて飛んだと思ったのは袖ではない。

「蝶《ハビラ》」

蝶はマブリの化身だ。山の神が纏《まと》っていたのは、死にマブリだったのだ。

「フィエクサ、憐れな」

山の神の声は情け深く憐れみに満ちていたが、その奥には果ての見えない闇《やみ》が拡がっていた。フィエクサはそれきりわけがわからなくなった。

気がついたときには、クワズイモの下に倒れていた。いつの間にか雨が降り出し、大きな葉からこぼれ落ちる滴《しずく》が額を濡らしている。山はすっかり暗くなり、雨の走る音だけが聞こえていた。ひしゃげた籠を拾い、山の神が立っていた椎の倒木を見る。

中はぽっかりと開いた暗いうろで、ひっきりなしに雨水が流れ込んで底の見えない淵《コモリ》のようになっていた。

フィエクサは歯を鳴らしながら歩き出した。濡れた身体が冷え、震えが止まらない。膝にまるで力が入らず、何度も転びそうになりながら、ようやくのことで山を下りた。

手ぶらで戻ると、岩樽が舌打ちした。

「この馬鹿鷲。鳥が獲れないなら、山へ行かせる意味がないだろうが」

ひとしきり文句を言って帰っていったが、山の神のことで頭がいっぱいで腹を立てる余裕もなかった。まだ、身体の震えが止まらない。波が寄せるように、繰り返し肌が粟立つ。それだけではない。山の神の声が頭を離れないのだ。憐れなフィエクサ、憐れな、憐れな、と。遠く近く谺《こだま》するように響いてくる。

もしかしたら俺は狂者《フリムン》になってしまったのか、と怖《おそ》ろしくなった。昔から言われていることがある。ときどき、山に入って気が狂《ふ》れてしまう者がいる。そういう者は山の神さまに会ったのだ、と。まさか、と頭を振って声を追い払おうとした。だが、耳の中で金床の火花が余計に散っただけだった。

「大丈夫、フィエクサ兄」サネンが心配そうな顔をした。

「なんでもない。それより、これ」

こっそりとサネンにルリカケスの羽を渡した。サネンは眼を輝かせ、歓声をあげた。

「すごくきれい」しばらく眺めた後、そっと胸許《むなもと》に羽を押し込んだ。「ありがとう、フィエクサ兄。これ、あたしのお守りにする」

サネンの笑い声を聞くと、ようやく山の神の声が消え、冷えた身体にも熱が戻った。フィエクサは山の神に会ったことは誰にも言わなかった。


マァン屋での碁の稽古《けいこ》は続いていた。梅雨の間はなかなか月が出ず、灯りに苦労した。無論、蠟燭《ろうそく》などないから、炉から取ってきた燃えさしを置いた。盤の上がわずかに明るくなるだけで互いの顔は見えなかったが、それで充分だった。

馴染《なじ》むにつれ、アジャは饒舌《じょうぜつ》になった。ユカリチュだっただけあって物知りで、碁にまつわる様々な話をフィエクサとサネンに聞かせてくれた。

「フィエクサ、碁盤の脚を見てみろ。それはクチナの実の形を真似《まね》たらしいぞ」

「クチナの実を？」

クチナは白い花の咲く木だ。春になれば山のあちこちで咲いて、甘くて強い芳香を漂わせる。裂けたような花びらが広がる様子ならすぐに思い浮かべることができたが、実までは思い出せなかった。フィエクサは身をかがめ、碁盤の脚をじっくりと眺めた。

「クチナの実ってこんな形だったのか」フィエクサは横のサネンに呼びかけた。「昔、この花で水車を作ったな」

「うん。すごくよく回るの」サネンが懐《なつ》かしそうな顔をした。

「クチナの水車遊びは知らんな。この花のことを、ヤマトでは梔子《くちなし》と言う。口無し、つまり碁を打っているときは、他の者は口出し無用ということだ」

「すごいな。アジャはなんでも知ってる」

碁盤の脚を見た。クチナの木ならすぐ裏の山でいくらも見る。珍しくもなんともない。だが、その実が意味を持って碁盤の脚に象《かたど》られているのかと思うと、ふいに碁が身近に感じられた。

「アジャ、これはクチナの実かと思うと、碁というものが一層かわいらしく思えてきた」

綺麗《きれい》に筋目の入った脚を撫《な》でながら言うと、アジャが笑った。

「かわいらしく、か。しかし、我はクチナの匂《にお》いは苦手だ。少々強すぎる」

「俺もだ。俺はどちらかというと」

「サネン花か？」

真常アジャが笑った。フィエクサはちらりとサネンを見た。サネンは照れたように笑っている。サネンの前でサネン花が好きと言うのは、すこし気恥ずかしかった。出会った頃なら平気で言えたのに、今はなぜだか無理だった。

「あれくらいの控え目なやつがいい。涼しい匂いだ」

「では、今度は碁盤の裏に触れてみろ。ほんのすこし窪《くぼ》みがあるだろう?」

言われたとおり、碁盤の裏に手を伸ばしてみた。たしかに、中央あたりに四角く切った窪みがある。そっと撫でてみると、窪みの中心にある尖《とが》った盛り上がりに触れた。

「そこはな、血溜《ちだ》まりというのだ。物騒な名だろう? 首を載せる場所なのだ」

「首を?」

思わず大声で訊《き》き返した。横でサネンが息を呑む音が聞こえた。

「そうだ。他人の碁に口出しするような輩《やから》は、首を斬《き》ってそこに載せてしまえ、と。無論ただの法螺《ほら》だが、要するにそのくらいの覚悟を持て、といったところだな」

「すごいな」フィエクサは思わず大きな息を吐いた。

「ああ、すごい」アジャが足を組み直してすこし笑った。「では、爛柯《らんか》という言葉を知っているか?」

「いや、それも碁に関係あるのか?」

「昔、大昔の話だ。王質という木樵《きこり》が山に入ったのだ。ずうっと山の奥深くまで登ると、童子が碁を打っておった。こんなところで子どもが碁とはあやしいとは思ったが、つい碁盤を覗き込んだのだ。それはそれは面白い碁でな、貰《もら》った棗《なつめ》を食べながら夢中で勝負の行方を見守っておった。だがな、ふと気付くと持っていた斧《おの》の柄《え》（柯）が腐《くさ》（爛）っておった。山を下りると、里は知らぬ顔ばかりになっておった。知らぬ間に長い歳月が経《た》っておったのよ。怖い話だろう？」

「いや。すこしも怖くない。俺も斧の柄が腐るまで碁を打ってみたい」

王質が羨《うらや》ましい。働かずに斧の柄が腐るまで碁を眺めていられるなど、なんと幸せなことだろう。

「我もそう思う。我の楽しみは碁だけだ。子には恵まれなかったので、この碁盤が我の子どものようなものだった。これは苦労して手に入れたものなのだ。藩庁の知り合いに頭を下げ、金を積んでな。ヤマトで捜してきてもらったのだ。極上の日向榧《ひゅうがかや》よ」

「じゃあ、これはアジャの宝物なのだな」

「たとえ丸裸になって放り出されようと、この碁盤は手放さぬ。丸呑みにして腹に隠してでも、我は碁盤を守るぞ」

「この碁盤を呑むか。アジャはすごいな」

なかば呆《あき》れ、なかば感心した。だが、サネンはアジャの碁盤への執着がまだ理解できないようだ。横でひとり不思議そうな顔をしている。

「我にはそのくらいの覚悟がある。この碁盤を他人に渡すくらいなら、斧で叩き割ったほうがましよ」

そこでアジャががらりと調子を変え、真面目《まじめ》な顔をした。

「フィエクサ。無論、おまえは別だ。我が死んだらこの碁盤はおまえのものだ。我の分までおまえが打ってくれ」

「アジャ、ありがたいが、俺なんかに勿体《もったい》ない」

「阿呆《あほう》。放っておいたら、ここの強欲な衆達《しゅうた》が持っていってしまうぞ。おまえが守るのだ」

アジャの顔は真剣そのものだ。皺《しわ》だらけの厳しい顔には、言葉通りの覚悟が見て取れる。胸が詰まって苦しくなった。

「わかった。絶対に俺が守る」力強く答えた。

「頼むぞ」アジャがほっとした顔で頷《うなず》いた。

アジャはそこでふっと笑って、盤の上に並べた石を崩した。すこし黙っていたが、こちらに向き直った。

「フィエクサ、ここからは真面目な話だ。おまえは筋がいい。天与の才がある。すぐに我より強くなるだろう。それどころか、精進を続ければ、相当な打ち手になれるはずだ」

フィエクサはびっくりして、ぽかんと口を開けたまま真常アジャの顔を見た。

「なんだ、どうした？」

「もしかしたら、俺は誉《ほ》められたのか？」

「無論だ。我は毎夜おまえの打ちぶりに感心しているぞ。自分で言うのもなんだが、我は島で一番の打ち手と呼ばれたこともある。憶《おぼ》えているか、フィエクサ。我がおまえに碁を教えた頃は星目《せいもく》、九子《きゅうし》置いて打った。だが今はどうだ。たった一年で三子《さんし》で互角よ。たいしたものだ」

なんだか涙が出そうになり、慌《あわ》てて俯《うつむ》いた。人から誉めてもらったのは、はじめてだ。鳥を獲《と》るのがうまいと言われたことはあったが、あまり嬉《うれ》しくはなかった。獣扱いされたような気さえした。だが、アジャの言葉は違った。なんの底意もなく、自分を認めてくれているのだ。ちらと横目で見ると、サネンが喜んでいるのが見えた。

「すごい、フィエクサ兄」

ほのかな燃えさしの灯りで見るサネンが、まるでわがことのように頬を紅潮させている。

「阿呆」アジャが笑った。「誉められて泣くとは、おかしなやつだ。おまえはもっともっと強くなれる。島一番どころか、ヤマトでも通用するだろう。道策《どうさく》を超えてやる、というくらいの気概を持て」

「道策？」

「本因坊《ほんいんぼう》道策。昔の名人だ。我の最も尊敬する碁打ちだ。最強であろうな」

「道策というのは、そんなにすごいのか？」

「豪快にして軽妙。はじめはなんとも思わぬ手が、後になって効いてくる。変幻自在で、相手は唸《うな》らされ通しだ。我の神は、親の神でも山の神でもない。碁の神、道策よ」

その言葉を聞いてふいに怖ろしくなった。

「アジャ、そんなことを言ってはだめだ」

「はは、いいのだ。フィエクサ。我はもういいのだ」アジャは濁った笑い声を上げると、盤の上の石を碁笥《ごけ》に戻した。「さあ、もう一局だ」

言われるままに黒を持った。サネンが眉《まゆ》を曇らせたのが見えたが、あっという間に碁に没頭し、アジャの奇妙な笑いのことは忘れてしまった。

*

アジャの言ったことは本当だった。フィエクサはめきめきと上達した。碁を覚えて一年後には三子置いて互角に打った。二年目には二子から一子になり、三年目にはとうとう置石がなくなった。

「互先《たがいせん》で打てるようになったか」アジャが嘆息した。「フィエクサ、おまえはいくつになる？」

「十二だ」

「末恐ろしいとはこのことだな。我とてそれなりの自負はあったのだが」

アジャの言葉は嬉しくてたまらなかった。もっともっと、碁が打ちたい。斧の柄が腐るまで、碁を打っていたい。

だが、十二になると砂糖樽《サタダル》作りが待っていた。

樽作りは山仕事のうちでも重要なものだ。まず、山に入って、軽くて柔らかい木を選んで倒すところからはじまる。そこから、板を切り出して乾燥させるのだ。樽の大きさには厳密な規格があった。高さが外法《そとのり》一尺五寸、樽口が外法一尺五寸、底口が内法一尺三寸、重さが十六斤《きん》を越えてはならず、蓋《ふた》に打つ釘《くぎ》は十本と定められていた。検査に合格した樽には焼印が押され、砂糖樽としての使用が認められるのだ。寸法通りに木を切り仕上げていくのは、はじめての者には難しい仕事だ。

慣れない樽作りに疲れ切り、夜は小屋で泥のように眠るだけだった。碁どころではなかった。その横で、サネンが懸命に夜なべ仕事で藁《わら》を編んでいた。樽の木蓋の上にはシフタという藁蓋をかぶせることになっている。朝、フィエクサが眼を覚ますと、シフタが何枚もできあがっていた。

秋の終わり、三番草の草取りの終わった黍畑で刈り入れがはじまった。十になったサネンも一人前に働いている。フィエクサが黍を刈ると、サネンが下葉を取って運ぶ。その繰り返しだ。

ちょうど昼を回った頃だったか。畑には、銀の二本簪《にほんかんざし》を閃《ひらめ》かせた黍横目《きびよこめ》が見廻りに来ていた。株の高さで文句を言われては大変だ。根元ぎりぎりに鎌《かま》を入れようと、フィエクサが狙《ねら》いを定めたときだった。

「おい、おまえ、今、なにをした」

鋭い声が畑中に響き渡った。なんだ、と顔を上げると、黍横目が血相を変えて大股《おおまた》で近づいてくる。その後ろを慌てて追ってくるのは衆達だ。しまった、なにかやらかしたか、とぎくりとした。だが、横目が立ったのはサネンの前だった。

「おまえ、今、黍の汁を舐《な》めたな」

「え、あ、あたし、汗を拭《ふ》いただけで」サネンが真っ青になって口ごもった。

「嘘《うそ》をつくな。この眼で見たぞ。そのとき、指についた汁を舐めただろうが」

「でも、そんな、わざとじゃなくて、舐めたつもりなんかなくて」

砂糖はすべて薩摩のもので決して口にしてはならない、ということくらい誰でも知っている。砂糖を隠し持つ抜糖は死罪だ。欠片《かけら》を齧《かじ》るのも、汁を舐めるのもだめだ。

「いや、おまえは今、黍の汁を舐めたのだ」

「そんな、ごめんなさい」

ごめんなさい、ごめんなさい、とサネンが黍畑に這《は》いつくばって謝った。だが、横目はサネンの言葉など聞かず、黍畑中に響く声で言った。

「勝手に黍を舐めるとは、重罪よ。子どもでも容赦はできぬな」

フィエクサもサネンの横に這い、必死で横目に頭を下げた。

「申し訳ありません。申し訳ありません。サネンに悪気はなかったんです。まだ小さいから、うっかりしただけです。これからは二度としないように言い聞かせます」

「うるさい。小さいからと言って許しておったら後に続く者が出る。きちんと始末をつけなければな」

「どうぞ、お許し下さい」フィエクサは横目の脚にすがった。

「うっとうしい」

フィエクサは横目に蹴《け》られて黍の山に突っ込んだ。サネンがフィエクサを助けようと駆《か》け寄ったとき、芭蕉衣《バシャギン》がはだけた。瞬間、横目の顔色が変わった。

「なんだ、その羽は」

胸許《むなもと》からフィエクサの与えたルリカケスの羽が覗《のぞ》いていた。サネンは慌てて羽を押し込み、手できつく押さえた。

「おまえ、まさか献上の鳥から羽を抜いたのか？」

衆達が慌てた顔をした。額に汗を浮かせた顔からは、完全に血の気が引いていた。

「違う。抜いたんじゃない。落ちてたのを拾って、サネンにやっただけだ」

フィエクサは懸命に弁解した。いやな予感がした。胃が揉《も》み込まれたように縮んだ。物事が悪い方向に転がっていくときの臭《にお》いがする。

「いいから見せてみろ」横目がサネンに手を伸ばした。

サネンが羽を取られまいと身を丸め、刈ったばかりの黍株の並ぶ地面にうずくまった。横目が襟を摑《つか》んで無理矢理に引き起こそうとすると、サネンが悲鳴を上げた。

「やめろ」フィエクサは横目に飛びついてサネンから引き離した。

「こいつ、なにをするか」横目が杖《つえ》で思い切りフィエクサを打った。

フィエクサは黍畑に頭から転がった。瞬間、激痛が走った。眼の奥から真紅の暗闇《くらやみ》が溢《あふ》れ出す。鋭い黍の切り株が左眼を突き通したのだ。フィエクサは絶叫し、眼を押さえて地面を転げ回った。

「フィエクサ兄《ムイ》」サネンの悲痛な叫び声が聞こえた。

横目の杖が一瞬止《や》んだ。ほんの数秒の後、のたうち回るフィエクサの上にまた杖が降ってきた。だが、凄《すさ》まじい眼の痛みは、杖の打擲《ちようちやく》など比べものにはならなかった。

止めてくれたのは真常アジャだった。

「どうぞこのヤンチュをお許し下さいませ。ヤンチュがひとり減れば、それだけ納められる砂糖も減ります。どうぞ、このくらいで勘弁してやってくださいませ。殺してしまっては元も子もありません」

アジャが懸命に訴えるのを、フィエクサはぼんやりと聞いていた。あまりの痛みに前も後ろも、遠くも近くもわからない。目の前はみな真っ赤だ。

「兄、フィエクサ兄」

サネンがフィエクサの潰《つぶ》れた眼に涙を注ぎ、何度も詫《わ》びた。瞬間、暗いうろになった眼の奥に白い鳥を見た。

「ああ、鳥だ。鳥が見える」フィエクサは涎《よだれ》を垂らしながら、うっとりと呟《つぶや》いた。

「兄、兄、しっかりして、フィエクサ兄」

サネンがフィエクサにすがりつき、涙で傷を濡《ぬ》らした。サネンの涙が崩れた眼に滲《し》みていく。白鳥が羽ばたいて、何枚か羽が宙に散った。

「うお、あ」フィエクサは海老《えび》のように跳ね上がった。

白鳥は焼けつくような痛みと歓喜をもたらした。フィエクサは獣のような叫び声を上げ、黍畑で痙攣《けいれん》した。左眼の奥にかんかんに熾《おこ》った炭を詰め込まれたようだ。

「兄、兄、ごめんなさい、ごめんなさい」

涙に咽《むせ》ぶサネンの声と白鳥の羽の音が重なり、ひとつに混じり合って区別がつかなくなった。滾《たぎ》る坩堝《るつぼ》の中を飛ぶ白い鳥はどんなに美しかっただろう。焦熱の地獄を涼やかに飛んでいくのだ。白鳥が羽ばたくごとに、身を切り裂かれるような痛みに泣き叫び、だが同時に全身が震え奥歯が音を立てて鳴るほどの歓《よろこ》びを覚えた。鳥の与える苦痛と快楽に気が狂いそうだった。

「ごめんなさい」サネンがフィエクサに覆《おお》いかぶさり、柔らかな頬を寄せてきた。

「黙れ」フィエクサは怒鳴った。「謝るな、サネン」

大声を出すと、傷が開いて眼窩《がんか》から血が噴き出るのがわかった。サネンに向かって声を荒らげるなど、はじめてのことだ。

「ごめんなさい、なんて二度と言うな。おまえが悪いんじゃない。おまえはなにも悪くないんだ。今度謝ったら、俺はおまえを許さない。兄妹《きょうだい》の縁を切るからな」呆然《ぼうぜん》とするサネンに、フィエクサは再び声を張り上げた。「わかったか。サネン、二度と謝るな。おまえが悪いんじゃない」

　サネンが唇を噛《か》んで頷《うなず》いた。その拍子に大粒の涙がぼろぼろとこぼれ落ちて、フィエクサの胸を濡らした。フィエクサは震える腕を伸ばして、サネンの涙を拭《ぬぐ》った。熱い涙がひび割れた指先に沁《し》みて疼《うず》いた。

「サネン。おまえは笑っていろ。歌っていろ」

「フィエクサ兄？」

「お願いだ、サネン。おまえは笑っていろ。そうでないと俺は」

　それきり、フィエクサは意識を失った。

　眼を覚ましたとき、自分の小屋にいた。そばにはサネンの姿はなく、アジャがひとまわり萎《しぼ》んだように座っていた。

「フィエクサ、我がわかるか？」

「ああ」掠《かす》れた声しか出なかったが、なんとか返事ができた。

「おまえは丸二日眠っていたのだ。どうだ、まだ酷《ひど》く痛むか」

顔半分を覆った厚い布に触れてみた。痛みと痺《しび》れが混ざり合い、酷い吐き気がする。

そのとき、ふいに眼の奥に真っ赤な空が映った。黍畑で起こった悪夢が甦《よみがえ》る。

「サネンはどうした？　酷い目に遭わされてないか」

「心配ない。さっきまでおまえに付いておったが、トウグラの仕事を休めないので出て行った」

「そうか。よかった」

フィエクサは眼を閉じた。なにか中途半端《はんぱ》な違和を覚え、しばらく考えてふいに気付いた。そうか、と吐き気を堪《こら》えながら言い聞かせる。俺の左眼は潰れてもうない。俺はもうこの世の半分しか見えないのだ。

「すまん。あのときはああ言うしかなかった」真常アジャがフィエクサに詫びた。

「わかってる。アジャは俺を助けてくれたんだ」フィエクサはゴザに横たわったまま答えた。「それより、サネンを責めないでやってくれ。あいつのせいじゃない」

「無論だ。そのことだが、フィエクサ、怒らずに聞け」真常アジャが言いにくそうな顔をした。「おまえの薬代はサネンに付けた、と」

「なんだって、そんな……」

起き上がろうとしたフィエクサをアジャが懸命に止めた。

「寝ていろ、寝ていろ。そもそもはサネンが犯した罪だ。だから、サネンが払うのが筋だ、と。そう言って、衆達はサネンの証文に上乗せしたそうだ」

「筋？　なにが筋だ。ばかばかしい」フィエクサは怒鳴った。「汗を拭くのが罪か？　そんな筋、最初っから間違ってる」

「落ち着け、フィエクサ。今、おまえがやらなければならないことは、養生して早く傷を治すことだ。そうせねば、サネンの借財が増えるだけだ」

真常アジャは強く言い、起き上がろうとしたフィエクサの肩を押し戻した。

「くそっ」フィエクサはゴザの上で歯噛みして泣いた。

十の女の子の証文を書き換えて、一体なにがしたいのだ。このぶんだと、たとえ年季が明けたとしても、サネンは利息すら払えないだろう。どこまでこの世は非情なのか。なぜ、ヤンチュは踏みつけにされなければいけないのか。一体、いつまでこんな思いをしなければならないのか。死ぬまでか？　いっそ、それなら。

ふと、脳裏にある光景が浮かんだ。なにか黒い影に向かって、思い切り斧《おの》を振り下ろすのだ。よく研いだ斧の先端が頭を割った。だが、その相手は横目なのか衆達なのかもわからない。ただ、とてつもなく禍々《まがまが》しい邪悪な塊だった。脳天から噴き出す血を浴び、フィエクサは笑った。ざまあみろ。思い知れ、思い知れ。

突然溢れ出したどろどろとした感情の凄まじさに息が詰まった。人を殺したいほど憎んだのは、これがはじめてだった。この黒い底無しの悪意には、自分自身でさえも呑《の》み込まれてしまいそうだった。身体《からだ》の中の汚れた塊を追い出そうと何度も息を吐いた。こんなことを考えれば、悪神を呼んでしまう。サネンのためにも踏みとどまらなければいけない。サネンのためにも。フィエクサは懸命に頭の中の黒い霧を追い払った。

ふた月ほどで眼の傷は癒《い》えたが、引き攣《つ》れた痕《あと》が残った。フィエクサが芭蕉布《ばしようふ》の端《は》切《ぎ》れを頭に巻き付けていると、サネンが怒った。

「フィエクサ兄、隠す必要なんかない」

「なぜだ、サネン。こんな醜い傷、見るのもいやだろう？」

「隠すのは悪いことをしたときだけだ。兄はなにも悪いことをしていないんだから、堂々としていればいい」

「でも、サネン」

「あたしが悪くないんだったら、フィエクサ兄はもっともっと悪くない。だから、そんな布なんか巻く必要ない。俯《うつむ》かないで、顔を上げて、その傷をみんなに見せてやればいい」

サネンは懸命に説いた。正直、サネンの言葉は辛《つら》かった。容貌《ようぼう》にこだわるのはくだらないと思うが、それでも人の眼は気になる。自分の顔を見るたび、人が露骨に顔を背けたり、眉《まゆ》を寄せ舌打ちしたりするのは、決して気持ちのいいことではない。なのに、サネンは顔を上げていろというのだ。

「兄、絶対に隠しちゃいけない。こんなことで、兄がこそこそするのはおかしい」

サネンが癇癪《かんしゃく》を起こしたように叫ぶと、唇をへの字に曲げた。血の上った頬は真っ赤に染まっている。眼には一杯に涙を溜《た》めていた。

そのとき、ようやくサネンの気持ちがわかった。フィエクサがサネンに謝るなと要求したように、サネンはフィエクサに顔を上げていろと言う。同じことだ。この先、生きていくためには決して譲れないものだ。

「わかった。じゃあ、この布は外そう」フィエクサはサネンの髪に触れた。「そうだな、俺が隠す必要なんかないんだ。サネンの言うとおり、他のやつらに見せつけてやる」

そして、頭に巻いていた布を取り去り、小屋の床に投げ捨てた。

「どうだ？　この兄の傷は？」

すると、サネンが手を伸ばし、フィエクサの傷に触れた。痛々しいほど真剣な顔で、潰れた眼をそうっと撫《な》でた。

「兄は本物の鷲《わし》みたいに強くてきれいだ」

サネンはにこりともしなかった。やっぱり大真面目《おおまじめ》な顔で、何度も何度もフィエクサの傷を撫でた。

「兄は強い。強くてきれいな鷲だ」

フィエクサはなにも言わず、ただじっと座ってされるままになっていた。サネンの小さな指が傷ついた孔《あな》に触れるたび、静かな熱が湧《わ》いて全身に広がった。まるで、はじめてサネンと眠った夜のようだった。

「俺はフィエクサ、鷲だ。いつか本物の鷲になって、空を飛んでやる」

「兄なら飛べる。きっと飛べる」

潰れた左眼は暗い孔だった。だが、今、その孔の奥にはサネンがいた。深く果てなしの闇だったが、はっきりとサネンが見えた。

「サネン。もう、俺は大丈夫。ちゃんとおまえが見えるから」

サネンが今にも泣き出しそうな顔をしたが、ぎりぎりで踏みとどまった。かすかな嗚咽《おえつ》を呑み込むと、満開のサネン花のように笑った。


左眼を失ってから、はじめて碁盤に向かった日だ。

碁石を握りながら、かすかな違和を覚え集中することができなかった。まるで碁盤の広さがわからないのだ。これまでなら、一目で盤全体を見通すことができた。だが、今は違う。中央なら中央、隅なら隅、上辺なら上辺、下辺なら下辺、と部分的にしか見られない。顔を盤に近づけたり遠ざけたりして、懸命に全体を眺めようとするが、なかなかうまくいかない。

「どうした？ 石が見づらいのか？」アジャが気遣《つか》って訊《たず》ねてきた。

「見えることは見えるんだ。でも、石の広がりが摑めない。昔はちらと見れば、全体の流れが読めた。なのに、今は眼を動かさないとわからない。石がぶつぶつ切れて見える」

「独眼に慣れるまでは仕方のないことだ。おまえはまだ、独つの眼でものを見る稽古《けいこ》ができていない。焦《あせ》るな、いずれできるようになる」

「でも、もし、このまま碁が打てないようになったら」

「案ずるな」アジャが低い声でフィエクサを諭《さと》した。「おまえはまだ十二だ。なんでも慣れる」

だが、その言葉はフィエクサをかえって苛立《いらだ》たせた。

「くそっ」手にした碁石を思い切り握りしめ叫んだ。

「落ち着け」アジャが強い口調で言った。「フィエクサ、おまえはサネンを哀《かな》しませたいのか？」

「サネンを？」はっとして、フィエクサは顔を上げた。

「そうだ。兄は自分のせいで碁が打てなくなった。そんなふうに思わせたいのか？　それでなくとも、サネンは責任を感じておる。小さいなりに、兄を傷つけたのは自分だと、そう思って苦しんでおる」

「でも、サネンはそんなことを感じる必要はない」

「なくとも感じるのだ。おまえが寝込んでいる間、サネンが我の許《もと》に来てこう訊ねた。自分の眼をおまえにやるにはどうしたらいいか、と」

「自分の眼を？」

「ああ。そんなことはできんと言ったが、納得せんでの。アジャは物知りだから知っているはずだ、と引き下がらんのだ。我は困った。放っておくと、自分で眼を抉《えぐ》り出しかねん様子でな。諦《あきら》めさせるのに骨を折った」

「サネンの馬鹿《ばか》が」フィエクサは呻いた。

「そう言ってやるな。あれはそのあと、ずっと山の神さまを拝んでおったのだ。夜に小屋を抜け出して、ひとりで山へ入ってな」

「そんな、夜にひとりで山へ行くなんて」フィエクサは胸が詰まった。

「我がきつく叱《しか》って止《や》めさせた。まったく無茶なことをするものだ」ひとつため息をつき、フィエクサの眼をじっと見た。「だから、おまえは平気でいろ。独眼でも変わりなく働け、変わりなく碁を打て」

フィエクサは黙って頷《うなず》いた。アジャはフィエクサの拳《こぶし》をそっとほどき、碁石を取り出した。

「焦るな、自棄《やけ》になるな、そして、精進しろ。なにが身を助けるかわからんからな」

「碁が身を助ける?」

「ああ、そうだ。おまえに面白い話をしてやろう。今から百有余年も昔の話だがな」

アジャはフィエクサの顔をじっと見、諭すように話しはじめた。「琉球《りゆうきゆう》王が親雲上《ペイチン》濱比賀《ハマヒカ》という碁の上手を連れて、江戸に上ったことがあった。当時、江戸で名高い名人碁所《ごどころ》、本因坊道策と対局させたのだ。島津公のお屋敷でふたりは二局打った」

「まさか、碁を打たせるために連れて行ったのか？」

「そうだ。きっと、琉球王はよほど親雲上濱比賀が自慢だったのだろうな」

「じゃあ、本因坊とはなんだ？　名人碁所とは？」

「世には碁の家元が四家ある。本因坊家、安井家、井上家、林家だ。これらがたったひとつの名人碁所の席を争い、しのぎを削っておるのだ。名人碁所とはお上からお墨付きを頂いた……要するに当代一の打ち手、碁打ちの頂点の称号だ。名誉であるだけでなく、様々な特権もある。御城碁《おしろご》に出仕できるのは、家元と跡目、それに次ぐ実力者だけだ。そして本因坊道策は歴代の碁所のなかでも、抜きんでた力の持ち主であった」

「なるほど、で、琉球棋士との対局はどうなったんだ？」

「親雲上濱比賀は一局目大敗したが、二局目は勝った。結局、上手二子《じょうずにし》の免状を頂いたそうだ」

「上手二子？」

「三段相当だな。世には碁所発行の免状というものがあってだな、その者の力に応じて段位が定められる。最高位は九段。これはこの世でただひとり、名人だけに許されている。八段は準名人。七段を上手と呼ぶ。このあたりは凄《すさ》まじく強いぞ。この七段に常に二子置いて打てる者が、上手二子、三段だ」

「アジャは？」

「我は免状こそないが、初段くらいであろうな」

「アジャでそんなものなのか？」フィエクサは衝撃を受けた。

「当たり前だ。傲《おご》るわけではないが、初段でも相当なものなのだぞ。ただ、上には上がある。強い者は神のように強いのだ」

呆然《ぼうぜん》と真常アジャの話を聞いていた。碁はどんなに面白くても、ただの遊びだと思っていた。碁で人に認められるなど想像もしたことがなかった。しかも、琉球からははるばる江戸まで、ただ碁を打つためだけに連れて行ってもらえるなど、到底信じられない。フィエクサはその琉球棋士が羨《うらや》ましかった。斧が腐るまで碁を眺めていたという男と同じくらい、幸せな男に思えた。

それだけではない。ヤマトには自分の想像を遥《はる》かに超えた、凄まじい打ち手がいるのだ。名人とは一体どれほどのものなのか。一体どんな碁を打つのだろうか。

「今の名人碁所は本因坊丈和《じょうわ》という。一度でいいから、そういう者と打ってみたいものだ」

アジャがしみじみと言い、フィエクサは黙って頷いた。興奮と混乱で声が出なかった。

もし、俺がもっともっと化物のように碁が上手になれば、島代官の目に留まるかもしれない。薩摩へ上国する際、連れて行ってもらえるかもしれない。そして、琉球王か島津公の声が掛かるかもしれない。褒美《ほうび》がもらえれば、サネンの証文を取り返してジブンチュに戻してやれるかもしれない。いや、俺だってもしかしたらヒザから脱け出せるかもしれない。

「碁が強くなれば褒美がもらえるか?」

「ああ、無論だ」

「片方、眼が潰《つぶ》れていてもか?」

「ひとつだろうがふたつだろうが、眼の数は関係ない」

「ヒザでもか?」

「ああ、ヒザでもだ」

「どれくらい貰《もら》える? 砂糖何斤《きん》だ? それとも羽書《はがき》か?」

フィエクサが勢い込んで訊ねると、アジャが苦笑した。

「砂糖や羽書ではないだろう。金何枚、銀何枚だろうな」

「なんだ、羽書じゃないのか」

思わずがっかりして、ゴザの上に尻《しり》を落としてしまった。そんな様子を見て、アジャがいよいよ笑った。

「おまえは知らぬだろうが、世には銭というものがある。金やら銀やらの薄い板でな。ヤマトの人間はそれでものを購《あがな》うのだ」

「羽書とどう違う？」

「役割は同じだ。この島でも昔は銭がつかえた。だが、おまえの生まれるすこし前くらいだろうな、この島では銭が禁止になって、なにもかもが砂糖と引き換えになった。最初はいちいち砂糖と交換していたのが、手間でな。代わりに羽書というものを作ったのだ」

それを聞いても銭というものがよく理解できなかった。アジャの言うとおり、島の暮らしはすべて砂糖だった。

島の人間は黍《きび》を育て、砂糖を作る。横目の決めた量の砂糖を納め、余った砂糖が取り分となる。その余計糖を役人に買ってもらい、代わりに羽書を受け取る。その羽書で米から茶、蠟燭《ろうそく》、包丁の一本までみんな購うのだ。たとえば、余計糖一斤で米四合ほどになった。

「じゃあ、とにかくその金や銀やらの銭というやつも、たいそうな価値があるのだな」

「ああ。無論だ」

「その銭というものはいつでもつかえるのか？　春から夏の間だけというのではないのか？」

羽書で物が購えるのは五月六月七月と、年に三ヶ月だけだ。もし銭もそうだとしたら、褒美を八月にもらったのなら、サネンを明くる年の五月まで待たせることになる。

「心配するな。銭はいつでもつかえる。だから、つかわずに貯《たくわ》えておくこともできるのだ。それに、今でも番屋のあたりではこっそり出回っているぞ。ヤマトの船の水夫《かこ》がいるからな」

「そうか、よかった」

ふたたび光が差してきた。もっと碁が強くなるのだ。そして、サネンにもっとよい暮らしをさせてやるのだ。水仙のかたちをした銀の簪《ギファ》を挿し、綾錦《あやにしき》のような針突《ハヅキ》を入れたサネンを想像すると、胸がじんと熱くなるのを感じた。サネンは一体どれだけ喜ぶだろう、どれだけ笑ってくれるだろう。

心の片隅ではわかっている。所詮《しょせん》、そんなことは夢だ。そんなことが起こるはずがない。でも、もしかしたら、と夢を振り切ることができないのだ。夢は痺《しび》れるほどに甘い。夜に香るクチナのように、ねっとりと絡《から》みついた。

「そうら、よく見ろ。これが道策の御城碁だ」真常アジャは盤に石を並べはじめた。

「時は天和《てんな》三年。相手は安井春知《しゅんち》。このとき、道策は二子置かせて打った。希代の名勝負と言われておる」

右上星の黒に、白がケイマでカカった。すると、黒は大ゲイマで応じる。つぎに、白は左の星から三間に開いた。

「真常アジャはどうしてそんなことを知っているのか？　見たわけでもないのに」

フィエクサが驚くと、アジャは苦笑した。

「碁には棋譜というものがある。それには初手から終局まで、すべての石の運びが記されておる。昔、まだ我がユカリチュだった頃は、暇を見つけては道策の棋譜を並べたものよ。何度も並べるうち、すっかり憶《おぼ》えてな。そのおかげで、今、おまえにも石を並べてやれる」

真常アジャは次々と石を置いていった。フィエクサは息をするのも忘れて、盤上を見つめた。

「そら、これは道策がよく使う手だ。この白をどう思う？」

真常アジャは下辺の黒に白をツケた。フィエクサはすこしとまどった。なんでもない手のようだが、黒の反応を利用してこの先の盤面を作るつもりに見える。応手《おうしゅ》を間違えれば、後々までこちらの味が悪くなるかもしれない。

「いやな手だ」

「そうだろう、そうだろう。ほらほら、おまえはこの白にどう応《こた》える？」

アジャが面白そうに試してきた。フィエクサはツケてきた白をアテようとした。

「間違えたな、フィエクサ。それは悪手《あくしゅ》だ。やり直し」アジャが鋭く叱責《しっせき》し、フィエクサの置いた石を除《の》けた。「考えろ。フィエクサ。強くなりたければ考えろ。もっと、もっと、一日中、石のことだけ考えろ」

アジャは厳しい声で命じた。だが、同じ命じるのでも、衆達《しゅうた》や岩樽《いわだる》のものとはまるで違っていた。フィエクサはふいに父を思い出した。遠い昔、父はフィエクサに山のしきたりを叩《たた》き込んだ。山は山の神さまのもの。わきまえて振る舞えば、山の神さまは守ってくれる。ただし、ひとたび勝手を通せば怖《おそ》ろしいことになる、と。アジャの厳しさはそのときの父と同じだった。

そのとき、石の形が見えた。フィエクサはごく単純にツイだ。

「そう。それがよい手だ」アジャが嬉《うれ》しそうな声をあげ、どんどん手を進めていった。

「それ、ここからがこの碁の一番面白いところだ。よく見ておれ」

　アジャは右上隅の白地を示した。だが、これといって問題があるようには見えない。

「わかるか、白はここを捨てたのだ」

「隅を捨てる？　信じられない。平気なのか？」

「その代わり、白はもっと大きなものを取った。黒は隅を取ったのではない。取らされたのだ」そう言って、アジャは下辺に黒が三子並んだ頭を白で押さえた。「ここは先手《せんて》だ。大きいぞ」

　フィエクサは目を見張った。なんと鮮やかな石の運びだろう。上手《うま》く打ち回したつもりで隅を取れば、それは巧妙な罠《わな》だった。相手はまったく別の場所を睨《にら》んでいたのだ。

「凄《すご》い。これが道策の碁か」

「道策自身もこの碁を生涯の傑作と言っておる。いささかの遺憾もなく打ち終わらせて、ついに一目の負けにせしは、自ら大いに誇りとするところにして、一生中ふたたび得られざる対局なり、と」

「え、この碁は白が負けたのか？」

「ああ、黒は二子置いていたからな。内容を考えれば白の勝ちと言ってもよい」

フィエクサは大きな息を吐いた。二子置こうが負けは負け。なのに、それを生涯の傑作と言う道策に感嘆した。

「俺もこんな碁が打てるようになりたい」

「我もそうだ」アジャがにっこりと笑った。「我もおまえと同じだ、フィエクサ」

そのとき、ふいにフィエクサの胸に熱いものがこみ上げてきた。

「アジャ、アジャはなぜ俺に親切にしてくれる？　俺はただのヒザなのに」

「ただのヒザが親切にされて不思議か？　それどころか、我はおまえに感謝しているのに」

「感謝？　俺に？　まさか」

フィエクサが驚くと、アジャは足をゆったりと組み直し、寛《くつろ》いだ笑顔を浮かべた。

「我はおまえを本当の子か孫のように思っている。おまえに碁を教えるようになって、我はようやく生き返れたのだ」

「アジャ、そんなふうに言われると、どうしていいか困る」

「困る必要はない」アジャが微笑《ほほえ》んだ。「ヤンチュになってからというもの、我は世から眼を背け、狭い碁盤のみを眺めて生きていた。だが、おまえに会って碁を教えるうちに、はじめて碁盤の広さに気付いたのだ。島一番の打ち手と言われ、毎夜酒を飲み、浮かれ、神も拝まなかった我がどれだけ愚かであったか、今になってわかる」

アジャが両の膝《ひざ》に手を置き、真《ま》っ直《す》ぐにこちらを見た。笑みは消え、真摯《しんし》な顔だ。

「我は嬉しいのだ、フィエクサ。毎夜、こうやって石を並べる。すると、おまえの中に我の得た知識が流れ込んでいくのだ。我の人生は無様なものであったが、おまえの糧《かて》となるならば無駄ではなかったということだ。我の碁への思いはおまえの中に生き続ける。だから、我は残り少ない人生を楽しんで生きていける。これほどの果報があろうか」

「アジャ、俺はただのヒザなのに」

「ヒザがどうした？　胸を張って受け取れ。何度でも言う。我はおまえに感謝している」

信じられない言葉だった。フィエクサは懸命に涙を堪《こら》えた。

「俺だってそうなんだ。今まで生きてこられたのはサネンがいるからと、アジャが碁を教えてくれたからだ」

「サネンか。おまえたち兄妹の絆《きずな》はよほど深いようだな」

「サネンがいなければ、俺はとっくにだめになっていただろう」

フィエクサが答えると、アジャがわずかに眉《まゆ》を曇らせた。

「なんだ、どうした、アジャ？」

「いや、妹思いも結構だが、おまえを見ていると少々不安になるな」

「それはどういうことだ？」

「一緒にいられるのは今のうちだけだ。サネンもいずれ他の男のものになる。おまえも気付いているだろう？　あれは色も白いし髪も美しい。将来が楽しみだ、と男たちの間で噂《うわさ》だ」

「誰がそんなことを、サネンはまだ子どもじゃないか」かっとし、思わず声を荒らげた。「どうせ安態《あんぐま》だろう。あいつに決まってる」

「落ち着け。妹のこととなると困ったものだ」アジャがため息をついた。「考えろ、フィエクサ。今は子どもでも、やがて女になる。好いた男ができれば、おまえから離れていくのだぞ」

フィエクサは声も出なかった。サネンが離れていくなど、想像もできなかった。

「じゃあ、俺はどうなる？」

ようやくそれだけを絞り出すと、アジャが憐《あわ》れみのこもった眼差《まなざ》しを向け、静かに諭した。

「どうもならん。おまえにもいずれ好いた女ができるだろう。おあいこだ」

「俺は好いた女なんかいない」

「いずれだ。いずれ、その女のことしか考えられないときがくる。昼も夜も、頭も身体《からだ》も、なにもかもがその女のことでいっぱいになる。それが自然だ。だから、今から覚悟をしておけ。妹の幸せを妨げる真似《まね》だけはするなよ。サネンがいなくなっても、おまえには碁がある」

アジャがそこですこし言い淀《よど》み、盤から眼を逸《そ》らして粘りけのある声で呟《つぶや》いた。

「だが、どれだけ打っても決して石に溺《おぼ》れるな。この我のようになるぞ」

「どういうことだ？」

しばらくの間、アジャは手の中で石を転がしていたが、それ以上はなにも言わなかった。

サネンが離れていくなど、絶対にあり得ない。そんなこと、絶対にあるはずがない。フィエクサは自分に言い聞かせた。今、一条《ひとすじ》の道が見えた。暗く深い山を抜けて、空へと続く道だ。俺は強い鷲《わし》になる。そして、必ずサネンを自由にしてやるのだ。

「さあ、一局打とうか」アジャが言った。

石を握った途端、心が落ち着いた。フィエクサは石の流れにマブリを委《ゆだ》ねた。先程あれほど滾《たぎ》った野心はいつの間にか消えていた。サネンのことも褒美のこともなにもかも忘れ、黒白の世界に吸い込まれていった。

海のはなし　2

鷲《わし》が一旦《いったん》口を閉ざし、ぐるりと海を見渡した。

海は凪《な》いで波ひとつない。あまり静かなので、茉莉香《まりか》は外海を漂っていることを忘れそうになる。果てしなく巨大な盥《たらい》の中に浮いているようだ。

「こんな夜は来るな」鷲がぼそりと呟《つぶや》いた。

「来るってなにが？」

だが、茉莉香の問いはまるでなかったかのように無視された。鷲は海に眼をやったまま、こう問いかけてきた。

「では、こんな歌を知っているか？」

「こんな、こんな、ってなに？　全然わからない」

鷲は茉莉香の抗議を無視すると、再び裏声を響かせた。

姉妹神御神《ウナリカミウカミ》　白鳥やあらじ　白鳥居《い》しゅん　舟ぬ外艫《そとども》に

「捻《ねじ》れているのだ」艇首《バウ》に立つ鷲はわずかに嘴《くちばし》を歪《ゆが》めた。

「捻れてるってなにが？　どう捻れているの？」

「これは、船乗りが舟の舳先《へさき》に留まった白鳥を見て、姉妹神《ウナリカミ》の加護だ、吉兆だと喜ぶ歌だ。このあたりの島ではな、姉や妹といったものは特別なのだ。強い力を持って、兄や弟を守るとされている」

「白鳥なら吉兆なんだ」茉莉香は笑った。「鷲じゃ駄目なの？」

「残念だが」当たり前だ、というふうに鷲は嘴をしゃくった。「捻れていると言っただろう？　姉妹が白鳥になって舳先に留まるのだ。兄弟が鷲になって留まっても仕方ない。そもそも、俺が海にいること自体がおかしいのだ。昔は海など気にも留めなかったからな」

「どうして？　南の島でしょ？　海は暮らしの一部じゃないの？」

「漁をする者はそうかもしれぬが、俺にとっての暮らしは山だ。島には平地などほとんどなく、海からすぐに山になる。足許《あしもと》には苔《こけ》、羊歯《しだ》、クチナの花が咲き、芭蕉《ばしょう》が揺れ、椀《わん》のようなオオタニワタリが吊《つ》り下がる。見上げれば、眼の眩《くら》むようなイジュにヘゴ。どこを見ても濡《ぬ》れたような緑、緑なのだ。いつも雨が落ち、風が吹き、森が揺れる。そして、朝には濃いねっとりした霧が音も立てずに降りてくるのだ。人の暮らしを犯すようにな。人は山の片隅に寄生しているだけだ」

　鷲はわずかに頸《くび》を反らし、半眼になって語った。時折混じる押し殺した吐息が裏声のように響き、茉莉香を擦《す》る。手指足指の先までが、じんと痺《しび》れたようになった。

「ねえ、ほんとに山が好きなのね」

「俺は山に囚《とら》われた狂者《フリムン》、つまり物狂いのようなものだ」

「なのに、どうして海なの？　なんで捻れてるんだろう？」

「俺には加護など届かぬからだろう。この世の道から外れているからな。捻れてしまったのは、意趣返しかもしれん」

「意趣返し？　誰からの？」

「この世からだ」

「この世？　世の中、世界があなたに意趣返しをしているってこと？」

　茉莉香は鷲の言っていることがよくわからなかった。

「そうだ」鷲はそれきり口を閉ざした。

浜で借りたカヤックを見下ろした。ふいに兄の言葉が思い出された。奄美《あまみ》の海はきれいだぞ。

——茉莉香、元気になったら一緒にカヤックに乗ろう。奄美の海でカヤックに乗っている。

だが、その度に茉莉香は拒んだ。なのに、今、茉莉香は奄美の海でカヤックに乗っている。しかも、きれいなはずの奄美の海は、墨のように暗いだけだ。

これが私の捻れなのだろうか。私も鷲と同じようにこの世から意趣返しをされているのだろうか。

やがて、鷲がふと思いついたように言った。

「おまえは梔子《くちなし》の花を知っているか？」

「まあ、ね。家の庭に植えてあったから」

「庭のある屋敷か。結構な暮らし向きだな。名のある家か？」

「まさか。建て売り住宅にくっついた、ほんの小さな庭だから。梔子と花水木とひょろひょろの桜があるだけ」

「贅沢《ぜいたく》を言うな。庭があるだけで充分ではないか。それで、梔子をどう思う？」

「あの花は香りが強すぎると思う。夜になって暗闇《くらやみ》から漂ってくると、むせそうになるから、好きじゃない」

茉莉香もそっと眼を閉じた。記憶の中から白い影が立ち上り、梔子の香りが襲ってくる。胸が押さえつけられたように重苦しい。茉莉香は眉《まゆ》を寄せ軽く唇を噛《か》んだ。梔子は夜を思い出させる。湿った闇の匂《にお》いだ。

「花そのものはどうだ？　美しいと思うか？」

「花自体は綺麗《きれい》だと思う。ちょっとジャスミンに似てるよね」

「ジャスミン？」

「茉莉花《まつりか》のこと。白くていい香りがする花。私の名前もそこから来ているの」

「まだ名を聞いていなかったな。おまえの名はなんだ？」

「私は茉莉香。茉莉花の香り、という意味。ほら、奄美にもよく似たのがあるじゃない？　ほら、小さな白い花がいっぱい咲く、そう、月橘《げっきつ》」

「ゲッキツ？」

「ええ。月のタチバナと書いて月橘。よく生け垣に使われてる」

「白い花が咲く垣？　ああ、あれは月橘と言うのか」鷲の声はわずかだが弾んでいた。

「なるほど。面白い」

「面白い、ってなにが？」

「島では別の名があるはずだが、どこでも見かける花だから意識したことはなかった。それを今になって、しかもヤマトの人間に教えてもらうとはな。長く飛んでいると、いろいろなことがあるものだ」

鷲が悪戯《いたずら》っぽい目をしながら、軽く足を踏み鳴らした。興奮した小学生の男の子のようでおかしくなった。

「そう言ってもらえるなら、私が遭難した甲斐《かい》もあるってわけね。でも、月橋も月桃《げっとう》も月がついてるけど偶然？　奄美では月が大事だったの？」

「月は大事だった。十五夜に二十三夜」艇首で鷲がいっぱいに頸を反らし、半分ほどの月を見上げている。「今夜は二十三夜だ。島ではみな、おまえの無事を願っているだろう」

「二十三夜？」

「二十三夜には寝ずに月待ちをして、二十三夜の神を拝む。家を離れて旅する者の無事を祈って、月に向かうのだ。二十三夜さまへ捧《ささ》げる踊りもあってな」

鷲が片翼を広げて月を差し、ゆらゆらと身体《からだ》を揺らした。茉莉香は半分の月に形だけの手を合わせた。家で待つ家族は自分の無事など祈ってはいないだろう。だが、それはみな自分の招いたことなのだ。

ふいに、鷲が低く呟いた。

「来たな」

海に眼をやると、波間に揺れるぼんやりとした灯りが見えた。

「船だ」茉莉香は叫んだ。

船が来たのだ。しかも、灯りはひとつではない。漁船団でも通りかかったらしい。

身を乗り出し、大きく手を振った。カヤックは茉莉香と鷲を乗せたまま、ぐらぐらと揺れた。

「ここよ、助けて」

大声を出すと、渇ききった喉《のど》が裂けそうに痛む。それでも、懸命に叫び続けた。

「助けて、助けて」

だが、何度声を振り絞っても、灯りは一向に近づいてこない。波に隠れては消え、現れては灯《とも》り、なにやらおぼつかない。

「こっちよ、こっち」

茉莉香は咳《せ》き込んでカヤックにうつぶした。助けると見せかけて、突き放す。やはり、これが判決なのか。歯を食いしばって顔を上げた。そして、ぎょっとした。

いつの間にかカヤックは無数の灯りに取り囲まれていた。どの灯も薄暗く頼りない。輪郭が定まらず、滲《にじ》んだようにぼやけている。その上、動きがおかしい。波に揺られて上下に揺れるだけでなく、ふいに飛び上がったり、沈んだり、まるで溺《おぼ》れた人がもがいているように見える。

「あれは？」茉莉香は背に冷たいものを感じた。

「おまえらがいう船幽霊だ」鷲は事も無げに答えた。

「船幽霊？」

「ああ。このあたりの海で死んだ者のマブリが彷徨《さまよ》っているのだ」

「まさか、私を引きずりこむつもり？」

「さあ、どうだろうな。おまえはもう半分こちらの人間だ。あいつらも仲間を襲ったりはしないと思う。あいつらが憎んでいるのは生者だけだ。温かい身体を羨《うらや》んでいるのだ」

「そう。私は半分死んでるから大丈夫なのよね」茉莉香はほっとした。

「たぶんな。保証はできんが」

「そんな、じゃあ、私も狙《ねら》われる可能性があるの？」

茉莉香は思わず身を震わせた。その様子を見て、鷲が胸の羽毛を震わせて笑った。

「あいつらに取り殺されるのは辛《つら》いぞ。海の底に引きずり込んで、よってたかって熱を奪うからな。氷のように冷たいぶよぶよとした塊が、おまえに寄せてくるのだ。なにせ、あいつらは温《ぬく》みのある血や肉に憧《あこが》れているからな」

「ひどい」

腐って膨らんだ水死体に抱かれるところを想像し、ぞっとした。あわてて四方を見渡すと、やはり亡者《もうじゃ》の光が波間に浮いている。その数は一向に減らない。それどころか、さきほどより増えてきたような気がする。恐怖が膨れあがった。

「心配するな。俺がここにいる限り、あいつらも襲ってはこぬだろう。見ていろ、そのうちに去っていくから」

鷲の言うとおりだった。船幽霊たちはしばらくの間カヤックの周りで揺らめいていたが、来たときと同じようにゆっくりと波の向こうへ離れていった。

そのとき、はっとした。

「ねえ、待って。行かないで」

茉莉香は狭いコクピットで腰を浮かし、腐った光の群れに向かって声を張り上げた。だが、船幽霊たちはどんどん遠ざかっていく。今ではもうはるか遠く、朧《おぼろ》な点になってしまった。

「行かないで」

腕を振り回して絶叫した。突然、興奮した茉莉香に、鷲はすこし驚いた様子だった。

「どうした？　やつらが怖《おそ》ろしいのではなかったのか？」

「だって」茉莉香は船縁《ふなべり》を叩《たた》いて身をよじった。「もしかしたら、もしかしたら、あの中に兄のマブリがいるかも」

「兄のマブリがいたとしたらどうする?」

「どうするって」

茉莉香はそこで答えに詰まった。兄のマブリに逢《あ》えたとしたら、私はどうするのだろう。詫《わ》びるのか? それとも、厚かましく判決の催促か? いや、そのどちらもできないかもしれない。きっと、また兄を台無しにするのだろう。生きていたときも死んだあとも、兄を台無しにしたように、マブリになった兄も台無しにしてしまうに違いない。

「わからない」

力なく呟いて、茉莉香はコクピットに崩れ落ちた。鷲はなにも言わなかった。船幽霊たちの姿は完全に消えた。海にあるのは月の光だけだ。

「ねえ、私はどうなるの? 半分死んでいるってことは、そのうちに完全に死ぬの? それとも、ずっと中途半端《はんぱ》なまま?」

「わからん」鳥は茉莉香の眼を見ずに言った。「死ぬやもしれぬし、助かるやもしれぬ。人外のものに落ちるやもしれぬ。それは誰にもわからぬことだ」

「そんな……」

判決などない。それが自分に下された判決なのか。突然、喉の奥から湿った塊がこみ上げてきた。留める暇もなく眼から涙がこぼれ落ちる。

「おまえは簡単に泣くのだな」頭の上から、鷲《わし》の冷ややかな声が聞こえた。

「ほっといて」茉莉香は叫んで唇を嚙みしめた。

「まるで子どもだな。だが、まあ好きにしろ。気が済むまでそこで泣いていればよい」

鳥は嘲《あざけ》るように言うと、のんびりと胸の羽毛を繕いはじめた。茉莉香はいよいよ惨《みじ》めになり、カヤックのコクピットで身を折り曲げ泣きじゃくった。悔しくて、情けなくて、ライフジャケットの下の胸が何度も痙攣《けいれん》した。泣けば泣くほど、鷲の言ったことが正しくなる。それがわかっているのに、涙が止まらない。

「子どもでも仕方ないでしょ?」茉莉香は声を詰まらせながら怒鳴った。「途中、七年ほど抜けてるんだから」

「抜けている? どういうことだ?」鷲が不思議そうな返事をし、顔を上げた。

「寝てたの、丸々七年間もね。私は八つの頃、交通事故に遭ったの。あれはね、夏休みに入ったばかりの暑い日で、私は兄と自転車で公園に行く途中だった。前カゴに買ってもらったばっかりのバドミントンのラケットを積んでた。横断歩道の向こうから、兄が呼んだのよ。茉莉香、早くおいで、って」

兄の自転車は何段も変速がついたスポーツタイプだった。茉莉香の先をぐんぐん進んでいくのだ。茉莉香はすこし遅れていた。カゴから突き出したラケットが落ちそうで、気になったからだ。信号が点滅をはじめた。茉莉香は焦《あせ》って思い切りペダルを踏み込んだ。

「次の瞬間、ダンプに轢《ひ》かれてね。頭を強く打って意識不明。気がつくと十五歳ってわけ」

「なるほど。おまえがやたらと幼いのは、そのせいか」

「そう。七年分、知識と経験が少ないの。当然、その分の精神的成長もなし」

眠っていたことが言い訳にならないことくらい、自分でもわかっている。だから、できるだけ突き放して語らなければ。あさましくならないよう、卑屈にならないよう、軽く、なんでもないことのように語るのだ。

「眼が覚めた理由は深爪《ふかづめ》なの。ほら、眠ってたって髪や爪は伸びるでしょ？　私の爪を兄が切ってくれてたのよ。で、うっかり深爪をして、その痛みで私は眼を覚ました。そうしたら、知らない男の人が私の手を握ってるの。びっくりした」

見知らぬ若い男は、茉莉香の手を握ったまま呆然《ぼうぜん》としていた。しばらくしてから、男は今にも泣き出しそうな顔で、こう言ったのだ。

――ごめん、茉莉香。痛かったか？

「その声を聞いて、兄だってことに気付いた。次の瞬間、兄が泣き出したのよ。しかもびっくりするほど大声で。叫ぶっていうか喚《わめ》くっていうか、まさに、号泣したの」

茉莉香はわけがわからず、ぽかんとしていた。とにかく兄を慰めようと、腕を伸ばそうとした。だが、腕はぴくりとも動かなかった。

「まるで力が入らないの。腕も脚も、背中も、指一本上がらない感じ。七年も寝たきりだったから、すっかり筋肉が落ちてダメになって。身体に力が入らなくてね、起き上がることすらできなかった」

あのときの恐怖を茉莉香ははっきりと覚えている。自分の身体がなくなってしまった、と思った。だが、その恐怖を訴えようにも声は出ず、泣き叫ぶことすらできなかったのだ。

「どこまでが自分の身体かわからないの。シーツが冷たいのか、ベッドの柵《さく》が冷たいのか、自分の身体が冷たいのか、まるで区別がつかなくて」

兄は茉莉香の手足をマッサージしてくれた。かわいそうに、こんなに冷たくなって、と。そう言いながら、何度も何度も撫《な》でてくれた。だが、筋肉の落ちた茉莉香の身体は冷えた粘土と変わらず、すこしも温まらなかった。

「その後でね、一所懸命リハビリして、筋トレした。身体を戻すのはすごく大変だったんだから。でもね、兄がつきっきりで世話してくれたの。毎日、病院に来てね、機能回復訓練室の窓から、ずっと私を見ててくれた。あの頃の私は身体は十五で頭は八つのまま。いつの間にか変わってしまったなにもかもに対応できず、混乱しきってた。毎日怯《おび》えてたのよ。もし、兄の助けがなかったらどうなってたかわからない。ほんと感謝してる」

そのとき、はっとした。勝手に喋《しゃべ》りまくったが、言葉の意味は通じているのだろうか。

「私の言ってることとわかる？　交通事故とか、リハビリとか、筋トレとか、そういうの」

「言葉ひとつひとつの意味はわからぬ。だが、おまえの言いたいことは大体わかる。それに、こうやって海の上を飛び回っていると、いろいろなことを見たり聞いたりする。むろん生者からではないがな」

「死者から？」

「先程、おまえも見ただろう？　死にマブリは蓋《ふた》のない壺《つぼ》のようなものだ。あやつらはずっともがいている。生きていたときのしがらみを、後生大事に抱え込んだまま彷徨っているのだ。だが、蓋がないから、みな垂れ流しだ。そのしがらみには果てがなく、どんなに垂れ流しても尽きることはない。臆面《おくめん》もないことよ。己の恨み辛《つら》みを振りまいて、恥を知らん。そんな死にマブリの毒気に当てられる俺はいい面《つら》の皮だ」

鷲は暗い海に眼をやったまま、薄笑いを浮かべた。

「でも、それはあなたも同じじゃないの？」ほんのすこしだけ、茉莉香は皮肉を込めた。

「その通りだ」

鷲は茉莉香を睨《にら》み、疲れたふうに肩を揺すった。それきり、黙り込んでしまう。なんだかすまない気持ちになった。

「ごめんなさい。私も同じだよね。怨《うら》みやら未練やら後悔やらを垂れ流してる。まさに毒気の塊」

船縁から身を乗り出し、片手で海の水をすくってはこぼした。喉《のど》は渇いて、ささくれでもできたようだ。陽に焼けた肩や背中はひりひりと痛んで、すこし動いただけでも辛い。

「私、死んでもいいと思ってた。海に判決を下してもらおうと思って、奄美大島にやってきた」

茉莉香の告白を聞いても、鷲に驚いた様子はなかった。そんなことなどとうに知っている、といったふうだ。

「知ってたの？」

「当たり前だ。はじめに言っただろう？　おまえの身体《からだ》からはマブリが抜け掛かっていると。身体とマブリの関係は脆《もろ》いものだ。死を考えただけでも、その繋《つな》がりが危うくなる。おまえが死を望んでいることがわからないとしたら、そいつはよほどの馬鹿《ばか》だ」

「よほどの馬鹿、か。ほんと、かわいくない鷲」

茉莉香がからかうと、鷲は今度はぷいと横を向いた。怒っているのではなく、くだらない説明をするのが、ただただ面倒なようだった。しばらくの間、鷲はそっぽを向いていた。

「私の罪状を訊《き》かないの？」

「訊いてほしいのか？」

鷲は半眼になり、欠伸《あくび》をしながら言った。茉莉香は思わずむっとした。

「なによ。自分のことはあれだけ喋りまくったくせに」

「聞かせて、と言ったのはおまえだ」

「そりゃそうかもしれないけど、あなただって言ったでしょ。自分が語りたかっただけかも、って。嘘吐《うそつ》き」

「嘘吐きか」鷲は浅く眉《まゆ》を寄せ両の翼を揺らしてから、素直に詫びた。「すまぬ。そうだったな」

容赦ない反論を期待していた茉莉香は拍子抜けし、なんだか自分が駄々をこねているだけのような気がした。

「別に隠すほどのことじゃないんだけどね」できるだけ、さらりと言うことにした。「兄が死んだのよ。半年ほど前にね。兄が大好きだったから、私も死ぬことにした。それだけ」

少々軽すぎたかもしれないが、それほどわざとらしくはなかったはずだ。

「さっき、櫂《かい》は流されたって言ったのは嘘。わざと投げ捨てたの」

鷲がなにか訊《たず》ねてくるかと待った。だが、鷲はなにも言わない。静かな眼でこちらを眺めているだけだ。

「兄はね、奄美の海が好きで、しょっちゅうカヤックに乗ってた。将来はこの島に移住したい、って言ってたほど。だから、もしかしたら兄の魂はここにいるかもしれない。ここで死んだら兄に会えるかもしれない、ってね」

思い切り軽い口調で言った。かえってみっともないだろうとは思ったが、泣いてしまうよりはましだった。

「で、海っていうか、兄に決めてもらうつもりだったの。私は生きていてもいいのか、それともいけないのか、ってね。だから、わざとパドルを捨てて流されてみた。そうしたら、あなたが現れて、ただいま世間話の真っ最中ってわけ」

鷲はなにも言わなかった。残った独つの眼でじっと見ている。茉莉香はひと息ついて笑った。

「どんな判決が出ても覚悟はできてるはずだったのに、こうやって海を漂っていると死ぬのが怖くなってきた。私、勘違いしてたのよ。判決が下りるのは死ぬ瞬間。それまでは、ずっと焦《じ》らされ続ける。そのことがわかったら、怖ろしくてたまらなくてね。あなたを無理矢理引き留めてる」

「では、おまえは生きたいのか？」

「わからない」

正直に答え、眼を閉じた。波の音だけが聞こえる。もうじき夜が明けるだろう。陽が昇ればすぐに焦熱の時間がやってくる。自分は海の上で陽に焼かれ、渇きに苦しみながら死んでいくのだ。最期《さいご》の瞬間まで、もしかしたら助かるかもしれないという望みを抱いたままでだ。

「あさましい女だ。なぜ、他人に決めてもらおうなどと思う？　生きたければ生きたいと願え。死にたければ自分の手で命を絶て。判決？　くだらぬ言葉で誤魔化すな。迷惑だ」

その言葉は茉莉香の胸を真《ま》っ直《す》ぐに突き通した。鷲の言うとおりだった。結局、いまだに、なにひとつ自分でできない。自分はなにも変わっていない。

「ごめんなさい、ごめんなさい」

懸命に涙を堪《こら》えた。さっきのように泣いてしまえば、また同じことだ。胸を押さえ、肩を震わせ、必死で嗚咽《おえつ》を呑《の》み込んだ。そのとき、ふと、額に風を感じた。顔を上げると、すぐ前で鷲が翼を広げていた。茉莉香に風を送ってくれているのだ。

「ありがとう」

「いや。すこし言い過ぎた」

「いいえ、あなたの言うとおりだと思う」

「気にするな。俺にできるのはこれくらいだ。水も食料も運んではやれぬ。俺は決して島には入れぬからな」

「入れないの？　どうして？」

「さあな。なにせ、いろいろなものとやりあったからな。島の周りにはなにか眼には見えぬ障壁のようなものがあって、俺を拒んでいる。俺には島が見える。浜に打ち寄せる泡立つ波、珊瑚《さんご》の干瀬《ひし》、霧に包まれた山、濃い緑。そして真っ暗なジョウゴの底もな。だが、決して俺は島には入れぬ。ただぐるぐると飛び続けるだけだ」

「疲れないの？」

「疲れる。この翼は常に重く、枷《かせ》でもはめられたかのようだ。自分でも飛んでいられるのが不思議だ。だから、こうやって羽を休められるのは嬉《うれ》しい」

「じゃあ、別の島に行けば？　ほら、このあたりにはいっぱいあるでしょ」

「無理だ。どうやら俺は地上には降りられぬようにできているらしい。ここは特別だ」

「このカヤックが特別？　どうして？」

「何度も同じことを言わせるな。おまえは半分マブリが抜けていると言ったろう？ここは幽霊船なのだ」

「幽霊船？　このカヤックが？」

ぞっとして、鮮やかなオレンジ色に塗られたカヤックを見回した。ポリエチレンでできた軽い舟は、死にマブリの巣くう幽霊船のイメージとは程遠かった。

「おまえには感謝しているぞ。島を出て以来、はじめて羽を休めることができたのだからな」

「どういたしまして」

「いや」

鷲が表情を緩め、穏やかに息を吐いた。潰《つぶ》れて引き攣《つ》った眼さえ、安らいで見えたほどだ。

「ねえ、もし、このまま私がカヤックの上で死んでしまったら、どうなるの？　暑いからすぐに腐ってしまうのかな？」

「腐りきる前に、海鳥の餌《えさ》になるだろうな。あっという間かもしれぬ」

茉莉香は自分の死体にカモメが群がっているところを想像した。ぎゃあぎゃあとやかましい声で鳴きながら眼をほじくり、我先にと腹の中を掻《か》き回すのだ。たぶんそれは腐臭漂う凄《すさ》まじい光景のはずなのに、まるで絵空事のように感じられた。

「やっぱり鳥葬か」

はるかチベットの冷たく乾いた山の上なら、まだ空に近い。鳥に喰われても、そのまま天に還《かえ》れるような気がする。だが、このカヤックだと、ポリエチレンの俎板《まないた》の上で食われるようなものだ。

「でも、きっとああいう鳥って汚く食べるでしょ？　影も形もなくなるまで綺麗《きれい》に食べてくれるならいいけど」

「ならば、海に飛び込んで死ぬか？　今度は魚に突《つっ》かれるだけだが。もっとも、鳥よりは綺麗に喰ってくれるがな」

「じゃあ、そっちのほうがマシかも」

茉莉香は他人事《ひとごと》のように笑った。こんなふうに笑っていられるのも、やはりマブリが抜け掛かっているからなのだろう。鷲は今なら戻れると言ったが、茉莉香を安心させるための嘘かもしれなかった。

「どちらにせよ、このカヤックは幽霊船のままなんでしょ？　じゃあ、あなたにあげる。あなたの休憩場所にしてくれたらいい」

「もう黙れ。これ以上先の話をするな。おまえのマブリがどうなるやもしれんうちは、滅多なことを言わぬほうがいい」

すこし鷲は強い口調で言い、茉莉香をたしなめた。

「ごめんなさい」

しゅんとして俯《うつむ》いた。死の恐怖を冗談でごまかしていたのに、鷲の叱責《しっせき》で現実に引き戻された。自分はまだこの大鳥の仲間ではないのだ。これから長い間苦しんで死んでいかなければならない、絶望の漂流者ということだ。

茉莉香は大きく深呼吸をし、自分に言い聞かせた。覚悟をしなければならない。

「ねえ、サネンは砂糖黍《さとうきび》の汁を舐《な》めただけでも咎《とが》められたんでしょ？」

「そうだ。島は黍がすべてだった」

「島の人たちの口には入らなかった。なのに、どうしてサネン葉のお餅《もち》を食べることができたの？」

するとと、鷲は眼を細めてにっと笑った。

「島を見ただろう？　奥の見えぬ濃い森と裂けたように深い谷、そして、神の住む険しい山で分断されている。島に一生暮らしても、島のすべてはわからぬのだ。それが、ヤマトの役人にわかるものか」

「じゃあ、隠れてこっそりと？」

「おおっぴらにはできぬが、菓子は祭りの大事な御馳走《ごちそう》だった。役人も当然知ってはいたが、裕福な家は普段から付け届けをしていたからな」

「賄賂《わいろ》ってことか。いつの時代も同じね。でも、みんな、そんなに酷《ひど》い暮らしじゃなかったんだ」

「勘違いするな」鷲はじろりとこちらを睨んだ。「そんなことができたのは、島役や衆達《しゅうた》たち、それに余裕のあるジブンチュだけだ。貧しい者は役人の眼を盗んで、黍の屑《くず》を囓《かじ》るのが精一杯だった」

「ごめんなさい」

「いや。本当はおまえの言うとおりだ。たとえ地獄で針の山を登らされても、人は鬼の眼を盗んで近道を捜すものよ。フィエクサとサネンも、こっそりと黍を舐めたことがある。黍は背が高いから、子どもの身体《からだ》など簡単に隠してくれる。無論ごまかしていたのは、為政者も同じだ。ヒザの悲惨が問題になり、とうとう触れが出されたのだ。三十歳まで働いたなら千五百斤《きん》の砂糖を主家に納めて自由になれる、と」

「すごい。よかったじゃない」茉莉香は叫んだ。「それじゃあ、フィエクサにも希望が出てきたわけだ」

「残念ながら、触れはただの建前、御為《おため》ごかしだ。ヒザが千五百斤の砂糖を差し出すなど、絶対に無理なのだから。ま、どちらにせよその触れが出たときには、フィエクサはもうこの世にはいなかったがな」

「そんな」

思わず鷲《わし》を見た。他人事のように語る鷲の眼は沈んだ金色だった。どれだけ風雨に晒《さら》されても錆《さ》びて朽ちることのできない、憐《あわ》れな黄金の色だ。

「驚いた」鷲はくっと喉《のど》を鳴らし、身体を深く折り曲げた。

「驚いたって、なにに？」

「己の饒舌《じょうぜつ》にだ。俺がこんなにもお喋《しゃべ》りだったとはな」

鷲は翼の先を軽く開いたり閉じたりしながら、身体を揺らして笑った。その様子は本当に自分のことを面白がっているようだった。

「これまで、海を迷うマブリはいくらも見た。だが、ただの一度も話したことはない。それが今夜はどうしたということだ。二十三夜の月のせいか？　それとも、おまえの纏《まと》うサネン花の匂《にお》いのせいか」

「あなたは自分のことを無口だと思ってたわけ？」

「ああ、これほど人と話したことはない」

「じゃあ、フィエクサは？」茉莉香がからかうと、鷲が少々バツの悪い顔をした。

「フィエクサも無口だった」

「フィエクサはサネンとは話さなかったの？」

「フィエクサがひとつ話せば、サネンは十は話した。フィエクサはそれで充分だった。

サネンの話を聞いていれば幸せだったのだ。真常《しんじょう》アジャとは黙って碁を打った。碁打ち同士、それで満足した。だが、あとの者はそうは思わなかった。フィエクサはよく嫌味を言われた。あいつは何を考えているのかわからない、愛想が無く仏頂面《ぶっちょうづら》で気味が悪い、と」

鷲が暗い海に眼を落とした。茉莉香はふいに胸が締め付けられた。

「そんなことはないと思う。あなたの話を聞いて、フィエクサはすごく素直だと思った。すこしも気味悪くなんかない。なにを考えているのかわからない、っていうのも違うと思う。どっちかって言うと、かわいらしいと思う」

「かわいらしい、か」鷲は顔を背けたまま笑った。「だが、あの頃のフィエクサを見れば、そんなこと口が裂けても言えまい。フィエクサを疎《うと》まなかったのは、サネンとアジャだけだった。そう、結局、最後まで残ったのはサネンだけだった」

鷲が嘴《くちばし》を捻《ひね》り、自分の胸を抉《えぐ》る仕草をした。茉莉香は思わず息を呑んだ。鷲は眼を細め、凄惨《せいさん》な笑みを浮かべていた。

「残ったのはサネンだ。たったひとりで島に取り残された」

「サネンは今でも島にいるの？」

「ああ、ジョウゴの川にいる。歌でも歌っているか、谷川で髪を洗っているか、それとも針突《ハヅキ》の紋様でも考えているか」

「針突？　さっきも聞いたけど、入墨のこと？」

「入墨ではない。確かに島に来る流人《るにん》は腕や額に墨を入れられていた。島でも掟《おきて》を破ったヤンチュには墨を入れた。でも、針突はそういったものとはまるで違う。もっと美しくて、繊細なものだ。知らぬのも無理はない。おまえたちヤマトの女にはない習慣だからな。島の娘は生涯、二度針突をしたのだ。まず、年頃になると、右手の甲に墨を刺した。一人前の女として認められた証《あかし》だ。だから、裕福な者は盛大な祝いをした。二度目は、嫁ぎ先で左手に針突をした。これで両手の甲に針突が完成するのだ」

鷲の声が瞬間、揺れた。茉莉香ははっとして鷲を見た。鷲の独つ眼の光は鈍く歪《ゆが》んでいた。鷲はなにかを堪えるように、言葉を続けた。

「おまえたちには想像もつくまい。針突がどれほど美しく女の手を飾るのか。墨一色でありながら、虹色《にじいろ》の鱗《うろこ》や綾織《あやお》りの錦《にしき》のように輝くのだ」

「そんなにきれいなら、私も見てみたい。どんな紋様？　蝶《ちょう》とか牡丹《ぼたん》とか？」

「いや、そういった実際にあるものを写すわけではない。渦巻きやら十字、花や太陽を象《かたど》ったものなどを組み合わせるのだ。ごく単純な紋様であるからこそ美しい。深遠で聖なるものだ」

鷲が眼を閉じた。なにも言わず黙って鋌首で波のうねりに身を任せている。

「サネンの針突はそんなにきれいだったの?」

なんの気なしに言ったつもりだったのに、口に出してみると、なんだか妙にいやしく響いた。まるでサネンに嫉妬《しっと》しているかのようだった。

「いや」鳥は薄目を開けて茉莉香を見た。「サネンの手には針突はなかった。だから、ずっと針突を欲しがっていた」

島のはなし　2

　その日、オモテ（母屋《おもや》）では盛大な祝いが開かれていた。衆達《しゅうた》の娘、亀加那《かめかな》が十三になったのだ。評判の高いハヅキデーク（彫師）が呼ばれ、二日掛けて娘の右手に複雑な針突《ハヅキ》を施した。

　トウグラ（炊事小屋）は三献《サンゴン》の用意で、相当な忙しさになった。三献とは正月や祝いの席には欠かせない料理で、今回並んだのは、餅《もち》の吸物、刺身、それに山鳥ではなく豚の吸物の三品だった。この日のために衆達は豚を一頭つぶし、数日前から準備をさせた。サネンは働きづめで、ほとんど小屋には帰ってこなかった。

　娘の大事な祝いということで、ヤンチュにも振る舞いがあった。こういうときには、必ず踊りがはじまる。ヤンチュ屋でも遅くまで三線《さんしん》の音が響き、祝い歌が途切れず続いていた。ひときわ通るのが安熊《あんぐま》の声で、いやな男だが声の良さだけは認めないわけにはいかなかった。

フィエクサは踊りの輪に加わらず、ひとり落とし籠《かご》の修繕をしていた。

「フィエクサアジャ、ひとりなの？」

女の声がしたので顔を上げると、ミヤソが立っていた。

「ねえ、今から、すこし浜を歩かない？」

相手にしないでいると、ミヤソがつまらなそうな顔をした。ぽってりした唇を突き出して、気怠《けだる》そうに言う。

「恥ずかしいの？　あたし、眼のことなんか気にしないけど」

「そんなんじゃない。あんたには安態がいるだろ？」

「向こうは夫婦になる気はないってさ」

「俺だってない」フィエクサは逃げるように背を向けた。

「あたしだってないよ」

ミヤソは弾《はじ》けるように笑いだし、畑のヤンチュ屋のほうへ駆けていった。フィエクサはいやな気分になり、入れ替わりにやってきた真常《しんじょう》アジャにこの話をした。すると、アジャが顔をしかめた。

「あれは遊女《ズレ》まがいのことをやっとるという噂《うわさ》だ。かかわらんほうがいい。しかし、子どもをからかって喜ぶとは、たちの悪い女だ」

「ズレか」フィエクサは思わず目を逸《そ》らせた。色事の話題は面倒臭かった。

「ズレになるには、いろいろあったんだろう。あの女のせいとも限らん。だが、絶対にかかわるな。万が一、南蛮瘡《なんばがさ》なぞもらったら洒落《しゃれ》にならんからな」

アジャは病気の恐ろしさをひとくさり説くと帰っていった。もちろん、フィエクサも男と女のことを知らないわけではない。山仕事や、徹夜で砂糖鍋《なべ》を煮詰めているときなど、男たちの話は自然と下に流れた。特に安態などはフィエクサに向かって、わざと剝《む》きだしの話をした。

――俺が十四のときにはとっくに知ってたぞ。ミヤソだったらいつでも貸してやる。心配するな。あれはそのあたり、よく呑《の》み込んだ女だから。

大声でこんなことを言い、みなの前でフィエクサをなぶった。ミヤソがわざわざからかいに来たのも、安態に言われてのことに違いない。

フィエクサとサネンは相変わらず、古い小屋にいる。畑のヤンチュ屋に移らないかという話もあったが、サネンは首を横に振った。兄《ムイ》と一緒にいるほうがいい、というのだ。その言葉を聞いて、ほっとした。あちらの噂は聞いていた。夜這《よば》いをかける男がいても、みな知らぬふりだという。そんなところにサネンをやるわけにはいかない。

眼を閉じて、湿った夜気を思い切り吸い込んだ。ミヤソの運んできた生臭いものを振り払おうと、何度か息を繰り返す。夜露の降りた青草の匂《にお》いで胸がいっぱいになった。ざわついた身体《からだ》がゆっくりと静まっていくのがわかる。

そのとき、サネン葉の匂いがした。どきりとして眼を開けると、いつの間にかサネンが立っていた。

「兄、どうしたの」サネンが不思議そうな顔をした。

「いや、別に。それより遅かったな」

「兄、これ、お土産。亀加那がくれたの」

サネンが掌《てのひら》に載せたカサムチを差し出した。サネン葉の匂いはこれだったのだ。

「いいよ、サネンが食え」

「あたしはもう食べたから。それに、昔、兄は言ってたじゃない。カサムチは美味《うま》いって」

「そんなこと、よく憶《おぼ》えているな」

「憶えてる。小さいときのこと、兄が言ったことも自分が言ったことも、なんだって憶えてる」サネンが月の下で餅を包むサネン葉を開いた。「さ、フィエクサ兄。食べて」

サネンに促され、フィエクサはカサムチを口に運んだ。黒砂糖の甘味とサネン葉の清々《すがすが》しい香りがあわさって、とてつもなく美味い。

「ねえ、聞いて、フィエクサ兄。ほんとうに見事だったの。亀加那の手は真っ白だから、そりゃあ針突が映えてね」

サネンが勢い込んで話しはじめた。はじめて見たハヅキデークの仕事に、すっかり興奮しているようだ。月明かりでもわかるほど頬が紅潮している。薄桃のサネン花を通り越し、アカショウビンの羽のようだ。

「手の甲にね、泡盛を塗って、それから筆で下書きをするの。そこへ針で墨を刺していくんだけどね、その墨も泡盛で摺《す》るの。すごいでしょ」

「もったいない」

指についた餅を舐《な》めながら身も蓋《ふた》もない相槌《あいづち》を打つと、サネンがもう、と軽く睨《にら》んだ。

「木綿針で墨を刺すの。大きな紋様は三本束ねた針。細かいところは一本針。丁寧に丁寧に刺していくから、すごく時間がかかるの。墨を刺し終わったらね、また泡盛を塗って布でぐるぐる巻きにするの。あ、塗るのはおからでもいいんだって。その後はね、絶対に動かしたら駄目なの」

サネンが声を弾ませ、潤《うる》んだ大きな眼でこちらを見つめた。普段ならそれだけで心地好《よ》くなってしまうのだが、今夜は違った。サネンが熱っぽく語れば語るほど、心が沈んでいく。いつものようにサネンを受け入れようとするが、片付け所の見つからない不快が次から次へと湧《わ》いてきた。

フィエクサが腐っている間も、サネンの説明はどんどん続いた。針を刺したあと一週間は、布を巻いたままにして動かしてはいけない。上げ膳《ぜん》据え膳で、身の回りのことはすべて他の人にやってもらうのだ。サネンはその間の世話を任されたという。

「兄、知ってる？　右手の甲に刺す針突はね、親厄介《ウヤヤッケ》っていうの。左手には夫厄介《ウトヤッケ》っていって、嫁いでから入れるんだって」

「ふん、手間の掛かるものなんだな」

「亀加那はね、針で突かれてるときは痛い痛いって言ってたのに、もうウトヤッケのこと考えてるの。どんな紋様にしようかなって、言ってた」

「なんでもやらせて、いい身分だな」

「フィエクサ兄。針突のときには仕方ないの。あれが針突のためじゃなかったら、あたしもいやになるけど、あんな立派な針突を刺したんだから、色が落ち着くまでは絶対に動かしたらいけないの」

「針突、針突、針突か。そんなに針突が偉いのか」

サネンがあまり平気に話すので、なんだか腹立たしくなった。思わず吐き捨てるように言うと、サネンが本気で怒った。

「フィエクサ兄い、針突はとっても大事なものなんだから。あれがないと、ちゃんと後生《グシュ》にいけないの。この世に迷って死にマブリのままになる。そんなのは絶対いやだ」

珍しく強い声で言うと、自分の手を見下ろした。

「針突って、やっぱりそんなに痛いのかな」

「そりゃそうだろ。針を突き刺すわけだからな」

細かい紋様になればなるほど痛みも増すという。爪《つめ》のすぐ下あたりに細い線を刻むとなると、どれだけの痛さになるのか想像もつかなかった。

「亀加那のはこんな紋様だったの。ゴロマキ（渦巻き）とアズバン（交叉《こうさ》）が交互に並んで、真ん中に大きな花とチガ（枡《ます》）があって」

サネンが地面に渦とバツ印が合わさった紋様を描いた。

「藍《あい》じゃなくて上等の墨だから、すごく綺麗《きれい》だった。手首にも大きな紋を刺したの。やっぱり衆達の娘だと違うね。でね、ハヅキデークへのお礼はお米なの。お米を三斗よ。信じられる?」

なにもないつるりとした自分の手を眺め、サネンがわずかに眉を寄せた。

「ねえ、フィエクサ兄、後生に行けず死にマブリのままだと、やっぱり苦しいのかな」

「さあ、どうだろうな」

ばかばかしいと言ってやりたかったが、それだけの勇気はなかった。針突はただの飾りではなく、大切なまじないだ。そのくらいのことはフィエクサにもわかっている。

「あたしならね、こんな針突がいいな」

サネンは先程描いたものを消して、別の複雑な紋様を描きはじめた。月明かりではよくわからないが、それでもずいぶん凝ったものに見えた。

「ゴロマキがあって、ここに星と十文字《ジュウヌジ》があって、それから、菊の花も入れるの。指の背にはね、細い竹の葉を描いて」

土の上に複雑な紋様を完成させると、サネンはしばらく黙って眺めていた。だが、ひとつため息をつくと、乱暴に消してしまった。

「仕方ないね」

そう言ってサネンはふうっと笑った。フィエクサは我慢しきれず、サネンの手を取った。荒れて傷だらけの手だが、指は長くて節もない。ここに針突を刺したら、どれほど美しいだろうか。色が白いだけで丸くて指の短い亀加那よりも、百倍千倍一万倍も似合うに決まっている。

「そんなことしなくたって。サネンの手はきれいだ」

「フィエクサ兄、ほんと?」

「本当だ」

力をいれて言ったため、すこし怒ったような声になった。サネンは恥ずかしそうに笑って眼を伏せた。

「ありがとう、フィエクサ兄」

瞬間、はっとした。伏せた眼にあったのは諦《あきら》めだ。サネンはわかっているのだ。自分の手に針突が輝くことはない。後生には行けず、死にマブリのままこの世をさまよい続けるのだ。

「あたし、いっそハヅキデークになりたいな。自分で紋様を考えて、みんなの手に綺麗な針突を入れてまわるんだ。そうしたら、お米もたくさんもらえるだろうから、兄にも食べさせてあげる」

ぽつぽつと語りながら懸命に笑おうとするサネンを見ると、胸が詰まった。たった一言でも慰めてやりたいが、言葉が見つからない。所詮《しょせん》、なにを言っても嘘《うそ》にしかならないのだ。サネンのもどかしい笑みから眼を逸《そ》らし、黙って月を睨み続けることしかできなかった。

その夜、フィエクサはサネンの寝息を聞きながら、ずっと闇《やみ》を見据えていた。針突が大切だということはわかる。だが、サネンの持つ針突への強い執着は理解できない。後生へ行くためと言われても、それがどうした、と答えたくなる。俺は後生など信じられない。後生でなにが変わるというのだろう。どうせ、後生でも俺はヒザなんだろう。だったら、そんな後生は無意味だ。なくたってかまわない。

だが、サネンは俺のようには考えられないのだ。やはり後生は大切で、あの世にいくときには、針突で手を飾りたいと思っている。

ふと、フィエクサは気付いた。碁と針突は同じなのかもしれない。俺にとっての碁は、サネンの針突なのだ。黒と白の石の模様に狂ったように惹《ひ》かれてしまう俺と、針突の紋様にどうしようもないほど憧《あこが》れるサネン。きっと同じなのだ。

フィエクサはひとつ残った眼を閉じた。大きく深呼吸し、針突を施したサネンの手を想像してみる。闇の中に見慣れたサネンの手が浮かんだ。そこに、真っ黒な墨で針突を刺した。星、ジュウヌジ、菊、ゴロマキ、チガ。サネンの手にどんどん針を刺していく。手の甲が終われば指の背に竹の葉を描く。そして、手首には墨をたっぷり使った、華やかな紋様を入れた。

フィエクサは眼を閉じたまま息を吐いた。サネンの手に墨が絡《から》みつき浸《し》み込んでいく。闇が刻印を押したようだ。途端にぞくりと震えが来た。腰から湧いた震えが全身を揺さぶり、肌が粟立《あわだ》って歯が鳴る。慌《あわ》てて眼を開いた。荒い息をつき、額に滲《にじ》んだ汗を拭《ぬぐ》う。今、震えは痺《しび》れに変わり、手足の先に居座っている。だが、その痺れは決して不快なものではなかった。それどころか、とてつもなく心地のよいものだった。夜に香るサネン花のように、甘く青く汁気を含んだ快い痺れだった。

大雨の翌日を選んで山に入った。雨の間、ねぐらに隠れて餌《えさ》を取れなかった鳥が一斉に飛び回っているはずだった。思った通り、その日は鳥が面白いほどに獲《と》れた。メジロを二羽、アカショウビン一羽、アオバト一羽を捕まえて戻ると、岩樽《いわだる》はずいぶん喜んだ。あまり機嫌がいいので、思い切って頼んでみることにした。

「サネンにも針突をさせてやりたいんだが」

「サネンに？」岩樽の顔がたちまち強《こわ》ばった。

「来年で十三になるから、そろそろだと思うんだ。針突の費用は俺が余計に働くから」

「針突だと？　たわけたことをぬかすな」

「俺が寝ないで働く。米三斗は無理でも、一斗、いや五升くらいなら、なんとかなるはずだ。鳥だって、今の倍、捕まえる。だから、ちゃんとした針突をさせてやってくれ」

「しつこいぞ」岩樽が怒鳴った。「針突を刺したら、しばらく仕事ができんだろうが。一体何様のつもりだ」

「だから、その分、俺が働く。その間のサネンの仕事は俺が全部やる」

「馬鹿《ばか》か」

まったく相手にされず、失望した。やはり、口だけではだめだ。山ほど鳥を獲って、実際に岩樽の目の前に並べて見せないといけない。そのためにはどうすればいいだろう。一晩悩んだ挙げ句、決心した。

翌日、かすみ網を持って山に入った。特別な網ではなく、浜から貰《もら》った古い漁網だ。これを鳥の通り道に仕掛けるのだ。

かすみ網は残酷な罠《わな》だ。小鳥の脚は網に触れると、反射的につかむようにできている。網から飛び立つためには反動をつけなくてはならないのだが、いくら蹴《け》っても網では無理だ。いつまで経《た》っても飛び立つことはできない。網に掛かった小鳥は虚《むな》しく網を蹴り続け、もがきながら弱っていくのだ。

だから、今までフィエクサはかすみ網を使わずにきた。衆達や岩樽がどんなに文句を言っても、落とし籠《かご》やハジキ罠、鳥もちを使って鳥を獲った。捕らえることに違いはなくとも、それならば鳥を苦しめずに済む。それが、鳥刺し、鳥殺しのフィエクサにできる精一杯のことだった。

だが、もっと稼ごうと思えば、これまでのやり方ではだめだ。フィエクサは山のあちこちにハジキ罠を仕掛け、さらにジョウゴの川の近くにかすみ網を張った。ここは谷から尾根へ抜ける鳥の通り道だ。きっとたくさん掛かるだろう。

翌日、すこし緊張しながら山に入った。一羽も掛かっていなかったらどうしよう。せめて、すこしでもいいから鳥が掛かっていますように、と祈りながら谷へ向かった。

ジョウゴの川へ着き、網を見上げて息を呑《の》んだ。かすみ網には無数の小鳥が掛かっていた。網に絡まったまま、無理に羽ばたいて羽の折れた鳥、頭を下にして血を吐いた鳥。完全に硬直した鳥もいれば、まだもがいているものもいる。フィエクサは慌てて網を下ろした。

一体、俺はなんということをしたのだろう。早く鳥を網から外して助けなければ。

すると、鳥は狂ったように手の中で暴れ、やがてぐったりとした。フィエクサの手も着物も鳥の吐いた血で真っ赤に汚れた。それでも懸命に鳥を外し続けたが、結局、一羽も助けることができなかった。フィエクサは谷の尖《とが》った石の上に座り込み、鳥の死骸《しがい》の絡まった網を抱えて喘《あえ》いだ。自分の手で行った非道に恐れおののき、悔恨に押し潰《つぶ》され息が止まりそうだ。

ふと、背筋に氷が走った。フィエクサははっとして顔を上げた。川の向こう岸に、いつか見た山の神が立っていた。真っ白い着物を着て、こちらを真《ま》っ直《す》ぐに見つめている。

「フィエクサ、その眼はどうした？」

「黍《ウギ》を刈っていて潰れました」なんとか答えた。

「憐《あわ》れな」山の神は表情ひとつ変えず呟《つぶや》くと、ふいに眉《まゆ》を吊《つ》り上げた。「憐れなフィエクサ、ずいぶんなことをしたな。わたくしの小鳥をどれだけ殺したと思う？」

山の神は凄《すさ》まじい眼でフィエクサを睨んでいた。

「おまえのしたことは、決して許すことはできぬ」

山の神はあたりに響き渡る大音声《だいおんじょう》で告げた。一瞬、川の水が燃え上がり、あたりの景色が揺らいだ。押し寄せる熱波で息が詰まり倒れそうになったが、なんとか堪《こら》えた。

「神さま、小鳥を死なせてすみません。でも、サネンのためなんです。俺はどうしても妹の望みを叶《かな》えてやりたいんです」

「妹のためか。感心だな」山の神は糸のように眼を細めた。

「妹は針突をしたがっているんです。針突だけなんです、あれの望みは」

「わかった。妹思いの憐れなフィエクサよ。憶《おぼ》えておこう。サネンのためだな。おまえの妹のために、わたくしの鳥が死んだのだな」

フィエクサはぞっとして全身の毛が逆立った。

「違います、山の神さま。俺が勝手にしたことで、サネンは関係ない。サネンのせいじゃない」

血を吐く思いで声を張り上げた。もっと近くで訴えようと足を踏み出した途端、ぐるりと山が回った。突然、空が暗くなり、川岸の大きな平石の上に倒れた。

「憐れなフィエクサ」

今度は頭のすぐ上で声がした。慌てて身を起こすと、手を伸ばせば届くほどのところに山の神が立っていた。

「脱いでみよ」山の神は短く言った。

一瞬わけがわからず、ぽかんと山の神を見上げた。神は珠《たま》のような歯を見せ、婉然《えんぜん》と笑った。

「脱いで踊ってみよ。ほかの人間どもは時折楽しませてくれるぞ。むさ苦しいものばかりだがな」

ようやく、山の神の言っていることがわかった。神月の山の神の祭りでは、山仕事をする男たちが裸踊りを奉納する。無論、素面《しらふ》で踊るわけではない。飲んだ勢いで踊るのだ。だが、今、山の神はフィエクサにそれをやれと言っている。

「できぬか？ 憐れなフィエクサ」

覚悟を決めて小鳥の血で汚れた芭蕉衣《バシャギン》を脱ぎ、褌《ふんどし》を取った。ゆっくりと足を上げ、複雑な拍子を踏みはじめる。腕を高く上げ、弧を描くように身体《からだ》を揺らした。

浜千鳥千鳥や　鳴くな浜千鳥　鳴けば面影ぬ　勝て立ちゅり　面影や立ちゅり
過ぎさらぬ時や　童声《ワラベグィ》たてて　嘆くばかり
（浜千鳥千鳥よ　鳴いてくれるな浜千鳥よ　鳴けばいとしい人の面影が　ますます立つではないか　面影が立って　どうにもできないときは　子どものような泣き声をたて　ただ嘆くばかり）

次第に調子が激しくなっていく。踊り続けるうちに、身体が熱くなってきた。熱が腹の下へ集まってくる。手足に力が入らない。足の拍子が乱れ、がくがくと腰砕けになりそうだ。そのとき、ふいに尻《しり》がむずむずしたかと思うと、わけのわからないものが一気に走り出た。目の前が白くなる。間の抜けたおかしな声が洩《も》れ、フィエクサは棒立ちになった。股《また》の間を通り抜けた勢いは呆気《あっけ》ないほど一瞬のものだった。

「これはこれは、珍しいものを見せてもらった」

山の神は真っ白な袖《そで》を口許《くちもと》にあて、さもおかしそうに笑った。フィエクサは下腹の痺れの名残にとまどいながら、山の神を見上げた。

「なんとはじめてなのか？　奥手もいいものよ」山の神が頸《くび》を反らして笑った。「お、恥じるな、恥じるな。わたくしの前で零《こぼ》すとは、たいした胆力ではないか。憐れなフィエクサ、他ならぬおまえの精だ。この供物《くもつ》、喜んで受け取るぞ」

山の神が袖を下ろし、唇の端からちろりと赤い舌をのぞかせた。その瞬間、激しい恥辱を感じた。かあっと顔に血が集まって、足が震える。その様子を見た山の神が、また眼を細めた。

「もののついでだ。いっそわたくしと媾合《まぐわ》ってみるか？」

山の神は両の手の指を胸許に差し入れ、そのままゆっくりと左右に押し広げた。白く円い胸乳《むなち》がゆっくりと盛り上がってくる。頸に掛けた水晶珠が乳の谷間に滑り落ちると、フィエクサは眼を閉じた。

「わたくしでは不服か？　わたくしよりサネンがよいのか？」

「山の神さま、俺は」フィエクサは眼を閉じたまま叫んだ。

「憐れなフィエクサ。なんとかわいらしいこと」

山の神の声が遠ざかっていく。思い切って眼を開けたが、山の神の姿はもうどこにもなかった。

「フィエクサ、わたくしを失望させるな」

最後に聞こえた声はずっと高いところから響いてきた。

フィエクサはジョウゴの谷底に立ち尽くしていた。素裸に谷の冷気が浸みてくる。胸を切り刻む屈辱に苛《さいな》まれながらも、抗《あらが》いがたい歓喜に震えてもいた。潰れた眼の孔《あな》の奥に、山の神の白い胸乳が丸く揺れている。フィエクサは残った眼も閉じ、先程走り出たものの記憶を反芻《はんすう》し続けた。あれほどの途方もない快楽は、生まれてはじめてのことだ。このまま狂者《フリムン》になってしまいそうで、じっとしていられなかった。

フィエクサはあてもなく山の中を歩きはじめた。屈辱と快感がごた混ぜになったまま、腹の底に居座っている。しっかりしろ、と自分を罵《ののし》りながら歩き続けると、ふいに目の前が開け海沿いの崖《がけ》に出た。

　雨が上がって以来、天気はいいがぴたりと風が凪《な》いでいる。先の番屋に大きな船が泊まっているのが見えた。風が吹くのを待っているらしい。砂糖を運ぶ三島方《さんとうほう》御用船ではなく、新しい船のようだ。きっと、あれが大坂へ行く御仕登米積船だろう。大坂には米が集まるという。米さえあれば、サネンに針突をしてやれるのに。

　虚しい夢を追い払い身を返したとき、突然腕に痛みが走った。見れば、すぐ横に小さなアダンの木があった。

　そのとき、ふいに遠い昔を思いだした。はじめてサネンと出会った頃のことだ。サネンがアダンの棘《とげ》で指を刺したのだ。フィエクサが抜いてやろうとすると、痛くしないでくれ、と泣き顔で懸命に訴えた。そのサネンが、今、針突をしたいと言うのだ。アダンの棘よりも蘇鉄《そてつ》の葉よりもずっとずっと痛い針突に憧れ、手を飾ることを夢見ている。

　――絶対に痛くないようにやるから。

　サネンの手に刺さった棘を思い浮かべた瞬間、息苦しくなった。鼓動が勝手に速くなり、身体中の血が中心に集まるのがわかる。先程のあの昂《たか》ぶりだ。フィエクサは途端に我慢ができなくなった。じきに迸《ほとばし》ったが、そのときに浮かんだのは山の神の胸乳かサネンの手なのか、どちらともつかなかった。

山から戻った頃には、もうすっかり夜になっていた。だが、小屋にサネンの姿が見えない。捜しに行ったが、トウグラにもいないし織小屋にもいない。

「サネンを知らないか?」

手当たり次第に声を掛けても誰も知らないという。だが、ひとり薄笑いをしたものがいた。普段は豚と鶏の世話をしている、年寄りのアゴだ。いつも擦り切れたサジ(手拭《てぬぐ》い)で顔を半分覆《おお》っているので、まじまじと見るのは今日がはじめてだった。

「サネンがどこへ行ったか知ってるのか?」

フィエクサが訊《たず》ねると、アゴは平べったい笑みを浮かべた。

「さっき、ミヤソと一緒にいるのを見たな」

「ミヤソと?」

「ミヤソも商売熱心でな。ま、他にもいろいろ大変なのさ」

ぐい、と老アゴがフィエクサに顔を近づけてきた。フィエクサはぞっとした。そして、思い出した。このアゴがみなから疎《うと》まれているのは、病気持ちだと噂《うわさ》があるからだ。思わず身を引くと、アゴがじっとりと笑った。

「フィエクサアジャが怖いのはあたしか? それとも、この南蛮《なんば》瘡《がさ》か?」

「あんたのことはどうでもいい。ふたりはどっちへ行った？」

「さあな。物置小屋でなにやらごそごそやっとったが」

「こんな夜にか？」

フィエクサが訊ね返すと、老アゴが甲高い笑い声を上げた。

「気をつけたほうがいいぞ。ミヤソの話によるとな、今、浜には風待ちの船が何隻《せき》もいるそうだ」

「知ってる」

それがどうした、と思ったが、フィエクサはそれ以上はかまわず背を向けた。物置はトウグラの裏手に差し掛けてある小屋で、普段使う鎌《かま》やら斧《おの》の類《たぐい》が置いてある。前まで来ると、中から話し声が聞こえてきた。

「なにせ船だからね、ゴザや筵《むしろ》の類は何枚あっても、ありすぎるってことはないんだよ」ミヤソの声だった。「夜の間にね、ゴザを売りに行こうと思うんだ。暇を見てこっそり作ったんだよ。一緒に運んでくれたら、あんたにもお礼をやるよ」

「でも」サネンの声だった。あまり気乗りがしない様子だ。

「食い物と交換だよ。この前は米をもらったんだ」

「お米を？」サネンの声がすこし大きくなった。

「米をもらえるよ。あんたの大事なヤクムィ（兄上さま）に食べさせてやれるよ。それに、針突だってね」

「ゴザを運ぶだけで、本当にお米がもらえるの？」

「まあ、ちょっと手間は取るけど、もらえるよ。たいした量じゃないけど、それでも米は米さ」

「わかった。じゃあ兄に話しておかないと」

「黙っておきなよ。たいしたことじゃないんだからさ」

「でも、それじゃ兄が心配する」

「行かないなら米はなしさ。さ、どうするのか決めて」

我慢しきれず、フィエクサは物置小屋の中に飛び込んだ。

「サネンに余計なことを吹き込むな」

大声で怒鳴ると、ミヤソが失笑した。

「フィエクサアジャ。ゴザを売りに行くだけだよ。おかしな勘繰りをするのはやめておくれよ」

「勘繰り？　ゴザ一枚に米を出す馬鹿がどこにいる？　おまえの考えていることはわかってるんだ」

「いやな言い方はよしてよ。あたしはサネンのためを思って誘ってあげたんだから」

「サネンのため？　馬鹿を言うな」

「馬鹿じゃない。だって、今なら余計に高く売れるんだよ。水夫《かこ》たちは風待ちが続いて遊女《ズレ》には飽いたとか言い出してるんだ。おまけにさ、あいつらは縁起担《かつ》ぎが多くてね。初物はありがたい、って大喜びするんだ。こんなうまい話はないよ」

ミヤソがしれっと言い放った。言っていることは酷《ひど》かったが、悪意はあまり感じられなかった。ミヤソは頭から信じているらしかった。サネンのためになる話だ、と。

「初物？」サネンがおかしな顔をした。

「あらあら、ほんとにわかんないんだね、この子は」ミヤソは眼を丸くし、呆《あき》れた顔をした。「あんたはもう十二だろ？　女になったんだから、そろそろ手放したっていい頃さ。一度のものだから高く売ったほうがいいよ。たいしたことじゃないんだから」

きっぱりと言い切り、ミヤソは手にしたゴザを叩《たた》いた。嘘《うそ》をついたり無理を通そうという様子はまるでない。これがミヤソの価値観なのだ。

「もういい」

フィエクサは腹が立ってたまらなかった。こんな見え透いた話に騙《だま》されかけるサネンの愚かしさが憎かった。ヤンチュ屋に入れず、他のヤンチュから遠ざけてきた結果がこれなのだ。

「兄、どういうこと?」サネンが訊ねた。

返事をせず、サネンの手を摑《つか》んで強引に引いた。サネンの手はひやりと冷たかった。ふいに昼間の衝動を思いだした。アダンの陰で堪えきれずに穢《けが》したのは、この白い手だったか。

そのとき、ミヤソが慌《あわ》てて引き留めた。

「ちょっと待ってよ。ほんとに行かないのかい?」

「行くなら、おまえひとりで行けよ。もらった米を安態に食わせてやれ」

すると、突然ミヤソの顔が歪《ゆが》んだ。口を半開きにしたまま、ぶるぶると震えている。

「うるさい。誰があいつなんかに」ミヤソが持っていたゴザを握りしめ、怒鳴った。

「あんた、ヒザなんだろ?」

「それがどうした?」フィエクサはミヤソを睨《にら》み返した。

「ヒザを産まなきゃならない女の気持ちがわかるかい?」

「おまえ、腹に子が?」フィエクサは驚いて訊《き》き返した。

「そうだよ。あたしの腹にはヒザが入ってるのさ。あたしはヒザを産むんだよ。生まれてくる子はヒザなんだよ。母親としてどんなに惨《みじ》めだかわかるかい？」

ミヤソはすこし泣いているようだった。それ以上聞いていられず、サネンの手をつかんだまま歩き出した。

「フィエクサ兄」サネンが呼んだ。

「うるさい」

思わずサネンを怒鳴りつけた。サネンはびくりと身を震わせたが、なにも言わなかった。後ろでミヤソが泣きながら、馬鹿鷲《ばかわし》、馬鹿鷲、と何度も叫んでいた。

フィエクサは奥歯を強く嚙《か》みしめながら歩き続けた。うっかり口を開くと、わけのわからないことを叫んでしまいそうだった。ミヤソに言い返せなかった言葉を喉《のど》の奥に呑《の》み込んだままだから、苦しくてたまらない。

ヒザとして生まれてくる子どもの気持ちがわかるのか。

言い返さなかったのは、言っても仕方がないからだ。ヤンチュの女が子を産むということは、ヒザを産むと言うことだ。当たり前のことなのだ。

その夜、フィエクサは碁に集中できず、久しぶりに真常アジャに負けた。勝ったアジャは上機嫌で、もう一局、とやかましかった。だが、疲れているからと断り、小屋に戻った。ゴザの上に転がり眼を閉じたとき、ミヤソの別の言葉を思いだした。

——女になったんだから。

フィエクサが知らないうちに、サネンの身体は大人になっていた。いずれ、サネンもヒザを産む。それは、もうそんなに遠いことではないのだ。


梅雨が終わって、七夕祭りの日が来た。

七夕には涙雨が降るという。天の川で離ればなれになっている男神と女神の年に一度の逢瀬《おうせ》の夜だ。一年ぶりに逢《あ》えた感激の涙雨だともいうし、大水が出て天の川を渡れなくなったふたりが互いを求めて泣く雨だともいう。

衆達は庭先に竹を二本立てた。一本はオモテの人たちの竹で屋根よりも高い、立派な真竹だ。もう一本はヤンチュたちの竹で、これは軒ほどの高さだ。真竹はわざわざ山奥で栽培されたもので、高くて太い竹を立てられるということは、その家の力の証明だ。衆達がヤンチュの分まで立てたのは、財を誇ったからだ。

「昔は七夕なんぞなかったがな」

真常アジャが忌々《いまいま》しそうに呟《つぶや》いた。那覇世《ナハンユ》の頃はなかった習慣で、薩摩《さつま》から伝わった祭りだというのだ。

「でも、きれいだからいいじゃない」

サネンが鮮やかな黄金色《こがねいろ》の色紙を吊《つる》した。鬱金《うこん》で染めてあるのだ。他にも、藍《あい》で染めたもの、ハゼやクチナの実で染めたものなど、色とりどりの色紙がある。

「あの衆達にしては信じられない大盤振る舞いだな」

フィエクサが言うと、アジャが低く毒づいた。

「何事もヤマトに倣《なら》いたいのだろうな。郷士格欲しさに薩摩に媚《こび》を売る輩《やから》だ」

七夕にあまり興味のないフィエクサはすこし離れたところで、竹を眺めていた。若い女ヤンチュたちが歓声を上げながら、我先に美しい色紙を吊そうとする。筒袖《つつそで》から伸びた手の甲には、ちらちらと針突がのぞいていた。

針突でその女の暮らし向きがわかる。細かい針突を刺しているのは富んだ者。単純な模様は貧しい者。滲《にじ》んだりくすんだりしているのは、ハヅキデークに頼まず自己流で入れた証拠だ。家が貧しくて米が払えないからだ。

自分で針突を入れるのはそう難しいことではない。木綿針を数本まとめて墨を入れるだけだ。墨が手に入らないなら藍で刺す。それならばサネンにだってできる。だが、サネンはやらない。自己流で入れた針突では満足できないのだ。どうせなら腕の良いハヅキデークに、指の先から手首まで凝った紋様を刺してほしいのだ。

サネンが腕を伸ばして、すこし高いところに藍の色紙を吊そうとした。その横から傷ひとつない真っ白な腕が伸びた。肉のついた丸い甲には見事な針突がある。亀加那だ。サネンが慌てて手を下ろし、色紙を握ったまま背中に回して隠すようにした。飾りのない手が恥ずかしいようだった。年頃になって針突を入れない女は男婆《インガバー》と言って馬鹿にされる。おまけに、後生にも行けない。針突がなければ、生きているときも死んだ後も辛《つら》い目に遭うのだ。

「サネン」亀加那が笑いかけた。「この前はありがとう」

気立ては悪くないが、眼も鼻も耳もすべてが小さく、衆達にそっくりなのだ。小柄なところがいいという男もいたが、好みは分かれた。小さな頃は蚕《かいこ》に似ていると思ったが、大きくなってもやっぱりそうだ。

「いえ」サネンが頭を下げた。

「夫厄介《ウトヤツケ》のときもお願いするわ。お嫁にいくときは、あなたを連れて行けるよう頼んでおくから」

サネンは返事をせずに、ただ頭を下げた。連れて行く、というのはサネンを持参金の一部にするということだ。実際、珍しいことではない。分限者が嫁を出すときは、持参金として何人もヤンチュをつけることがある。

フィエクサはこのやりとりを黙って聞いていた。それは困る、と言いたかったが、さすがに堪《こら》えた。この娘に言い返しても仕方ない。ただひとつの救いは、サネンが頭を下げただけで返事をしなかったことだった。

亀加那は他の女ヤンチュにも愛想よく声を掛けてから、帰っていった。

「ここの衆達は、娘の爪《つめ》の垢《あか》でも煎《せん》じて飲めばいいのだ」

アジャがぶつくさ言うので、フィエクサはすこし笑ってしまった。

飾りつけを終えると、女たちはみなそれぞれ仕事へと散っていった。竹の前は途端に静かになった。フィエクサたちも仕事に戻ろうとしたときだった。

「声掛けてもらえるだけ、幸せだよ。あんたの妹は」

振り向くと庭の隅にミヤソが立っていた。フィエクサはミヤソを無視してサネンの手を摑んだ。余計なことを言われる前に帰った方がいい。

だが、ミヤソはそれ以上言わず、アジャのほうに向き直った。

「真常アジャ、願い事を書いて吊すと叶《かな》うって、本当かい?」

「ヤマトではそう言うらしいな」

「ふうん。じゃあ、あたしの代わりに書いてくれる?」

「かまわんが。何と書く?」

ミヤソは俯《うつむ》いてしばらく黙っていたが、やがて顔を上げてへらっと笑った。

「どうしよう。願い事なんて、なんにも思いつかないよ」

そのときのミヤソの顔はなんとも言えず哀れだった。皆、一瞬息を吞み、言葉を失ったほどだ。

風が竹を鳴らしたかと思うと、ぽつぽつと雨が落ちてきた。

「涙雨か」アジャが空を仰いで言った。

雨は見る間に激しさを増し、竹はしなってひっきりなしに滴《しずく》を落とした。色とりどりの色紙は剝《は》げて滲んで撚《よ》れていく。慌てて皆でトウグラに駆け込んだ。土間が水浸しになり、竈《かまど》の前で湯を沸かしていた女が文句を言った。

「せっかく吊したのに」サネンが残念そうな声を上げた。

「この時期は仕方ない」フィエクサは慰めた。

七夕の頃には毎日のように夕立がある。涙雨が竹を濡《ぬ》らすのは毎年のことだ。

「いいのか？　なにも書かなくて」アジャが振り向いたが、ミヤソの姿はなかった。

「なんだ、結局いいのか。いい加減なやつだ」

アジャが文句を言って、雨の中をマァン屋へ駆けていった。フィエクサとサネンは、それぞれ自分の仕事に戻った。涙雨は五分ほどで上がり、すぐに青空が戻ってきた。濡れた竹の下には、千切れた色紙が散らばっていた。

その夜、ミヤソは天の川の下で首を吊った。

＊

年が明け、辛い黍《きび》仕事も終わった。島にはまたアダンの季節が巡ってきた。

フィエクサは十七、サネンは十五になった。フィエクサはもう一人前のヤンチュで、重い砂糖樽《サタダル》も平気で担《かつ》いだ。サネンは大抵、織小屋にいた。もともと器用なので、芭蕉《ばしよう》の糸繰りからカセ掛けまですぐに憶《おぼ》えてうまくなった。

アジャもマァン屋で馬の世話を続けていた。馬飼いという仕事柄、オモテでの様々な噂話《うわさばなし》を知っている。最近、衆達《しゆうた》の機嫌がとみに悪いわけを教えてくれた。

「なんでもな、新しく来た附役に亀加那《かめかな》をアンゴとして差し出そうとしたら、断られたそうだ」

「へえ。その附役、器量好みなんだな」

「いや、その反対で堅物らしい。何人もアンゴを勧められたが、全部断っているらしいぞ」

アンゴというのは、薩摩の役人が島にいる間の世話をする妾《めかけ》のことだ。役人の任期は四年なので、その間だけの使い捨ての関係だ。

「そんな附役もいるのか。ずいぶんご立派なヤマトのお侍様だな」

藩庁から島の代官所に派遣される役人は代官を筆頭に、横目が二人、附役が三人、あとは書役が数人だ。この春に来た附役は、島に来てひと月で身体《からだ》を壊して国へ戻った。代わりに新しく来たというのが、今、アジャが噂したアンゴ嫌いの男らしい。

「ああ。四年は長い。じきに独り寝が寂しくなって、どこぞによい娘はおらぬか、と言うようになる」

アジャが燃えさしを振って勢いを強めた。ぼう、と明るくなった燃えさしを碁盤の横に立て、フィエクサに碁笥《ごけ》を渡した。最近は白を持ってもフィエクサがずっと勝っている。そうなると、アジャはかえってむきになった。

「弟子の上達は嬉《うれ》しいが、負けは負け。悔しいものよ」

アジャが本当に悔しそうに言った。毎夜この調子で真剣勝負を挑んでくる。寝ずに打とうと言うこともあって、フィエクサは気掛かりだった。

「俺は何局も打てて嬉しいが、アジャは歳《とし》なんだから無理をしたら明日に障《さわ》る」

碁石を拭《ふ》きながら横で見ているサネンも心配そうだ。

「ねえ、アジャ、もうすこし身体を労《いたわ》らないと」

「いや、フィエクサ。のんびりしている時間はないぞ。今、おまえは伸び盛りだ。もっと打て、もっと打つんだ」

だが、年老いたアジャにそんな無理が続くはずもなかった。綻《ほころ》びはすぐにやってきた。

ある日、フィエクサが草取りから戻ると、マァン屋のほうが騒がしい。怒鳴っているのは衆達のようだった。

「脚を折った馬が使いものになるか」

フィエクサが駆けつけると、衆達が小さな耳をひこつかせて激怒し、岩樽がその横で難しい顔をしていた。アジャは這《は》って頭を擦りつけるようにして詫《わ》びている。サネンはマァン屋の傍らで泣きそうな顔をしていた。

「サネン、なにがあったんだ？」フィエクサは小声でサネンに訊《たず》ねた。

「アジャが馬を洗ってたら、馬が脚を折ったらしくて」

「脚を？　どうして？」

そのとき、衆達が皮肉たっぷりの甲高い声を上げた。

「馬を放り出して昼寝するのが、ユカリチュの流儀か？」

どうやら、淵《コモリ》で馬を洗う際、ついアジャは居眠りをしてしまったらしい。その間、馬は深みにはまり脚を折ったのだろう。

「申し訳ございません」アジャが平伏してひたすら詫びた。

「おまえも聞いたことがあるだろう？　笠利《かさり》の家の馬飼いは日頃の行いがよく、馬に角が生えたという話がある。吉兆だ、瑞兆《ずいちょう》だというて大騒ぎになったそうだ。なのに、おまえはどうだ。馬に角を生やすどころか、脚を折って駄目にした」

衆達が古い話を持ち出して、アジャをなぶった。

「申し訳ございません」アジャはそれしか言葉がないようだった。

「謝ってもどうにもならん」

衆達が眼に留めたのは、マァン屋の隅にあったザルだった。中にはサネンが洗った碁石が入っている。

「なんだ、これは」衆達がザルを睨《にら》んだ。「馬洗いはできなくても、碁石洗いならできるということか」

「いえ、そんなことは」

アジャが慌《あわ》ててザルを隠そうとしたが、かえって衆達を苛立《いらだ》たせることになった。

「こんなもので遊んでいるからだ」衆達はザルを取り上げ、岩樽に命じた。「これを淵にでも投げ込んでこい。すぐにだ」

「あ、どうぞ、それだけはご勘弁を」

アジャが岩樽にすがった。岩樽はザルを抱えたまま逡巡《しゅんじゅん》していたが、早く行け、と衆達に怒鳴られ渋々出て行った。

「ヤンチュが碁などばかばかしい。それよりも角を生やす算段でもしておれ」

吐き捨てるように言うと、衆達は肩を揺すりながら去っていった。

「大丈夫か、アジャ」フィエクサはアジャに駆け寄った。

アジャは空っぽの碁笥を前に、呆然《ぼうぜん》と座り込んでいた。顔は髪と同じくらいに白く、窪《くぼ》んだ眼だけが血走ってぎらぎらと光っている。

「ごめんなさい、アジャ。あたしが碁石を洗わなければ」サネンがアジャの背を撫《な》でた。

だが、返事はない。フィエクサも懸命にアジャを慰めたが、なにも耳に入らないようだ。アジャはふたりを振り切るように立ち上がると、そのままふらふらとマァン屋の奥に消えてしまった。

「あたしのせいだ」サネンが声を詰まらせた。

「サネンのせいじゃない。気にするな」

フィエクサは強く言った。だが、サネンは唇を嚙《か》んで、じっとなにかを考え込んでいる様子だった。

数日して、サネンが小さな麻袋をふたつ差し出した。ひとつは軽く、もうひとつは重い。軽いほうをゴザの上に開けてみた。すると、がしゃがしゃ乾いた音を立て、白い貝殻が出てきた。

「サネン、これは」

「綺麗《きれい》なウシックワ（宝貝）でしょ？　今日、浜へ塩焚《マシユタキ》きに行ったときに集めたの」

もうひとつの袋を開けると、小さな黒い石がざらざらこぼれ落ちた。

「フィエクサ兄《ムイ》、これで碁石を作ろう。夜、仕事の合間にすこしずつ磨けばいい」

サネンはきっぱりと言い切り、早速石を磨きはじめた。その顔は痛々しいほど真剣で、水車を作っていた幼い頃からすこしも変わらない。フィエクサも頷《うなず》き、石を手に取った。

碁石は白が百八十、黒が百八十一。それだけの数を完成させるには、気が遠くなるような作業が待っていた。だが、アジャのためにもやるしかない。フィエクサとサネンは毎夜毎夜、石を磨き続けた。

ある夜、ふたりは貝を探しに浜へ出た。雲のない夜で、一面に星が輝き空全体が白っぽく見えたほどだ。波打ち際《ぎわ》をふたり並んで、ゆっくりと歩きはじめた。浜は真昼のように明るく、サネンの貌《かお》がはっきりと見える。広い額にひと筋髪が落ちていた。サネンは軽く眉《まゆ》を寄せ、髪をかき上げたかと思うと、すいと身をかがめた。

「ほら、もう見つけた」サネンが嬉しそうにウシックワを見せた。

「相変わらず早いな。サネンはなんでも拾うんだ」

「兄、ひどい。まるで犬みたいに」

「だってそうだろ。子どもの頃、言ってたじゃないか、たった一粒の椎《しい》だって見つけてみせる、って」

するとサネンは笑ってもう一度額の髪をかき上げた。

「でも、兄だって見つけるのがうまかった」サネンが懐《なつ》かしそうに言った。「あたしとジュウを滝のそばで見つけてくれた。それから、椎拾いに行って迷子になったときも見つけてくれた」

「そんなこともあったたな」

「あのときは小さかったから、椎一粒見つけて、おあいこ、なんて言ったけど」サネンが手の中のウシックワを弄《もてあそ》びながら、ふっと笑った。「でも、今はわかる。おあいこなんてとんでもない。椎一粒じゃ全然釣り合わない」

「違う。そんなこと言うな」

　ふいに不機嫌な声が出て、自分でも驚いた。子どもの頃は笑って聞き流した言葉だ。それどころか、嬉しくてたまらなかったではないか。サネンに泥だらけの椎を一粒もらっただけで、じんと胸が痺《しび》れたではないか。なのに、今はどうしてこんなに気に障るのだろう。サネンに悪意がないことくらいわかっている。おかしいのは、俺だ。

　そこまでわかっていても不快を抑えられなかった。再び、勝手に言葉が飛び出してしまう。

「釣り合うとか釣り合わないとか、そういうことじゃないんだ」

「うん。そうだね。ごめん」サネンが俯《うつむ》いた。

「いや」

　フィエクサは顔を背けた。サネンに嫌味が言いたいのではない。あのときはあんなに嬉しくて、今は突然こんなに苦しくなる。自分でもわけがわからないのだ。サネンに伝えようがない。すこしの間、ふたりは黙りこくって浜辺を歩いた。フィエクサはひとつもウシックワを見つけられなかったが、サネンはさらに三つ拾った。

「そう、昔は鞠《まり》つき唄《うた》を歌いながら椎を拾ったね。一《ちー》よ、二《たー》よ、三《みー》よ、って。山の中で兄と鞠をつく真似《まね》して遊んで。兄は鞠をつくのが下手だった」

サネンが再び口を開いた。先程と同じで懐かしそうではあったが、わずかに声が低かった。だが、フィエクサはほっとした。気まずさを無理に押しやり、わざと浮かれて答えた。

「鞠つきは難しかったな。サネンに怒られてばかりだった。でも、今だってそうしていいんだぞ。歌いながら拾ったらいいんだ」

「まさか。もう子どもじゃないのに」サネンがまた俯き、手の中の貝殻を握りしめた。額に髪が落ちたが、かき上げようともしない。「でも、あの頃は楽しかった」

そのとき、アダンの茂みの奥から、男の歌声が聞こえてきた。安熊の声だ。その後に、小声で女がなにか言うのが聞こえた。

「サネン、向こうへ行こう」せっかくの美しい夜に安熊の顔などごめんだ。

「うん」サネンも頷いて歩き出した。

岩場をひとつ回ったところで、フィエクサは砂の上に腰を下ろした。まだ昼間の熱が残っていて、下腹に鈍い温《ぬく》もりが伝わってくる。サネンが再び熱心に貝を探しはじめるのが見えた。

頭の上には帯を解《と》いたように天の川が流れていた。もうじきに七夕がやってくる。ふいに、ミヤソを思い出した。三年前の七夕の夜に首を吊《つ》ったミヤソは子を孕《はら》んでいた。みなに責められた安態は笑い飛ばしたのだ。ばかばかしい。誰の子だか、あいつにもわからなかったのに、と。

そのとき、近くで男の声が聞こえた。顔を上げると、サネンの横に安態が立っている。サネンが背を向けようとすると、腕を摑《つか》んでなにか言った。フィエクサは跳ね起きて駆け寄った。

「おまえ、なにをしてる」フィエクサは怒鳴った。

「なんだ、いたのか」安態が振り向いていやな顔をした。「話をしてただけだ」

「話？　おまえ、女連れだろ？　声を聞いたぞ」

「ああ、もう振られた。呆気《あつけ》なかったな」

恥じる様子もない安態に激しい怒りを覚えた。こんな男のためにミヤソは首を吊ったのか。

「ミヤソの命日も近いってのに、いい加減にしろ」

「それがどうした？　俺には関係ない」

フィエクサはかっとした。気がついたときには安態を殴っていた。不意を突かれた安態は波打ち際に転がった。

「馬鹿鷲。なにするんだ。俺がなにしたって言うんだ」

「サネン、帰るぞ」

フィエクサは相手にせず、サネンに声を掛けた。すると、倒れたままの安態がフィエクサの脛《すね》を思い切り蹴《け》った。フィエクサは頭から波の中に突っ込んだ。塩辛い水が鼻に入った瞬間、もう我慢ができなくなった。フィエクサは安態に摑みかかった。サネンがなにか叫んで懸命に止めようとしているのがわかったが、一度膨れあがった怒りは収めることができなかった。

「やめんか」

そのとき、凄《すさ》まじい声がした。まだ若い声だった。フィエクサが顔を上げると、正面に人影があった。髷《まげ》を結い袴《はかま》をつけている。腰には刀が二本見えた。身なりからすると、島の人間ではなく代官所からきた者のようだった。その姿を見ると安態はあっという間に身を翻《ひるがえ》し、アダンの茂る岩陰へ消えた。後に残されたサネンが慌てて膝《ひざ》を突き、フィエクサもそれに倣《なら》った。

「なんの騒ぎだ？」

男が近づいてきた。月明かりで見る男は、先程の激しい声とは似つかぬ、ごく優しい顔だった。

「いえ、なにも」フィエクサは頭を下げて答えた。

「なにも、ということはあるまい」穏やかだがすこし厳しい声だった。「顔を見せろ。正直に申せ」

フィエクサは黙って顔を上げた。男がフィエクサの顔を見て、ぎょっとした。月の下で見る独眼の異相はさぞかし禍々《まがまが》しかったのだろう。

「責めているのではない。なにがあったか、と問うているだけだ」

気を取り直した男が重ねて訊《き》いた。フィエクサは迷った。ここで問題を起こせば、また岩樽が悪く思うだろう。俺はなにをされてもかまわないが、サネンまで叱《しか》られるのは困る。言葉を探していると、横からサネンが口を開いた。

「浜を歩いていたら男にからかわれました。それを兄が助けてくれたのです」

サネンの声は妙に落ち着き払っていて、フィエクサは舌を巻いた。

「兄妹《きょうだい》か。こんな夜遅くに浜でなにをしている？」男が優しい声でサネンに訊ねた。

「貝を拾っていました」

「食えもせぬ貝殻をか？」サネンの足許《あしもと》に散らばった貝殻に眼をやり、訝《いぶか》しそうな顔をした。

「はい。これで碁石を作ろうと」

「碁石を手作りで？　なるほど、この貝は蛤《はまぐり》代わりというわけか」ほう、と男が眼を丸くした。「おまえが打つのか？」

「いえ、兄が打ちます」サネンがフィエクサのほうを眼で示した。

「おまえは碁を打つのか？」男の声から不審の色が消え、はっきりした好奇が覗《のぞ》いた。

「すこしなら」

「そうか、結構な趣味だ」男は身をかがめると足許の貝殻を拾い、サネンに手渡した。

「おまえの手は綺麗でよいな。島の女たちがしている入墨はどうも苦手だ。見るたびにどきりとして怖《おそ》ろしい。その点、おまえはおくゆかしいな」

サネンは困っているようだった。今さら手を隠すわけにも行かず、ウシックワを受け取った手をおずおずと胸の前で合わせた。その様子を見て、男が柔らかな笑みを浮かべた。

「さあ、立て。いつまでも水際にいると濡《ぬ》れてしまうぞ」

フィエクサもサネンも驚いて顔を見合わせた。ヤマトの役人には平伏が常だ。道で行き会っただけでも、脇《わき》に避《よ》けて這《は》わなければならない。立て、と言う役人などはじめてだった。困惑するふたりを見ながら、男が笑いかけた。眉の薄い細面の顔は気弱そうにも映ったが、切れ長の眼は微笑《ほほえ》むとかなりの美男子に見えた。

「そうおかしな顔をするな。別に、見廻りをやっていたわけではない。浜をぶらぶらしていただけだ」

男は中肉中背だったが均整の取れた身体《からだ》つきをしていた。厳しい力仕事でごつごつと肉の盛り上がったヤンチュとはまるで違う。

「この島には春に来たばかりだ。島の言葉で言えば新下り大和人《アラクダリヤマトッチエ》だな。ヤマトとは勝手が違って、とまどっているよ。木も草も見慣れぬものが多くてな」男がすぐ先に生えているアダンを指差した。「たとえば、まるで化物のようなこの実など、毒でもありそうに思える」

「毒ではありません。アダンの実は大事な食料です」フィエクサはすこしむっとした。

「なに？　島の者はこんなものを食うのか？」

男は信じられないという顔ですたすたと木に近づき、無造作に手を伸ばした。

「あ、だめ」サネンが短く声を放った。「気をつけて。葉に棘《とげ》があるから」

冴《さ》えた涼しい声が、夜の浜にすっと通った。男が手を止め振り向いた。すこし驚いたようで、サネンの貌《かお》とアダンの木を見比べている。しばらく黙っていたが、やがて、すこしためらうように訊《たず》ねた。

「おまえたち、どこの者だ？」

「この先の嶺《みね》家、嘉栄義《かえよし》衆達のところのヤンチュです」

「ヤンチュか」男は少々困惑したようで、曖昧《あいまい》な笑みを浮かべた。「まあよい。気をつけて帰れよ」

男はくるりと背を向けると去っていった。フィエクサとサネンも今夜は貝拾いを諦《あきら》め、小屋に戻ることにした。浜を歩きながら、フィエクサは訊ねた。

「安態になに言われたんだ？」

「今度の八月踊りは月が沈むまで一緒に踊ろう、って」

「それだけか？」

「それだけ」

サネンはそこで言葉を濁した。以前、ミヤソに騙《だま》されたサネンではない。男に誘われる意味を知っているのだ。きっと、俺が知らないだけで、今までに何度もあったことなのだろうと思うと、ふいに息苦しさを覚えた。俯いて黙り込むと、サネンが手の中の貝を弄びながらぽつりと言った。

「フィエクサ兄。無茶はやめて。あたしは大丈夫だから」

サネンはそれきり口を閉ざし、なにが大丈夫なのかは言わなかった。

浜での出来事から半月が経《た》ち、七夕祭りの日が来た。

今年もオモテには高い竹が立てられ、色とりどりの色紙が揺れている。だが、フィエクサもサネンも竹には近づかなかった。ミヤソが死んで以来、色紙を吊すのはやめたのだ。竹を見ればミヤソを思い出す。ヒザを孕んだ挙げ句の憐《あわ》れな死を思うと、辛《つら》くなるばかりだった。

夕方、衆達と岩樽が小屋までやって来た。フィエクサはいやな予感がした。このふたりが来て、よい話だった例《ため》しがない。

「サネン、おまえ、アンゴに行け」衆達が無造作に言った。

「え？」

サネンが一瞬わけがわからないという顔をした。フィエクサも立ち上がりかけた姿勢のまま、呆然《ぼうぜん》とした。

「正木和興《かずおき》さまといって、新しく来た附役だ。まだ若い」

「なんで、サネンが？」フィエクサはようやく気を取り直して口を開いた。

「知らん。向こうから言って来たのだ。そちらにヤンチュの兄妹がいるだろう、兄が隻眼《せきがん》のヤンチュだ、と」

フィエクサとサネンは顔を見合わせた。以前、浜で会った男に違いない。

「うちの亀加那を断ってヤンチュを望むとは本当に腹立たしいが、そんなことを言っても仕方ない。とにかく、アンゴに行け。ヤンチュでは格好がつかんから、嶺家の養女ということにしてやる」

「そんなの無茶だ。それに、サネンはまだ十五になったばかりだ」フィエクサは身体を震わせて叫んだ。

「おまえが決めることではない」衆達が怒鳴った。「向こうから名指しで言ってきたのだ。断れるわけがなかろう」

「じゃあ、俺が言う。サネンをアンゴになんかできるもんか」

「馬鹿者《ばかもの》。藩の役人に逆らえるか。そんなことをしたらこの家は終わりだ」

「だめだ。絶対にだめだ」フィエクサは必死で反対した。

「このヒザが。いやな眼をしおって」

衆達がいきなり岩樽の杖《つえ》を奪うと、フィエクサに向かって杖を振り下ろした。思い切り肩を打たれて地面に転がった。

「フィエクサ兄」

フィエクサを庇《かば》おうとしたサネンの腕を杖がかすめた。サネンは短い悲鳴を上げ、よろけて倒れた。

「やめろ」フィエクサは衆達に摑みかかった。

衆達は仰向けに転び、呻《うめ》いた。すぐに起き上がって、再び杖を振り上げた。

「こいつ」衆達は激昂《げっこう》して杖を打ち下ろした。「いつも逆らってばかりで、とんでもないやつだ」

「衆、嘉栄義衆」岩樽が衆達の杖を止めさせた。「どうぞ、もうおやめください。これ以上臍《へそ》を曲げられては、かえって面倒です。アンゴに行ったはいいが、その先で今のような騒ぎを起こされたらどうしますか」

衆達が息を切らして杖を投げ捨てた。サネンがフィエクサに駆け寄り、庇うようにした。フィエクサは鼻血を拭《ふ》きながら、必死で立っていた。

「養女なんて言うなら、サネンの手に針突《ハヅキ》を入れてやってくれ」

「だめだ。ヤマトの男は針突を嫌がる者が多い」衆達は吐き捨てるように言い、岩樽に怒鳴った。「あとはわかっているな」

その夜、フィエクサは額に墨を入れられた。そして、足枷《シマサ》をはめられ、七夕の竹のすぐそばに繋《つな》がれた。衆達に逆らったヤンチュとして、見せしめにされたのだ。

フィエクサへの仕置きを知り、マァン屋からアジャが駆けつけてきた。髭《ひげ》は伸び放題で頭の上で結った髪も緩んでいる。ひどい格好で十は老《ふ》けて見えた。碁石を取り上げられて以来、すっかり荒《すさ》んで自棄《やけ》になっていたのだ。だが、それでもやはり、フィエクサのことが心配らしかった。

「やりすぎだ」アジャが珍しく声を荒らげ、岩樽に食ってかかった。「それでなくとも、こいつは左眼が潰《つぶ》れているのだ。額に墨を入れて辱《はずかし》める必要があるのか？　おまけにこんな竹の下に晒《さら》すとは酷《ひど》すぎる」

「左眼がないから仕置きはなしにしろというのか？　逃げたり逆らうヤンチュには墨を入れるのが決まりだ。こいつだけ免じるわけにはいかん。そんな特別扱いをして、他の者になんと説明するのだ」

「それはそうだが」アジャも返答に詰まった。

「しかも、附役絡《がら》みでは……俺にはどうしようもない」

珍しく岩樽が歯切れの悪い物言いをした。いつの間にか、太い眉《まゆ》には白いものが目立つようになっていた。盛り上がった筋肉はそのままだが、わずかに背中を丸める癖がついたようだ。色紙の揺れる竹を見上げ、苦しげな顔で繰り返した。

「どうしようもないのだ」

夜になると仕事を終えたサネンがやってきた。サネンは唇を嚙《か》みしめ、フィエクサの額に手を触れた。フィエクサは思わず呻いた。墨を入れられたばかりの額は熱を持ち、醜く腫《は》れあがっている。サネンはサジ（手拭《てぬぐ》い）を湿して、フィエクサの額を冷やしてくれた。サネンは夜目にもわかるほど、顔の色がなかった。フィエクサの額にサジを当てたまま、じっとフィエクサの眼を見据えている。

「ごめんなさい、フィエクサ兄」サネンはフィエクサから眼を逸《そ》らさない。

「謝るな、サネン。それより、決して皆の言いなりになるな」

「でも、それじゃ、また兄が仕置きを受ける」

「かまわない。俺は足枷など平気だ。額の墨など気にしない。おまえがヤマトの男に酷い目に遭わされることのほうが辛い。それに墨なんて額に針突を入れたと思えばいいんだ」フィエクサは無理に笑ってうそぶいた。「どうだ？　俺の針突はきれいだろう？」

サネンは返事をしなかった。黙ってサジを裏返し、足枷で傷ついた足を拭った。フィエクサもそれ以上は言えなかった。サネンは立ち上がると、色紙の揺れる竹をじっと見つめていた。やがて、血に汚れたサジを竹に結びつけると、なにも言わずに帰っていった。

翌朝、フィエクサの枷《かせ》は外された。小屋に戻ったフィエクサは床に打ち倒れたまま、傷の痛みに呻いていた。そこへ、真常アジャがやって来た。

「フィエクサ、おまえも、もうすこし大人になれ」

「どうしてだ？　俺がなにをした？　俺はサネンを守っただけだ」

「今はなにを言っても無駄だな」アジャが大きなため息をついた。「こんなことを言ってはなんだが、これもいい機会なのだろう。すこし頭を冷やせ」

「いい機会？　墨を入れられ繋がれるのがか？」

「ああ。その程度で済んだのだ。これに懲《こ》りて賢くなれば、命までは失《な》くさずに済む。考えろ。おまえは附役に背いて衆達の顔を潰そうとしているのだ。打ち殺されても知らんぞ」

「違う、俺は悪くない」

「それだけではない。おまえはサネンの邪魔をしているのだぞ」

「邪魔？　どういう意味だ？」

「アンゴになれば結構な手当が貰《もら》える。黍《きび》仕事もしなくていい。木の簪《ギファ》を捨てて、銀の簪を二本も挿せるようになる。こんなゴザの上でなく、畳を敷いた家で住まわせてもらえるのだぞ。それに、馬にも乗れるのだ。サネンならすぐに乗り方を憶《おぼ》えるだろう。今の暮らしよりはずっとましではないか」

フィエクサは横鞍《よこぐら》で馬に乗るサネンを思った。サネンの貌《かお》はずいぶん高いところにあるように見えた。

「でも、アンゴなんていいようにされて、男がヤマトに帰ればそれっきり。放り出されて終《しま》いだ」

「きょら生まれ女《おなご》 島のためなりゃみ やまといしゅぎりゃがためどなりゅる、だな。諦めろ。歌の通りだ。美しく生まれた女は島の男のものにはならず、ヤマトの男のものになるのだ」

「そんな簡単に諦められるものか。サネンがどれだけ苦しむと思うんだ」

「フィエクサ、すこし落ち着け。ヤマトの男がみな人でなしとは限るまい。我の知っていた横目はアンゴの親兄弟にまで手厚い施しをしたぞ。衆達を見ろ。ほれ、あのように、娘をアンゴに差し出そうと必死になる親もいるではないか」

「でも、サネンはまだほんの十五だ」

「まだじゃない。もう十五だ。それに、おまえもウラトミの話を知っているだろう?」

「そりゃ知ってるが」

フィエクサは言葉に詰まった。ウラトミの悲劇は歌い継がれて誰もが知っている。今よりずっと昔、薩摩が島を治めはじめた頃のことだ。絶世の美女ウラトミはアンゴになるのを拒んだ。怒った代官はウラトミの住む地区一帯を迫害し、重い税で苦しめた。結果、ウラトミは家族の手で海に流されたのだ。

「聞くところによると、その正木という附役は例のアンゴ嫌いの男らしいな。女など世話して要らぬ、とずっと断り続けておったのだろう？　二人も三人もアンゴを囲う者もいるのに、清廉《せいれん》な男ではないか。きっとサネンを大事にしてくれるに違いない。願ってもない話だと思うがな」

「でも、好きでもない男の許《もと》へ行かせるなんて、絶対に駄目だ」

「好きでもないとなぜわかる？　これだけ望まれているのだ。行けば、サネンも憎く思うはずがない」

　浜で会った男はフィエクサよりもずっと年上で、背筋の伸びた好もしげな様子に見えた。一喝した声は厳しかったが、あとは穏やかで優しい笑みを浮かべていた。それだけではない。信じられないことだが、波打ち際《ぎわ》に這ったフィエクサたちに、立ち上がるよう促してくれたのだ。

　フィエクサは唇を噛んだ。アジャの言うとおりだ。サネンだって憎く思うはずがない。

「それに、ここにおっても同じことだ。いずれ、サネンはどこぞのヤンチュとくっついて、おまえのようなヒザを産む。それだけのことだ。おまえも兄なら妹の幸せを考えてやれ」

「でも、でも、絶対にサネンは俺が自由にしてやる。そう決めたんだ」

「阿呆《あほう》。そんな夢みたいなことを考えるな」

「俺はヒザだけど、サネンは違う。無理と決まったわけじゃない」

言い返すと、アジャがため息をついた。

「考えてみろ、フィエクサ。もし、サネンが借用糖を返して、ヤンチュでなくなったとしよう。次に待っているのは高割《たかわり》だ。サネンはもう十五だから、一反は割り当てがあるな。ヤンチュ上がりで、役人に付け届けする余裕もない。どうせ、ろくでもない痩《や》せた土地を割り当てられるだろう。そして、サネンひとりで畑を耕し、黍を植え付け、砂糖を搾《しぼ》るのか？　まあ、百斤《きん》も穫《と》れんだろう。足りない砂糖は借りて納めるしかないな。結局、すぐヤンチュに逆戻りよ」

真常アジャは淡々とサネンの未来を語った。フィエクサにはもう言い返す言葉がなかった。アジャの言うことはもっともだった。

「そう考えれば、ヤンチュだって悪くはない暮らしだ。ヤンチュでいれば、生きていけるだけの食い物はもらえるからな。そして、アンゴになればもっとよい暮らしができる。フィエクサ、頭を冷やしてよく考えろ。人の一生など天が決めること。我らにできることなど、たかが知れている。我のように見放された人間がいるかわり、突然、運の開く者もいる。なにがどう転ぶかは人の知るところではない」

すこし強い口調でフィエクサに諭しながら、アジャはなにかを堪《こら》えているような苦しげな顔をした。

「それはアジャが実際に体験したことか？」

「ああ。まさかヤンチュに落ちるとは、考えたことなどなかった」

「教えてくれ、アジャ。一体なにがあったんだ？」

アジャの顔を真《ま》っ直《す》ぐに見て言った。すると、真常アジャは気の進まない口振りで話しはじめた。

「我の凶運のはじまりは、七人の悪神《あくがみ》に遭ったことだ」

「悪神？」

「あの頃、我は結構なユカリチュだった。島一番の打ち手と言われ、毎日のように薩摩の役人の屋敷に呼ばれて碁の相手をしていたわけだ。悪神に遭った夜もそうだった。あれは二十三夜だった。我は夜更《よふ》けまで酒を飲んで碁を打っていた。代官屋敷を出て、自分の屋敷へ戻るときだった。屋敷へは険しい峠《チヂ》を越えなければならない。夜明け前の一番闇《やみ》の濃い頃合だった。中腹まできたときだ。頂上に黒い影が七つ並んでいるのが見えた。我はぞっとした。悪神だとすぐにわかったからだ。その姿は夜の闇の幾千幾万倍も暗く黒かったからな」

「それで、それでどうなったんだ?」

思わず唾《つば》を呑《の》み込んだ。実際に山の神と逢《あ》ったフィエクサには、アジャの話が他人《ひと》事《ごと》とは思えなかった。

「逃げ出してはならぬ、と思った。ここで背中を見せれば取り殺される。我は覚悟を決めた。大きく息を吸い込むと、足を緩め峠の頂上に向かってわざとゆっくりと歩き出したのだ。七つ並んだ悪神から眼を逸らさず歩き続けた。背中は汗で濡《ぬ》れ、脚は震えていた。口の中は乾き、舌が歯の裏に貼《は》りついて動かなかった。我は素知らぬふりで歩き続けた。やがて、頂上にやってきた。悪神が一斉に我を見た。我も睨《にら》み返した。七人並んだ悪神を端から順番にひとりずつ、頭の先から足の先まで舐《な》めるように睨《ね》め付けてやったのだ。悪神はなにも言わなんだ。一人、二人、三人。我は気が遠くなりそうだった。だが、すこしでも隙《すき》を見せたら殺される。そう思って、七人の悪神を全部睨んでやった。七人目の前を通り過ぎると、峠は下りになる。頂上から一歩、下り道に足を踏み出したとき、後ろから声がした。

『真常氏、今宵はよい碁であったな』

『島一番の打ち手は二十三夜の神を拝みもせず、か』

『我らを睨め付けていくとは、さても肝の据わった人間よ』

『では、その肝、どれほどのものか見せてもらおうか』

『真常氏、星の数だけ暇をやろう』

『碁盤に星は九つ。九年経《た》ったら迎えに行くぞ』

『やれ、嬉《うれ》しや』

背後で悪神が一斉に笑った。だが、我は振り返らなかった。腹に力を込め、ひたすら歩き続けた。家に帰り着くなり我は気を失った。ひどい熱がでて、七日七晩眠り続けた。屋敷が揺れるほどに震え、歯を噛み鳴らしていたそうだ」

「それから？」

「家が突然傾きはじめた。なにをやっても上手《うま》く行かなくなった。屋敷の井戸が涸《か》れたかと思うと、高倉が鼠《ねずみ》の大群に襲われた。まさに地面が動いているようだったぞ。やつらはあっという間に倉のものすべてを食い尽くしたのだ。それだけではない。新しく来た薩摩の役人は前任者とは犬猿の仲だった。前任者と親しかった我は憎まれ、黍の検見で嫌がらせを受けた。上出来の砂糖を出来の悪いヒュチ砂糖《ザタ》と言われ、つっぱねられた。さらに、知り合いの砂糖を肩代わりし証文を書いた。そこからはあっという間だった。たった一年の間に、我はすべてを失いヤンチュになった。そして、今年で約束の九年目だ。我には悪神が見える。もうすぐそこまで来ているのだ。じきにおまえは我のシカタに遭うだろう」

アジャが眼を落とし凄惨《せいさん》な笑みを浮かべた。フィエクサは返す言葉が見つからなかった。

その夜、アジャの話が気になって、なかなか寝付けなかった。裏の崖《がけ》で芭蕉葉《ばしょうば》が擦れる音にも、入口に吊《つる》した筵《むしろ》がはためく音にもどきりとした。どんなわずかな音さえ、アジャのシカタのように聞こえた。

明け方近くになり、ようやく遠い夢に落ちた。フィエクサとサネンは子どもに戻って、椎《しい》の実を燻《いぶ》していた。ざらざら、ぱちぱちと椎が音を立てる。フィエクサはサネンの手に自分の手を添え、椎を広げたザルを揺らした。サネンはなにか歌っている。フィエクサはうっとりとそれを聞いていた。だが、ふと気付くと、サネンの手は子どもの手でなくなっていた。針突こそないが、細く長い指は大人のものだ。あ、と思って慌《あわ》てて手を放すと、ザルから椎が飛び出して大きな音を立てて火の中で爆《は》ぜた。焦《こ》げたような臭《にお》いが立ち上る。

フィエクサは弾《はじ》かれたように身を起こした。どこかで椎が爆ぜている。夢の中ではない。煙の臭いもする。小屋から飛び出すと、マァン屋が火に包まれていた。

「アジャ」フィエクサは叫んだ。小屋の中に向かって声を掛ける。「サネン、起きろ、火事だ」

サネンがわけのわからない顔で起き上がった。フィエクサはサネンの手を引っ張り立ち上がらせると、小屋の外に連れ出した。

「マァン屋が火事だ。俺はアジャを見てくる。サネンはオモテに知らせるんだ」

数秒の間、ぼうっとしていたサネンだが、事態を察して走り出した。フィエクサはマァン屋に向かった。

「アジャ、アジャ」

アジャの姿は見えなかったが、馬はみな横木の向こうにいた。フィエクサは馬を連れ出そうとしたが、火に怯《おび》えて狂ったようになっている。下手に近づくと、蹴《け》り殺されるかもしれない。

「落ち着け」フィエクサは芭蕉衣《バシャギン》を脱いで馬の頭に被《かぶ》せた。「大丈夫、落ち着け」

ゆっくりと馬を曳《ひ》きだした。二頭目を連れ出したとき、岩樽が駆けつけてきた。

「馬鹿《ばか》鷲《わし》、これはどうしたことだ？」

「わからない。アジャもいないんだ」

もう一度火の中に飛び込んで、残った馬を曳きだした。藁《わら》の下にいないかとアジャの姿を懸命に捜すが、どこも火の海だ。最後の馬を助けたすぐあとで、屋根が落ちた。

「兄、フィエクサ兄。大丈夫？」サネンが駆け寄ってきた。

「大丈夫だ。それよりアジャの姿が見えない」

「まさか」サネンが絶句した。

燃えさかるマァン屋からは凄《すさ》まじい炎と煙が立ち上り、あたりは真昼のように明るい。これが悪神の仕業だろうかと思うと、背筋がぞっと冷たくなった。

「怪我《けが》をしてどこかで倒れてるのかも」

アジャの名を呼びながら、サネンがあたりを捜しはじめた。フィエクサもその後に続いた。屋敷の裏の林に踏み込んだとき、フクギの下にうずくまった人影が見えた。

「アジャ、無事だったのか」

「ああ、フィエクサか」アジャはなにかを抱いて震えていた。

見たところ、どうやら怪我もないようだ。着物や髪にも乱れはない。煤《すす》の汚れすら認められない。褌《ふんどし》一丁、全身煤で真っ黒のフィエクサとは大違いだった。

「あの火は？」

「おまえにもらった石で碁の稽古《けいこ》をしておったら、ついうとうとしてな。知らぬまに燃えさしが倒れていたのだ。だが、見ろ、フィエクサ。碁盤は無事ぞ」アジャが嬉しそうに碁盤を撫《な》でた。「危ないところであったが、傷ひとつない。本当によかった」

「まさか、アジャ。馬を見捨てて、碁盤を抱いて逃げたのか？」

信じられない思いだった。アジャが碁盤を大切にしているのは知っている。だが、三頭の馬を火の中に見捨て、碁盤を抱いていたとは信じられない。フィエクサの呆然《ぼうぜん》とした顔を見たアジャが、吐き捨てるように言った。

「馬などどうなろうとかまうものか。これは我の宝だ。みすみす焼けるのを黙って見ておられるか」

「アジャ、もうすこしで馬が焼け死ぬところだったんだぞ」

「かまうものか。我にはこの碁盤のほうが大切よ。これがなくなったらどうする？碁が打てなくなるのだぞ」

「アジャ、なにを言うんだ。生きた馬と碁盤を比べるなんて。馬を見捨てるなんて」

フィエクサは思わず息を呑んだ。ほんの一瞬だが、アジャの顔が真っ黒に見えたのだ。

「アジャ、今の顔は」

禍々《まがまが》しい邪悪の塊。左眼を失ったときに脳裏に浮かんだ影だ。フィエクサがぞくりと震えたとき、後ろで衆達《しゅうた》の声がした。

「なるほど。聞いたぞ」衆達は安態を従えている。「真常アジャ、それほどまでに碁盤が大事か？」

衆達が唇をめくり上げて言った。いつもの大げさな身振りはない。落ち着き払った声が、今までにないほどの怒りを漂わせている。アジャは黙って衆達を睨み返した。

「碁盤を取り上げろ」衆達が命じると、安態が前に出た。

「いやだ。渡さぬ。これだけは死んでも渡さぬ」

安態が逃げようとするアジャを捕まえ、簡単に地面に転がした。アジャは碁盤と一緒に叩《たた》き付けられ、呻《うめ》き声を上げた。

「渡さぬ。これは我のものだ」

アジャが碁盤を腹に抱いて身を丸めた。だが、安態は枯れ木のようなアジャを軽々と持ち上げ、碁盤から引き剝《は》がした。

「やめろ、我の碁盤だ」

「うるさい、じっとしてろ」暴れるアジャを放り投げ、安態が碁盤を抱えた。

「じきに迎え盆だ。仕置きは盆が終わってから考える。とにかく、二度と碁を打つことまかりならん」

衆達は冷たい声で言い放つと、背を向けオモテへ帰っていった。

「我の碁盤を返せ」

アジャが安態の背中に追いすがったが、呆気《あつけ》なく突き倒されてしまった。フィエクサはアジャを抱き起こそうとしたが、乱暴に払いのけられた。

「アジャ、落ち着け。今は衆達も気が立ってるから無理だ。もうすこし時間を置いてから、碁盤を返してくれるよう頼みに行こう」

「馬鹿か。あの男が返してくれると思うのか？」アジャが足摺《あしずり》をして咆哮《ほうこう》した。「我の碁盤が奪われてしまった。もう二度と返ってこぬ」

「アジャ、頼む、落ち着いてくれ。碁盤のことはまた後で考えよう。なんなら俺が新しい碁盤を作ってやる。木挽《こびき》仕事は慣れてる」

「笑わせるな。そんな素人《しろうと》が作った盤で碁が打てるか。我の碁盤は最上等、日向榧《ひゅうがかや》の五寸三分柾目《まさめ》だぞ。そんな砂糖樽《サタダル》ごときとは比べものにならん」

「アジャ、無理を言うな。しばらくの我慢だ。俺が一所懸命作るから」

「一所懸命だと。馬鹿を言うな。所詮《しょせん》、ヒザはヒザだな。碁の真髄など到底理解できぬ。ヒザには碁など無理なのだ」

思わず耳を疑った。アジャの言葉とは到底思えなかった。

「でも、ヒザでも碁が強くなれば認めてもらえるって、そう言ってくれたのはアジャじゃないか」

「世迷《よま》い言《ごと》を」アジャが顔を歪《ゆが》めて笑った。ほんの一瞬だが、また、どす黒くなったように見えた。「まさか、そんなことを信じておったとは、やはり馬鹿鷲よ」

「真常アジャ、やめて、そんな酷《ひど》いことを」

後ろで聞いていたサネンも堪《こら》えきれなくなったらしい。鋭い語気でアジャを非難した。もっとなにか言おうとしたのを止めた。余計にアジャを興奮させるだけだ。

「独眼になったおまえを慰めようと、適当なことを言ったまでよ。考えてもみろ。おまえはヒザなのだぞ。そのヒザが碁だと？」

アジャがぎらぎらと光る目でフィエクサを睨み、笑いながら突っ伏した。そのまま、地面を泣き笑いしながら転げ回る。フィエクサはアジャを助け起こそうとした。アジャはすこしおかしくなっているだけだ。落ち着けば、またもとのように優しくなる。

「寄るな、ヒザが」真常アジャがフィエクサの手を乱暴に払いのけた。「我はおまえとは違うのだ。もとはユカリチュなのだ。ヒザのおまえが馴《な》れ馴《な》れしくできる家柄などではないのだ。成り上がりの衆達なんぞ、我の足許《あしもと》にも及ばぬのに」

フィエクサは呆然とアジャの前に立ち尽くしていた。アジャの一言一言が鎚《つち》の一振りとなって、全身を打った。他の誰かに言われたのなら、まだよかった。衆達に言われようと岩樽に言われようと、耳を塞《ふさ》いで心の中で毒を吐いていればよかった。だが、今、俺の心臓を絞り上げたのは、あれほど信頼し尊敬していたアジャなのだ。

「くそっ。あの証文さえなければ、あんな約束さえしなければ。たかが砂糖のことで、ああ、なにもかも悪神のせいだ」真常アジャが声をあげて泣いた。「所詮、ヤンチュなのだ。おまえも、我も。所詮はヤンチュなのだ」

ヤンチュなのだ、と繰り返しながら、アジャが号泣した。たまらず、泣き叫ぶアジャに背を向け歩き出した。サネンもフィエクサの後を追ってきた。あたりには火事の後始末をしようと、人が右往左往している。ただ人の目を避けながらあてもなく進み、やがて海沿いの黍畑に出た。

風はぴたりと止まっている。黍は微動だにせず立ち尽くし、死体の群れに見えた。瞬間、海の上に真っ白な線が走り、今までわからなかった空との境を浮き上がらせた。夜が明けようとしていた。

黍畑の脇《わき》に崩れるように腰を下ろした。堪えきれず顔を覆《おお》う。途端に、涙が溢《あふ》れてきた。煤だらけの顔を涙が伝う。両の手がたちまち黒い汁で汚れた。

「フィエクサ兄」

サネンがそっとフィエクサの手を包んだ。フィエクサはサネンの手に顔を埋《うず》め、嗚《お》咽《えつ》した。フィエクサの頰に触れるサネンの手には、細い傷が無数にあった。指は白く長かったが、本来ならば娘の手を美しく飾るはずの針突はない。フィエクサはサネンの手に思い切り強く自分の顔を押しつけた。たちまち、サネンの手も黒く染まった。

アジャの言っていたことが、今になってわかった。俺はどこまで行ってもヒザで、どんなに働いても自由になれない。牛馬と同じ、死ぬまでただ働くだけだ。ヒザは生まれたときからヤンチュで、死ぬまでヤンチュ。衆達の財産の一部として扱われるだけだ。死んだ後はなにも残らない。後生《グシュ》どころか墓すらない。俺はただそれだけのものなのだ。

海からのぞいた陽はすでにじりじりと島を焦がしていた。凪《な》いでいた風が動き、黍畑が揺れだした。昨日となにも変わらぬ一日、死ぬまで続く一日がはじまるのだ。フィエクサはサネンの手の中でいつまでも啜《すす》り泣いた。

屋敷に戻ると、焼け落ちたマァン屋からはまだ薄い煙が上っていた。ヤンチュたちが真っ黒になって、後片付けをはじめている。だが、アジャの姿は見えなくなっていた。

「碁石を取り上げられた腹いせに、火をつけたに違いない。そして怖くなって逃げたのだろう」衆達は激怒し、その矛先はフィエクサにも向けられた。「おまえも仲間か。墨を入れられたことを根に持っての仕業か」

「違う。うっかり燃えさしを倒したのだ、とアジャは言っていた」

「嘘《うそ》をつくな」衆達は青黒い顔をぶるぶると震わせた。「おまえは厄介ばかり起こす。その眼で悪神を呼んでいるに違いない」

フィエクサはもう言い返す気力もなかった。ただ黙って衆達に罵《ののし》られていた。

「衆達」

そこへ岩樽が口を挟んだ。マァン屋の後片付けをしていたらしい。汗で煤が流れ、顔は縞《しま》模様だ。

「火の中に飛び込んで馬を曳きだしたのは、この男です。これは三頭の馬をひとりで助けたのです」

「信じられるか」

「本当です。こいつは嘘などつかない」

衆達は納得できないようだったが、岩樽が退《ひ》かないので舌打ちして去っていった。信じられない思いだったが、筋は通すべきだと思った。

「ありがとう。取りなしてくれて」

　すると、岩樽はもっと信じられないことを言った。「どうせなら、マァン屋だけでなく、オモテも全部燃えてしまえばよかったんだ」驚くフィエクサに、岩樽は疲れた笑いを浮かべて見せた。「もう、うんざりだ。衆達はな、代々郷士格をもらうことしか頭にないんだ。くだらん餌《えさ》に飛びついて、ばかばかしい。そんなものもらっても、刀が差せるわけでもないのに」

「いいのか、そんなこと言って」

「かまうものか」手にした杖《つえ》を宙で二三度振って、岩樽が向き直った。「馬鹿鷲、俺はおまえを庇《かば》ったわけじゃない。ただ、面倒はもう御免なんだ。主取《ヌシドリ》だからといって、好きで人を打つわけじゃない。好きで人の額に墨を入れるわけじゃない。それでも、俺はやらなくてはならない。この歳《とし》になるとそれが応《こた》えるんだ。わかるか？」

　おかしな気分だった。岩樽になにか親しいものを覚えたのだ。自分にとって、岩樽は杖を振り回す憎い男だった。草取りも木挽き仕事も鳥刺しも、みな、この男の口が命じた。たまに現れて嫌味を言う衆達よりも、この男を恨むことのほうが多かった。

　フィエクサは岩樽を見た。真っ黒に焼けた腕と脚は短いけれど、自分よりもはるかに太かった。分厚い胸も胴も堅く締まり、斧《おの》を入れても割れそうにない。岩でできたような身体《からだ》に、ふいに尊さを感じた。安熊のように歌いながら女と遊んでその日を過ごしもせず、アジャのように石に溺《おぼ》れもせず、ただ働き抜くのもヤンチュとしてのひとつの生き方なのだ。

「だから、お互い死なない程度にうまくやればいい。そういうことだ」

フィエクサは黙って頷《うなず》いた。

岩樽は焼け落ちたマァン屋をしばらく眺めていたが、やがて大きな欠伸《あくび》をした。

「とにかく、もう面倒は起こすなよ」

手にした杖で軽くフィエクサを小突くと、もうひとつ欠伸をしてオモテに戻っていった。

マァン屋の片付けで一日が終わった。陽が落ちても、アジャの姿はどこにも見当たらなかった。

「アジャ、今頃どこを逃げ回っているんだろう」サネンが心配そうに言った。

「ほっとけ」

吐き捨てるように言った。アジャの投げつけた言葉が、まだ心の中で渦巻いている。だらだらと血が流れつづけているのだ。あれはまさしく裏切りだ。決して許すことはできなかった。

その夜、まだ東の空が暗い頃、フィエクサは鳥の声で眼を覚ました。どこか小屋の近くでティクフ（コノハズク）が啼《な》いているようだった。夢うつつでティクフの声を聞きながら、黒い影に包まれる夢を見た。助けてくれ、ともがいたとき、誰かがフィエクサを呼んだ。

「フィエクサ」

小屋の外から聞こえてくるのは、真常アジャの声だった。アジャが震える声でフィエクサの名を呼んでいた。

「フィエクサ、昨日はすまん。酷いことを言った」

破《や》れ筵《むしろ》の向こうからアジャが詫《わ》びている。フィエクサは寝ているふりをし、返事をしなかった。

「すまん、フィエクサ。我を許してくれ」

アジャが喘《あえ》ぐように繰り返した。だが、アジャに背を向けたまま、じっとしていた。

「我はどうかしていたのだ。あんなことを言うつもりではなかった。我はおまえを本当の息子のように思っていた。嘘ではない。それだけは信じてくれ」

アジャの声は苦渋に満ちていた。それでもやはり、フィエクサは黙ったままだった。

「すまん」

低い呟《つぶや》きのあと、しばらく間があった。やがて、遠ざかっていく足音が聞こえた。

そのとき、またティクフが啼いた。フィエクサはかぶっていた筵を払いのけると、小屋を飛び出した。思い出したのだ。ティクフが啼くのは物の知らせ《ムンシリャシ》、つまりシカタで死の先触れだ。

「アジャ」

フィエクサは叫んだ。あたりは山から下りてきた霧で白く霞《かす》んでいる。アジャの姿はもうどこにも見えなかった。

「兄、どうしたの？」眼を覚ましたサネンが後ろから呼んだ。

「いや」

握りしめた拳《こぶし》で額の汗を拭《ぬぐ》った。アジャの足音が耳に残って消えなかった。

その夕、淵《コモリ》に笠《かさ》が浮いているのが見つかった。

「あの男が淵で溺れたのは本当だろうな。でも、責任を感じたわけでも、ケンムンに引きずり込まれたわけでもない。きっと、碁石を拾うつもりだったんだ。それだけだ」

そのことを小屋まで伝えに来た岩樽は暗い笑みを浮かべ、面倒臭そうに背中を向けた。

十三日は迎え盆だ。オモテに大きな祭壇を作り、屏風《びょうぶ》を回して供物《くもつ》をする。それとは別に、縁側へ水棚《ミズダナ》を作った。椎《しい》と竹で作った棚を蘇鉄葉《そてつば》で囲んだもので、ここにもやはり供物をする。これは伴人《トモニン》と呼ばれる無縁のマブリのためのものだ。この水棚がないと、伴人が先祖と一緒に家に入ってきてしまうのだという。夕方になると、提灯《ちょうちん》に火を入れ墓へ先祖のマブリを迎えに行った。明くる十四日は供養日になる。十五日には後生へ帰る先祖を送り、墓参りをした。

盆の間、フィエクサもサネンも落ち着かない。互いの両親は既に亡《な》いが、なんの供養もしてやれないので申し訳ない気持ちになる。

「アンマとジュウのマブリはどこにいるのかな。後生から戻っても行き先がなくて困ってるんだとしたら、かわいそうで」サネンが心配そうに言う。

「心配するな。きっとどこかの水棚で供養してもらってる。そのための水棚なんだから」

「うん。ならいいけど」

この会話も毎年のことだ。だが、フィエクサはサネンほど両親のマブリが気にならない。両親がちゃんと後生に行けたかどうかも、怪しいと思っているからだ。それよりも気に掛かるのは、アジャのマブリのことだった。淵に消えたアジャのマブリは一体いまどこにいるのだろう。アジャはちゃんと後生に行けるのだろうか、と、考えただけでも苦しくなる。

フィエクサはアジャの言葉が忘れられない。決して石に溺れるな、この我のようになるぞ、と。石に溺れた結果が、あの無残な最期《さいご》なのか。俺もいつかは石に溺れるのだろうか。石に狂って、なにもかもをなくしてしまうのだろうか。

いや、とフィエクサは水棚を睨《にら》みつけた。俺は決してアジャのようにはならない。石に溺れるような真似《まね》はしない。サネンのためにも、絶対に、絶対にだ。

フィエクサはサネンを見た。サネンは真剣な顔で水棚に線香を上げ、手を合わせている。かなり長い間、じっと動かなかった。サネンにはまだ祈る心がある。後生を望む心がある。疑うばかりで信じられない自分とは違う。なんとしても、その心だけは守らねばならなかった。

十五日の送り日のことだった。昼を過ぎて、突然、岩樽が奇妙な顔で現れた。

「おい、おまえら。オモテまで来い。ヤマトの附役が来たぞ」

一瞬で、サネンの顔が強《こわ》ばった。フィエクサもかあっと血が上るのを感じた。その様子を見た岩樽が釘《くぎ》を刺してきた。

「この前言ったことを忘れるな。どうなっても知らんぞ」

薩摩の役人にとって、アンゴとは差し出されるもので娶《めと》るものではない。わざわざヤンチュの娘の許《もと》に来るなど、信じられないことだ。ふたりは岩樽に連れられ、オモテの庭先に控えた。縁側には線香とたくさんの供物を飾った水棚がある。座敷には浜で会った男がすこし緊張した顔で座っていた。

「大事な盆送りの日にすまぬな。どうしても今日しか都合がつかなくてな」

「いえいえ。わざわざお運びくださいまして、滅相もございません。こちらの娘でございましょうか。さ、サネン、顔をお見せしろ」

衆達に促され、サネンが顔を上げた。男はおお、と小さな声を上げた。

「正木和興《かずおき》だ。浜では世話になった。おまえのおかげでつまらぬ怪我《けが》をせずに済んだ」

軽く指を差し上げ笑ってみせる。アダンの棘《とげ》のことらしい。

「いえ、それほどのことではありません」

サネンの声が困惑していた。たかがアダンの棘のことで礼を言われるなど、思ってもみなかったのだろう。だが、フィエクサはサネン以上に混乱していた。三ヶ月の間、アンゴの世話を断り続けた清廉《せいれん》な男。ほんの些細《ささい》なことなのに、ヤンチュの娘に礼を述べる男。穏やかな物腰に親身な態度。どう考えても、申し分のない男だ。アジャの言ったとおり、アンゴに反対することはサネンの幸せを邪魔することなのだろうか。

「サネンというか」

「はい。サネン花のサネンです」

「サネン花は知っている。かわいらしい花だ。よい名だな」

さらりと言う正木に憤《いきどお》りを覚えた。かわいらしいで済むものか。島のことをなにも知らないおまえに、サネンのなにがわかる？　そう言い返したくなるのを必死で堪《こら》えた。サネンは運命の名なのだ。母を失い、父を失い、ヤンチュとして生きてきた。それでも、サネンは身の内にサネン花を抱えているように、甘く柔らかく、涼しいのだ。ユタの言うとおり、サネン花と共にあるのだ。

「おまえが兄だな。名はなんという？」

「フィエクサ、と」フィエクサは覚悟を決めて顔を上げた。

ユタは言った。娘の望みは必ず叶《かな》うだろう、と。サネンは必ず俺が幸せにするのだ。

「その額は、墨か？」正木が息を呑《の》んだ。「この前はなかったようだが」

「少々、行き違いがありまして」衆達が慌《あわ》てて誤魔化した。「ですが、もうなんの問題もございません。この娘の件ですが、支度が整い次第、参らせますゆえ。わかったな、サネン」

衆達がサネンのほうを見て、猫撫《ねこな》で声を出した。

「わかりました」

サネンが静かに頭を下げた。信じられない返事に、フィエクサは思わず叫んだ。

「サネン、なにを言うんだ」

だが、サネンはフィエクサのほうを見ようともせず、真《ま》っ直《す》ぐに正木を見据えている。白い貌《かお》は青ざめ、頬に色はない。

「その代わり、次の上国の際、兄を船に乗せていただけますか」

「なに？」正木が眼を見開いた。

衆達も岩樽も驚き、口を開けたまま静止した。サネンが毛ほどの乱れもない声で続けた。

「兄はとても碁が強いのです。島一番と言われたユカリチュから習ったのです。その人は、いつも兄の腕を誉《ほ》めていました。よい師匠につけば、もっと強くなる。島津公も興味をお示しになるだろう、と」

「思い上がるな」気を取り直した衆達が横から口を出した。「どうせヤンチュの笊碁《ざるご》だろう」

「いいえ、違います。兄は本当に強い。それに熱心なのです。道策《どうさく》の棋譜なら幾つも空で並べられます」

「ほう、道策をか」正木がふいに身を乗り出した。「それは感心なことだ」

「もういい。どちらにせよ、額に墨のあるものを連れて行けるか」衆達が忌々《いまいま》しげに怒鳴った。

「いえ、墨など消せます」サネンがすこしためらってから、苦しげに顔を歪《ゆが》めた。

「どうやって消すのだ? 言ってみろ」

衆達が面白そうに声を弾ませた。一度入れた墨を消す方法はただひとつしかないことを知った上で言っているのだ。

「焼けばよいのです」

「よう言うた。では、おまえが消してやれ」

サネンはその言葉を聞くと、一瞬眼を閉じ、堪えるような表情をした。それから、喉《のど》の奥から絞り出すように答えた。

「わかりました」

「兄の額を焼いて平気か? もとはと言えば、おまえのために入れられた墨だぞ」

「あたしのために入れられた墨ならば、あたしが消すのが筋でしょう」

サネンがひたと衆達に眼を据えた。その眼はサネン葉のように鋭かったが、不思議な涼しさを湛《たた》えていた。怒るでも抗《あらが》うでもなく、ただ当たり前のことを言ったにすぎない、という余裕と覚悟から生まれる清涼だ。一瞬、衆達がたじろいだのが誰の眼にもわかった。

「炭桶《すみおけ》を持て」引っ込みのつかなくなった衆達が嫌悪《けんお》を隠そうともせずに言った。「そこまでいうなら、今、この場所で兄の墨を消してやれ」

炭桶が運ばれてくると、衆達が鎌《かま》の刃を焼くように命じた。薄い鎌の刃はすぐに赤くなった。衆達が促すと、サネンは鎌の柄をゆっくりと握った。フィエクサは血の気のないサネンの貌を見つめた。サネンの手で焼かれるなら、どんな痛みも堪えてみせる。たとえサネンの手で眼を抉《えぐ》られても、サネンの手で脚をもがれても、声ひとつ立てずに堪えてみせる自信がある。だが、サネンがアンゴになるのは堪えられない。絶対に許すことはできない。

サネンが貌を寄せた。額が青白く輝いて見えた。フィエクサは息が止まりそうになった。

「フィエクサ兄、すこし我慢して」

「サネン。もういい」フィエクサは怒鳴った。「俺はおまえをアンゴにしてまで船に乗りたくない」

「いえ、兄は船に乗るべきだ。絶対に」サネンが凛《りん》とした眼でフィエクサを見つめ返した。

「あたしはアンゴに行く。でも、兄にひとつだけ頼みがある。兄が碁で名を上げたら、きっと迎えにきてほしい。何年かかろうがかまわない。十年でも二十年でも待つから、きっときっと迎えに来て」

サネンの眼にとらえられた瞬間、全身に痺《しび》れが走った。

「兄、なにも心配はいらない。あたしが生まれたとき、ユタは言った。必ず望みは叶うだろう、って。あたしの望みは兄が碁で名を上げること。だから、絶対に兄は勝つ。ヤマトでも勝つ。それまでの我慢なんか、なんでもない」

サネンの言う通りだ。ほんのすこし、ほんのすこしサネンに我慢をしてもらえば、碁が打てる。船に乗ってヤマトへ渡る。死にもの狂いで精進するのだ。黍仕事も山仕事もなく、来る日も来る日も、朝から晩まで碁を打つのだ。ヤマトには強い者がいくらでもいるだろう。俺は片端から対局するのだ。勝っては負け、負けては勝ちを繰り返し、腕を磨く。アジャも知らなかったような新しい定石を学ぶのだ。俺は強くなる。強くなって、碁の上手を次々に打ち負かし、いずれは名人碁所の丈和《じょうわ》と打てたなら、いや、いずれは名人になれたなら。いや、なるのだ、絶対に。そのためには、そう、ほんのすこし、すこしだけサネンが我慢をすればいい。必ず名を上げ、サネンを迎えに行く。ほんのわずかの辛抱だ。たいしたことではない。碁のためだ。碁のためなのだ。

「サネン、俺は」フィエクサは呻《うめ》いた。

「話は終わったか？　さっさとやってしまえ」焦《じ》れたように衆達が叫んだ。

月が雲で隠れるように、サネンの貌から表情が消えた。焼けた鎌をゆっくりとフィエクサの額に近づける。フィエクサは懸命に眼を開いていた。なにがあろうとサネンを見届けるつもりだった。

「フィエクサ、兄」サネンが引き攣《つ》れた声を絞った。

焼けた鎌が近づいてくる。熱気が額に押し寄せ、残った眼が痛んだ。眼を逸《そ》らすな。歯を食いしばったとき、正木が怒鳴った。

「いい加減にしろ」正木は衆達に向き直ると、強い調子で叱責《しっせき》した。「もう結構だ。妹に兄の額を焼かせるなど、悪趣味にも程がある。島のしきたりならば口出しはすまいと堪えていたが、あまりに酷《むご》い」

「いえ、お言葉ですが」衆達が頭を下げた。「この男は幼い頃から反抗的で、これくらいやらないと示しがつかないのです。ヤンチュがみな勝手なことを言い出したら、黍畑はどうなりますか。上納するのがやっとでは、なにもかも立ちゆきません」

「いくら反抗的であったにせよ、このようなやり方を見過ごすことはできん」

正木がサネンの手から鎌を奪い取り、用意された水桶に放り込んだ。破裂したような音を立て、鎌から激しい蒸気が立ち上った。

「おまえもおまえだ。どんな理由があろうと、兄を焼くなどとんでもないことだ」

正木がサネンに厳しい言葉を掛けると、サネンがゆっくりと顔を上げた。

「あなたに、兄とあたしのなにがわかりますか」

サネンの声はぞっとするほど静かだった。周りにいた誰もが息を呑み、サネンの貌を注視した。広い額には一面に汗が浮き、ほつれた髪がひと筋貼《は》りついている。それでも、サネンは雨に打たれたサネン葉のようにひやりと涼しく見えた。

正木は気圧《けお》されたようで、だらしなく口を半開きにしてサネンを見つめていた。しばらくの間言葉を探しているようだったが、やがて、すこし縺《もつ》れた舌で返事をした。

「では、わかるようにしてもらおうか。どうやら、おまえの兄は余程碁が強いようだな。ならば、私と一局打ってみろ。どの程度のものか調べてやる」

「ヤンチュと打つなんて、とんでもない」

衆達が慌てて止めた。だが、正木は軽く腕を振って遮ると話を進めた。

「私とてそれなりの覚えはある。私に勝てたなら、船に乗せてやろう。主、碁盤はあるか？」

「とんでもない。それは礼儀もなにもわきまえないヒザです。子どもの頃から独りなので、すっかり性格がねじけているのです」

「独り？　どういうことだ？　兄妹《きょうだい》ではないのか？」

「いえいえ、この男はここで生まれたヒザです。幼い頃からサネンと一緒にいたので、勝手に兄妹だと言っておるだけです」衆達が薄気味の悪い声で笑った。「娘のほうは幼い頃ヤンチュとして私どもの屋敷に参りました。すぐに親が亡《な》くなってしまったので、以来、私どもが親代わりとして大事に育てて参ったのです」

正木がじっとフィエクサを見た。その眼が一瞬濁ったが、すぐに厳しい顔になった。

「なるほど。だが、ヒザだろうがヤンチュだろうがかまわん。碁盤を用意してくれ」

フィエクサは手と足を洗って座敷に上がった。岩樽が運んできた碁盤を見て、息を呑んだ。フィエクサの目の前に置かれたのは、アジャの碁盤だった。

「ほう、これは素晴らしい碁盤ではないか。この柾目《まさめ》の美しいこと」

正木は感嘆し、惚《ほ》れ惚《ぼ》れとアジャの碁盤を眺めている。フィエクサは碁笥《ごけ》を見た。これは衆達のものらしい。明らかにアジャのものより劣った。

正木が碁笥の蓋《ふた》を開けて中を改めた。

「この石では碁盤が泣くぞ」

衆達がわずかに悔しそうな顔をし、頭を下げた。フィエクサは一礼して席に着いた。

「ユカリチュに手ほどきを受けたということは、やはり琉球碁《りゆうきゆうご》の流れか。どの程度の筋か見せてもらおうか。いつから打っている？」

「九つで覚えました」

「では、かれこれ七、八年は打っているな。私が碁を習ったのはもうすこし幼い頃だった。もう二十年近くは打っているぞ」

「才に年齢は関係ないと聞きました」

「自分でそれが言えるなら結構だ。だが、はっきり言おう。私は強いぞ。免状こそ初段だが、二段相当の力があると言われたこともある。国許《くにもと》では三本の指に入ると自負している。おまえは段位がわかるか？」

「親雲上濱比賀《ペイチンハマヒカ》は上手二子、三段相当をもらったと」

「そうだ。よく知っているな。何年か前に聞いた話では、初段以上の免状を持つ者は世に二百五十人あまりという」四段ともなれば、わずかに十一と」正木がじっとフィエクサを見た。「ここは狭い島だ。外の世は広い」

「わかっています」フィエクサも負けじと見返した。「でも、俺がアジャに教わったのは、狭い碁ではありません」

「よく言った」正木がからりと笑った。「とんだ差出口だったようだな。もし、おまえの力に満足できないときは、上国の話などなしだ。わかったな」

「もちろんです。そのときは俺をどうとでもしてください」

「そう簡単に言うな。どうとでも、と任されるほうは大変なのだ」

正木が笑いながら扇子を開いて胸許に風を入れた。衆達は勝手な成り行きが不満なようで、先程から苛々《いらいら》と膝《ひざ》を揺すっている。岩樽は庭先でこっそり面白そうな顔をしていた。

最近、頭の中でしか石を並べていなかったので、実戦の自信がない。そもそも、アジャより強い者と打ったことがないのだ。二段相当という正木の力がどれくらいのものか、見当もつかない。だが、もうやるしかない。勝つしかないのだ。

「いくつ置く？」

「なしで結構です」

「かわいくないな。では、先番はやろう。そのくらいの格好はつけさせてくれ」正木が黒の入った碁笥を押しやった。

のか」

「お願いします」フィエクサは軽く頭を下げた。初手は右上隅の目外《もくはず》しだった。

「目外しか。なるほど。で、おまえは碁でなにをしたい？　名を上げて褒美《ほうび》が欲しいのか」

正木が黒から見て左上隅の小目《こもく》に置いた。

「無論、褒美も欲しいです。でも、道策のように強くなりたいとも思っています」

フィエクサは三手目を右下隅の高目《たかもく》に置いた。白は右上隅、小目の位置にかかった。

「先程も、道策と言っていたな。なかなか勉強熱心なことだ。では、知っているか？　今、江戸には道策以来の碁豪と噂《うわさ》される者がおるのを？」

「道策以来の碁豪？　それは一体誰ですか？」フィエクサは思わず大声で訊《たず》ね返した。

「まだ若い。歳《とし》まわりはそう、おまえとほぼ同じくらいか。瀬戸の島育ちだが、幼い頃から神童の呼び声高く、十になる前には城主に呼ばれて打っておったらしいな。今年は御城碁に出仕し、千代田城黒書院《くろしょいん》で打ったとも聞いたぞ。いずれ名人碁所は間違いなしとまで言われている」

そう言いながら、正木は淡々と手筋通りに石を並べていった。フィエクサは今の話を聞き、激しく動揺していた。俺とそう変わらぬ歳まわりの者が、碁で名を上げている。しかも、その男も島の育ちだという。その若者と比べて俺はなんだ？　枷《かせ》に繋《つな》がれ墨を入れられた俺はなんだ？　なぜ、そんな差ができる？　なぜ、なぜだ？　フィエクサは黒石を持ったまま混乱した。

「名は、その者の名はなんというのですか？」

「名か。なんと言ったか思い出せぬな。そう、伝え聞いたところによると、三年ほど前、井上因碩《いんせき》と堂々と渡り合ったそうだ。なんでも、三方睨《にら》みの妙手に気付いた瞬間、因碩はかあっと血が上って耳が真っ赤になったらしい。どんな凄《すさ》まじい碁であったのか、その場で見たかったものだな」

フィエクサも額の墨が熱くなるのを感じた。いったい、どれほどの碁だったのだろう。その男とそう歳が変わらないというなら、俺にもそんな碁が打てるだろうか。

「おお、思い出した。その若者は、たしか秀策《しゅうさく》と名を改めたのだ。道策以来の碁豪に相応《ふさわ》しい名だな。耳赤《みみあか》の一局の後、たしか五段になったと」

「秀策」

秀策、秀策。若くして五段の秀策とは一体どんな化物なのか。フィエクサは何度もその名を繰り返し、胸に刻み込んだ。

「なぜ、今日、私がやって来たかわかるか？」正木が訊ねた。「数日前、私の許に老人がやってきた。粗末な格好をしていたが卑《いや》しくはなかった。聞けば元はユカリチュだという。会うなり、あの娘をアンゴにするのはやめてくれ、とずいぶん不躾《ぶしつけ》なことを言った。無論、そんな指図を受けるいわれはないので断った。すると、その老人はこんなことを言った。あの兄妹を引き離さないでほしい。兄の支えは妹だけなのだから、と。だが、おまえたちは兄妹でもなんともないという。どういうことだ？」

正木はまるで長考でもしているかのように眉《まゆ》を寄せ、フィエクサを眺めた。

「誰がなんと言おうと、俺とサネンは神に誓った兄妹です」

「神に誓った、か。なるほど。だが、あの老人は血を分けた者同士のように言っていたが？」

そこで衆達が割って入った。

「当家のヤンチュが無礼を働き申し訳ありません。その男はたしかに元ユカリチュでしたが、家が傾きヤンチュになったのです。当家に来ましたのは七、八年前のことでしょうか？　このふたりの幼い頃のいきさつを知らなかったのでしょう」

「ユカリチュからヤンチュか。あの老人がおまえに碁を教えたのだな」そう言って正木はしばらく考えてから、衆達のほうを見た。「そのときは追い返したが、話したいことがある。ここへ呼んでくれ」

「いえ、それが、もう亡くなりまして」

「はい。マァン屋に火を出したのです。その責任を取って淵《コモリ》に身を投げました」

「亡くなった？」

「本当か？」正木は顔色を変えた。「まさか、死んだとは」

「身は上がりませんでしたが、まず間違いございません」

「あの老人はこうも言っていたのだ。このような訴えが許されるはずもないことは承知している。罰されてもかまわない。もう寿命は尽きているのだから、と」

フィエクサは声も立てられず、ただ黙ってふたりの話を聞いていた。きっと、アジャも自分のシカタを聞いたのだろう。死を悟ったアジャは、俺のために無茶な行動に出たのだ。役人にヤンチュが直訴など許されるはずもない。本来なら、その場で斬《き》り殺されてもおかしくないのだ。

フィエクサの腹の底で、これまでで最も激しい悔恨が渦を巻いた。あの朝、なぜ俺はアジャに返事をしなかったのだろう。なぜアジャを赦《ゆる》さなかったのだろう。

「なるほど。覚悟の上の訴えであったのか」正木は独り言のように呟《つぶや》き石を置いた。

正木は地に堅く辛《から》い碁を打った。戦いに持ち込むことをせず、上手《うま》くサバきながら盤上を動かしていく。この男は、と思った。二十年近く碁を打っていると言っていた。きっと、これまで数多くの相手と対局してきたのだろう。癖も棋風も様々な者と戦い、勝ち負けを繰り返してきたのだろう。打ち回しの端々に見られる余裕は、経験から来るものに違いない。アジャとしか打ったことのない俺は圧倒的に弱い。フィエクサは歯を食いしばった。それでも、俺はこの碁に勝たなければならない。サネンのためにも、アジャのためにもだ。

「強い。こんな力碁《ちからご》ははじめてだ。地合《じあい》が読めん」

正木が絞り出すように言った。正木が争いを避けるのなら、フィエクサは争わずに済む場所もすべて争う構えだった。荒らせるだけ荒らしてやる。この男が二十年打ってきたのだとしても、五十年打ってきたアジャに碁を教わったのだ。気後れする必要はない。

フィエクサはコウ争いを途中で降り、下辺に打ち込んだ。白でも黒でもない中途半《はん》端《ぱ》な場所が、ふいに緊張を帯びた。正木の顔が変わった。コウを捨てての打ち込みは、予想外だったのだろう。

「今さらコウを捨てるか？　まだコウ材はいくらもあるぞ」正木が驚き呆《あき》れた声をあげた。

「かまいません」

フィエクサの迷いのない返事に、正木は黙り込んだ。かなり大きな先手を取られたことに気付いたのだ。座り直して姿勢を正したときには、顔から笑みはすっかり消えていた。単なるコウ争いに見せかけ、フィエクサはあちこちに黒を撒《ま》いた。一見、どれもただのコウ立てに見えるが、すべてが要所要所に配置され、白の勢いを削《そ》ぐようになっている。

「力だけではない、ということか」

正木は盤を睨んだきり長考に入った。その間に、フィエクサも懸命に黒地を数えた。今のところ優勢だが、まだ先は長い。すこしでも稼いでおかなければならない。

やがて、正木がツイだ。予想通りの、だが考えられる限り最善の手だった。そして、ふいに口を開いた。

「私は十で養子に行き、二十歳で妻を得た」

一体なんのことか、と訝《いぶか》しく思い、まじまじと正木の顔を見た。だが、正木はかまわず話し続けた。

「私の実家は郷士だった。郷士と言っても、この島で崇《あが》められている郷士格とはまるで意味が違う。城下士とははっきりと区別され、一段低く見られることが多かった。おまけに曾祖父《そうそふ》が木曾川《きそがわ》で死んで以来、様々な不遇を余儀なくされていたのだ。おまえは木曾川改修を知っているか?」

「木曾川がどこにあるのかも知りません」

フィエクサが答えると、正木が小さなため息をついた。

「結局はそんなものなのだ。木曾川改修といえば藩の存亡に関わるほどの一大事であったが、知らぬ者にはなんの意味もない。それだけのことなのだ」

「ヤンチュと同じですか？」

「そういうことだ。この島のヤンチュがどんなものだか、島から一歩外に出れば誰もなにも知らん。そう、木曾川とは木曾谷鉢盛山《はちもりやま》を源とし、飛騨《ひだ》、美濃《みの》、尾張《おわり》を通って伊勢湾《いせわん》へと注ぐ。それはそれは凄まじい大河よ。一度暴れれば、国の一つや二つ水浸しになる。こんな島など丸ごと浸《つ》かるだろう」

川が一体どうしたというのだろう。なぜ、このような話を聞かせるのか、理解ができなかった。

「今から百年ばかり前のことだ。江戸からな、木曾川改修の御手伝普請《おてつだいぶしん》の命が藩に下った。それがどんな意味かわかるか？」

「いえ、わかりません」

「幕府はな、薩摩を実質、廃したかったのだ。改修には途方もない費用がかかる。それを命じて、薩摩の力を削ぐつもりだったのだ。難工事だった。結局、当初の見積もりから膨れ上がって、四十万両もかかったのだ。その半分以上を、藩は大坂の商人に借りた。証文を書いたのはヤンチュだけではないぞ。藩も同じだ」

「まさか」

フィエクサは呆然《ぼうぜん》とした。薩摩の人間はみな、島のすべてを搾《しぼ》り取り、浮かれ遊んで暮らしていると思っていた。

「宝暦《ほうれき》の改修で大勢の人間が死んだ。工事で死に、流行病《はやりやまい》で死に、江戸に抗議して腹を切った。江戸の連中がなにをやったか知っているか？　堤を切って我らの仕事を妨げ、周辺の村々に圧力を掛けたりな。結局、藩に残ったのは莫大《ばくだい》な借財だけだ。それまでにも、江戸は様々な名目で藩を毟《むし》った。将軍家から姫が輿入《こしい》れしてきたのだ。屋敷を整え二百人からの女中を雇い入れ、莫大な婚礼の費用がかかった。姫ひとりのために、藩がどれだけの損害を被《こうむ》ったかわかるか？　一時、藩の借財は五百万両を超えたのだ。おまえに五百万という金子の凄まじさがわかるか？」

「砂糖でなくては、俺にはわかりません」

「ああ、この島には銭がないのだったな。では、砂糖で教えてやろう。ここや琉球から一年で一千二百万斤《きん》ほどの砂糖が穫《と》れる。大坂での売値が二十三万五千両だ。つまり、十年で一億二千万斤、二百三十五万両だ。これでも藩の借財五百万両の半分にも届かぬがな」

眼の眩《くら》む思いがした。五百万両という借財は想像を遥《はる》かに超えていた。

「じゃあ、島の砂糖でその借財を返そうというわけですか？」

「そうだ。今度はわかりがいいな」正木が静かに微笑《ほほえ》んで、フィエクサの地の真ん中に打ち込んだ。「だが、返そう、ではない。返した、だ。無論、砂糖だけで返したわけではない。平たく言えば踏み倒しだ。ほかにもまあ、真っ当とは言えない、様々な手を使ったのだがな。仕方ない」

「仕方ない、ですか」

「ああ、仕方ない。そうしなければ、我が藩の行く末はどうなっていたかわからん。とにかく、島の砂糖を大坂へ運んで売る。そして、大坂で買い込んだ米やら油やら様々なものを、島の連中に売る。それにもまたからくりがある」

そこで、正木はひと息ついて、すこしためらってから言った。

「島の連中には銭の代わりに羽書《はがき》を渡すのだが、この羽書ほどばかばかしいものはない。こんな紙切れ、一歩島の外へ出ればなんの値打ちもないのだ。しかも、おまえたちはありとあらゆるものを、大坂の何倍、何十倍という値で贖《あがな》わされているのだ。ふざけた話よ」

「そんな、まさか」フィエクサは思わず耳を疑った。

「本当だ。島の外へ出てみろ。米も、塩も、紙も、蠟燭《ろうそく》も、なにもかも信じられないほど安いことを知るだろう。島から砂糖を買い叩《たた》き、大坂で高く売る。大坂で仕入れたものを、島の連中に法外な値段で売りつける。だが、羽書しか持たない島の者は拒むことができない。わかるか？　ここは宝の島なのだ。薩摩にとってはな」

声が出なかった。見えてきたからくりは、想像をはるかに超えるおぞましさだった。それでは、俺の父母、サネンの父母、真常アジャはなんのために死んだのか。山で飢えた姉弟はどうだ。衆達のためか、薩摩のためか、それとも、その先の江戸にいるものたちのためか。

ふいに碁盤が霞《かす》んだ。フィエクサは唇を噛《か》んで涙を堪《こら》えた。碁で強くなって、ヤンチュから抜け出す。藩主に認めてもらって、江戸に上って褒美《ほうび》を授かる。それが俺の夢だった。だが、俺がすり寄ろうとしている幕府とは、黒糖地獄の源なのだ。

いや、と涙を拳《こぶし》で拭《ぬぐ》った。水と同じで、源などありはしないのかもしれない。深山に川の源を追い、雨の元を追い、雲を追い、天を追う。江戸の先にもまだあるのかもしれない。どこまで行っても果てがないのかもしれない。

「私の曾祖父は木曾川で死んだ。流行病でな。泥だらけの小屋で糞《くそ》を洩《も》らしながら、苦しみ、のたうち回って死んだのだ。わかるか？　その無念が」

「無念ならわかります。俺の父母も同じでしたから」

「同じ、か。まあ、そうかもしれん。郷士もヤンチュもな」

　正木が吐き捨てるように呟き、フィエクサを睨んだ。フィエクサも黙って睨み返した。先に眼を逸《そ》らしたのは、正木のほうだった。

「まあいい。そう、私の妻の話だったな。私は幼い頃から碁が強かった。その縁である城下士の家へ養子に入り、やがて妻を娶《めと》った。妻は家柄もよく、年は上だが控え目で優しい女だった。よい妻をもらったものだ、と満足していた。だが、あるとき、酒の席で朋輩《ほうばい》に告げられた。妻には男がいる。しかもそれは嫁ぐ前から関係のあった男だ、と。最初は信じられなかった。妻に限ってそんなことがあるわけがないと、相手にしなかった。なにせ、朋輩は酒癖の悪い男だったからな。しかし、周りの反応は違っていた。みな、私とは眼を合わさぬようにするくせに、互いに頷《うなず》き合っているではないか。朋輩はすっかり酒に酔っていた。反応のない私に苛立《いらだ》ち、大声でなぶった。碁ばかり打って愚図な男よ。所詮《しょせん》、郷士の出では仕方がないか、と。呂律《ろれつ》の回らぬ口で私を虚仮《こけ》にしたのだ。出自を嗤《わら》われ、私はかっとした。何度も何度も、気が付いたときには、その男を斬《き》り殺していたのだ」

衆達が生唾《なまつば》を呑《の》み込む音がした。庭のサネンを見ると、真っ青な顔で見上げている。だが、正木は声の調子ひとつ変えずに話した。微笑みすら浮かべているように見えた。

「朋輩は嘘《うそ》をついていたわけではなかった。妻に男がいたのは本当だったのだ。相手は妻の実家の使用人よ。幼い頃からの馴染《なじ》みで、互いに深く慕うていたそうだ。だが、使用人ではどうしようもない。添われぬのなら死ぬ、とまで思い詰めたところを無理に説いて、私の許《もと》へ嫁がせたのだ。郷士上がりの私が良い家の娘をもらえたのは、訳ありだったというわけだ。みな、それを知っていた。知らなかったのは私だけだったのだ。結局、妻は実家へ帰した。半月ほどして、男とふたり、川に身を投げたそうだ」

フィエクサは正木に薄気味の悪いものを感じた。なぜ長々とこんな話をするのか理解できなかったし、話の内容と正木の穏やかな表情との落差にとまどった。

「向こうに非があるとはいえ、人ひとり斬り殺したのだ。ただで済むわけがない。だが、酒席の諍《いさか》いを大事《おおごと》にするのを、誰も好まなかった。以前から評判の悪い男でもあり、私に同情する者も多かった。幸い、口添えしてくれる者もおり処罰は免れた。その代わり、附役としてこの島に来たのだ。まあ、ほとぼりが冷めるまで、態《てい》のよい島流しだな」

正木が微笑んだままの顔で、続きを打ちはじめた。

「島に来た途端、あちこちから娘を差し出された。断ると、違う娘を連れてくる。また断ると、また違う娘が来る。島のものはみな、私の機嫌を取ろうと必死のようだ」

「当たり前です。この島では、薩摩の役人の機嫌ひとつで身の上が変わることもあるんです。俺に碁を教えてくれたユカリチュもそうでした」

「それは気の毒に、と言いたいところだが、この島に限ったことではない。どこも同じだ。自分の身の上を自分でどうこうできる者は、なにもかも持っている者か、なにも持たぬ者かのどちらかだ」

正木が白石を鳴らしながら笑った。

「妻が死んで以来、私は女というものが怖《おそ》ろしくなった。ほんの小娘も、膨らんだ帯でさざめき笑う乙女も、鉄漿《かね》を付けた女も信じることはできない。眼に映る女はすべて、わけのわからぬ化物のようだった。そんなとき、夜の浜でおまえの妹を見た。以来、頭を離れない。昼も夜も、仕事をしているときも飯を食っているときも、一度逢《あ》ったきりの娘のことを考えてしまう。こんなことははじめてだ。怖ろしくてたまらないのに、逢いたくてたまらない。怯《おび》えすら心地好《よ》くなってくる始末だ。居ても立ってもおられぬようになり、ここまで来たのだ」

座敷にいるものは、みな呆気《あっけ》にとられて正木の顔を見た。まさかここまであからさまに、ヤンチュの娘への思いを吐露するとは信じられなかった。

「私はヤンチュなど気にしない。それに、見たところこの島ではヤンチュなど珍しくないようだ。いずれ、一握りの苗字《みょうじ》持ち以外は、みなヤンチュになりそうな勢いだ」

正木がまるで他人事《ひとごと》のように笑い、庭先のサネンにちらりと眼を遣《や》った。

「周りの者は言うのだ。どうせ四年のことだ。島にいる間の間に合わせなのだから、与人《よひと》の娘にしておけ。島の有力者と繋《つな》がりを持てば得をすることばかりだ、と」

「間に合わせ?」フィエクサはかあっと血が上った。

正木にとっては、ただの間に合わせかもしれない。任期が終わってヤマトに帰れば、それで終わりだ。だが、サネンはどうなる?

サネンは真《ま》っ直《す》ぐにフィエクサを見つめている。唇を白くなるまで嚙みしめているのがわかる。どれだけ悔しいだろう。それでも決して顔を伏せたりはしない。かつてフィエクサが片眼を失ったとき、サネンは俯《うつむ》くな、顔を上げていろ、と言った。今、サネンは自らに同じことを要求している。どんな屈辱にも額を高く掲げているつもりなのだ。

サネンの覚悟を目の当《ま》たりにし、胸に楔《くさび》でも打ち込まれたような痛みを覚えた。これがほんのすこしの我慢、碁のためにサネンに我慢を強いた結果なのか。

　そのとき、サネンが首を横に振った。フィエクサの眼を見つめ、何度も首を横に振る。フィエクサは懸命に自分を抑えた。正木に殴りかかりたいのを堪え、黒石を握りしめたままの拳を膝《ひざ》の上で震わせた。

「勘違いするな。続きを聞け。人前で虚仮にされ朋輩を斬り殺した後、妻を怨《うら》み、世の中すべてを怨んだ。なぜ自分が恥をかかねばならぬのか、と。ひとがみな憐《あわ》れみの眼を向けているように思え、昼も夜も苦しみ続けた。だが、今になって思う。妻も苦しんだのだろうと、な。幼い頃から心を通わせた男と一緒になることができず、親の決めた見知らぬ男と勝手に添わされたのだからな。妻にとって私の家は故郷を離れた異国、つまり木曾川のようなものではなかったかと思う」

　正木が白石を擦り合わせながら、低い声で語った。

「江戸に無茶な普請を押しつけられ泥だらけになって死んでいった曾祖父と、親に好きでもない夫を押しつけられ、密通の挙げ句に身を投げた妻は同じだよ。使用人がなんだ、郷士がなんだ、ヤンチュがなんだ。どれも同じよ。今さらなにを言っても仕方ないが、もっと別のやりようがあったのではないかと思う」

　思わず正木の顔を見た。正木がまっすぐにフィエクサを見返した。

「それだけではない。私が斬った男には妻と幼い子どもがいた。ことの後、実家に戻ったと聞いた。いくら事情があるとはいえ、あのとき私が短気を起こさずにいれば、そのふたりも肩身の狭い思いをせずに済んだ。さぞかし、私を怨んでいるだろうと思うと、今でも辛《つら》い」

正木がこおん、と白石を盤に打ち付けた。ほんのすこし音が濁っているのは、石が悪いせいだろうか。

「長々とこんな話をしたのは、同じことを繰り返したくないからだ。人を怨むのも怨まれるのも、御免だ。私は愚図な言い方かもしれないが、もう己を見失いたくはないのだ」

それから庭先のサネンにちらりと眼をやり、フィエクサの顔に眼を戻した。

「正直に言おう。私はおまえの妹が気に入った。声もいい。眼もいい。いやな入墨がないのもいい。必ず大事にする。決して悪いようにはしない」

フィエクサは返事をせず手を進めた。

サネンと出会ったとき、俺は誓った。サネンを幸せにする、サネンをジブンチュにする、と。あれから十年経《た》った。片眼を失い、墨を入れられ、それでも懸命に生きてきた。なのに、結局、サネンになにもしてやることができなかった。ジブンチュどころか、針突《ハヅキ》さえ刺してやれなかった。だが、この男はあっという間にサネンを幸せにするだろう。ヤマトの役人と言うだけで、いともたやすくだ。

「しかし強いな。今まで、そのユカリチュとしか打ったことがないとは驚きだ」

低く唸《うな》って、正木がもう一度座り直した。

「アジャは過去の名人の棋譜をいくつも憶《おぼ》えていて、俺に並べて見せてくれました」

「なるほど。やはり、おまえの強さは勝手なものではないのか。だが、どちらかと言えば力碁の傾向があるな。本因坊丈和に似ているような気がする」

正木はしばらく盤上を睨《にら》んでいたが、やがてぼそりと言った。

「おまえたちは、さぞかし薩摩を怨んでいるだろうな」

「琉球王が治めていた頃、那覇世《ナハンユ》はよかった、などと言う者もいます」

「那覇世か。そんなものは二百年も前の話ではないか。生きてもいない世を懐《なつ》かしむとは、おかしな話だ」

「今より酷《ひど》いはずがないと思っているからです」

「なるほど。おまえはどう思う？」

「わかりません。たぶん、いつだって酷いと思います」

「なんだ、ずいぶん冷めているな？」

「冷めてなんかいません。ただ、なにを怨んでいいのかわからないだけです」

「わからない？」

「はい。わかりません。さっきの話を聞いて、いよいよわからなくなりました。薩摩を怨んでも、その上には江戸がある。結局、果てがないような気がします」

フィエクサの答えを聞いて、正木が意外な顔をした。

「これは驚いた。目先のことしか見えぬ乱暴者かと思っていたが、違うようだな」

「碁を教えて貰《もら》ったとき、アジャによく言われました。ひとつところを見るな。今、眼に見える形にこだわるな。流れを知り、先の形を思い描け、と。そして、それは碁に限ったことではない、と」

「なるほどな」正木がため息を漏らした。「しかし、果てがない、か。そのとおりかもしれんな。我が藩にも江戸憎しで凝り固まった者もいる。実際、私も憎い。だが、その先はわからぬな」

「俺にもわかりません」

「では、なぜ上国したいのだ？　おまえは我が藩が、斉興《なりおき》公が憎くないのか？　形だけの琉球王の後ろ盾をもらい、江戸へ上って平気か？　江戸はおまえたちヤンチュ、いや、武士も町民も農民も、すべての苦しみの根源だろう」

「それでも俺は上りたいと思います。いろいろな者と打って、もっと強くなりたい。そして、秀策とやらに会ってみたい。褒美をもらってサネンをジブンチュにしてやりたいのです」

すると、正木がふいに手を止め、まじまじとフィエクサの顔を見た。

「おまえ、なぜそれほどまでにあの娘に拘《こだわ》る？　血などすこしも繋がってはいないのだろう？」

「いえ、サネンは妹です。俺たちは神に誓った兄と妹です」フィエクサはきっぱりと言い切った。

「では、妹と知って惚《ほ》れたか」正木がごく低い声で言った。

「なにをばかな……」

どきりとした。動揺して指に挟んだ黒石を落としそうになった。庭先のサネンに眼を向けたが、正木の声はそこまでは届いていないようだった。

「いや、なにかがおかしいとは思っていたが、今、ようやくわかった。おまえは妹に懸想《けそう》しているのだ」正木はフィエクサにだけ聞こえる声で話し続けた。

「そんなことはありません」

声が震えた。慌《あわ》てれば相手の思う壺《つぼ》だとわかっていながら、息が勝手に乱れて苦しくなる。

「神に誓った、と、ことさらに言いつのるのが、なんとも不自然だ。自分でも気づいていないのか？　おまえは私と同じだ。あの娘に想《おも》いを掛けている」

「いい加減にしてください」

かっとして声を荒らげた。周りのものが驚いた顔をしたが、正木は何事もなかったかのように座っているだけだ。その落ち着きが余計に悔しかった。

「勝負の最中だぞ」

正木のキリチガイに、フィエクサは思わず手拍子でノビた。そして、はっとした。上にノビたのは間違いだ。もう一方をノビるべきだった。これは明かな失着だった。それを見逃す相手ではない。正木がすかさず右辺を取りに行った。フィエクサは白地を削るのがやっとだった。

「これで、なんとか」正木がほっとした声を洩らす。

フィエクサは盤を睨みつけた。先程、あんなに苦労して取った先手だ。なのに、そのときの優勢が一瞬で消えたのだ。今は、俺が幾分悪い。この男は細かい碁が得意だろう。ヨセに入れば白が優位になる。

フィエクサはぎりぎりと両の拳《こぶし》を握りしめた。その前に決着を付けてやる。地合勝負はしない。殺し合いをするのだ。まだ、負けが決まったわけではない。諦《あきら》めるな。

フィエクサは手を緩めず、無謀と見えるほど厳しく相手の石を攻めた。すべての白石を殺す意気で打ち続けた。最初、正木はフィエクサの乱暴な手に苦笑していた。

「力攻めか？　強打もよいが己の地は大丈夫か？」

そう言って含み笑いをしていたのだが、フィエクサの執拗《しつよう》なキリに真顔になった。サバくだけでは終わらないことに気付いたのだ。

「ならばこちらも」

正木も正面から戦いを受けた。互いの大石《たいせき》に眼がない状態で、生きるか死ぬかのねじりあいになった。黒地が白地に、白地が黒地に変じる大フリカワリが演じられた。最後の勝負は上辺だった。フィエクサがコウを捨てたときに打った石が、効いた。

「くそ、一手足らん」正木が呻《うめ》いた。

フィエクサは盤上に石を下ろした。大フリカワリが完了したのだ。こおん、と澄んだ音が響き渡る。白の死を知らせるシカタだった。フィエクサは死んだ白石を抜いていった。ふいに、ずっと昔に聞いたサネンの鞠《まり》つき唄《うた》が、口を衝《つ》いて出た。

一《ちー》よ、二《たー》よ、三《みー》よ。

サネンがはっと顔を上げるのが見えた。フィエクサは合計八つの白石を抜いた。正木は黙ってそれを見ていた。

しばらくの間、正木は歯噛《はが》みして言葉を探していたが、やがてゆっくりと眼の光が落ち着きを取り戻していった。

「負けました」

正木が静かに頭を下げた。投了だった。フィエクサは大きな息を吐いた。急に全身の力が抜け、礼をするのがやっとだった。

「ありがとうございました」

正木が足を崩して胡座《あぐら》になると、ううん、と大きな呻《うな》り声を上げた。

「本当に強いな。こんな荒っぽい碁で押し負けるとは。いや、荒っぽいというのは違うな。力碁には違いないが、それだけではない。実に魅力的な碁だった」

フィエクサは黙って頭を下げた。

「おまえの妹はどうしてもおまえを船に乗せたいらしい。その覚悟におまえも応《こた》えてやれ。江戸に上って秀策を打ち負かしてみろ」

「フィエクサ兄」感極まったサネンの声が聞こえた。

「いかがでございましたか?」衆達が恐る恐る正木に尋ねた。

「ああ、凄《すさ》まじい力を秘めている。おまえはとんでもないヤンチュを持ったな」

「そうでございますか。そうおっしゃっていただけますと、当方も自信を持って船に乗せられます」衆達はフィエクサに眼をやり薄笑いを浮かべた。「碁の打てる鷲《わし》でございますな。珍鳥を献上できて当家も鼻が高いことです。島津公のお目に留まりましたなら、次は代々郷士格の拝領も」

「それはそれはめでたいことだな」

正木がじろりと衆達を睨んだ。あからさまな軽蔑《けいべつ》の眼差《まなざ》しに、衆達は慌てて頭を下げた。正木は次にフィエクサに声を掛けた。

「おまえは恵まれているな。天に感謝することだ」

とうとう俺はやったのだ。この島を出てヤマトへ行ける。そこで思う存分碁が打てる。アジャよりも、正木よりも、ずっとずっと強い者と碁を打ち、腕を磨くのだ。道策や秀策を超え、この世で最も強い碁打ちになる。そして、サネンを迎えに行くのだ。サネンをジブンチュに戻して、銀の簪《ギファ》を差してやる。それから針突もだ。島で一番美しくて見事な針突でサネンの手を飾るのだ。そうだ、俺はやった。あとすこしで俺はすべて望みを叶《かな》えることができるのだ。

そのとき、脳裏にアジャの声が響いた。

——決して石に溺《おぼ》れるな。

あの朝、赦《ゆる》しを請《こ》うたが叶わず、去っていくアジャの足音を思い出した。あれきり、アジャに会えないなど知るよしもなかったのだ。もう、あのようなことは繰り返したくない。フィエクサは俯《うつむ》いたまま苦悶《くもん》した。

「おい、どうした？」

正木が不審げに声を掛けた。フィエクサは固く眼を閉じ、激しく身を震わせた。うつろな眼の奥に闇《やみ》がごうごうと渦巻いている。今にも溢《あふ》れ出しそうな勢いだ。そこに、ふと涼しい風が吹いた。暗黒の果てに澄んだ水が湧《わ》いている。水面《みなも》には薄桃の花が溶けるように揺れていた。

ふいにその花が真っ赤に染まった。花だけではない。さきほどまで透き通っていた水が鮮やかな血の色に変わった。

――絶対に痛くないようにやるから。

そうだ、俺はサネンに約束した。なのに、今、俺は自分の碁のためにサネンを差し出すのか？ サネンに苦痛を強いると知ってヤマトへ行くのか？ 俺のためにサネンに我慢をさせるのか？

薩摩《さつま》に、ヤマトにすり寄って、サネンに我慢をさせて、それが俺たちの幸せなのか？ それが恵まれているということなのか？ それでも俺たちは天に感謝しなければいけないのか？

　フィエクサはゆっくりと顔を上げた。

「やっぱり、上国の話、お断りします。妹を売ってまで船には乗れません」

「なんだと？」正木と衆達の顔色が変わった。「この期《ご》に及んでなにを言う？」

「申し訳ありません。サネンをアンゴにやるわけにはいかない」

「兄、なぜ？」サネンが叫んだ。

「ご厚意には感謝します。まさか、俺なんかと本気で打ってくれるとは思いもしなかった。でも、いくら碁のためでも、サネンをアンゴにするなんてできない」

「今さらそんなことを言って通ると思うか？」正木の顔がはっきりと歪《ゆが》んだ。

「申し訳ありません」フィエクサは墨の入った額を畳に擦りつけた。

　その横で衆達は我を失っていた。フィエクサの横で膝立《ひざだ》ちになっておろおろとしていたが、いきなり這《は》いつくばった。

「どうぞ、どうぞお気をお鎮《しず》めください。はじめから無茶だったのです。ヒザと碁など打つものではありません。これは礼儀も道理もわきまえぬ者なのです」

「かまうな。ここまで虚仮《こけ》にされて引き下がれるか。ふたりして、最初から私をからかうつもりだったのか」

正木が庭先で震えているサネンを睨んだ。それから立ち上がって、フィエクサを見下ろした。

「顔を上げて私を見ろ。なにも知らぬ新下り大和人《アラクダリヤマトツチエ》だと、そう思ったのか?」

フィエクサは頭を上げた。正木の眼はすっかり変わっていた。先程までの穏やかな光は失せ、鈍く底光りがしている。白目が異常に大きく見えた。

「虚仮になどしてません。からかったつもりもありません。ただ、誰かが我慢しなければならないのは、おかしいと思ったんです」

「黙れ。何様のつもりだ」

「いえ、今、はっきりわかりました。もう迷わない。俺は決めたんです。サネンはアンゴになんかしない。アンゴにするくらいなら、ウラトミのように海に流したほうがましだ」

「それが返事か」正木がゆっくりと刀に手を掛けた。

それを見た衆達が笛のような声を洩《も》らし中腰で後退《あとじさ》った。

「サネンはアンゴにしない。これが俺の返事です。それがどんなに正しいことであっても、誰かが堪えているなら、それは間違ってる。俺はもっと碁を打ちたい。江戸に上りたい。秀策という男と打ってみたい。でも、そのために、サネンがアンゴになら

なくてはいけないのだとしたら、そんな望みは間違っている。俺の望みは間違ってい
る」

「兄、フィエクサ兄、落ち着いて」
サネンが悲痛な声を上げた。だが、その声を無視し、フィエクサは碁盤の上の石を
払い飛ばした。周囲に黒と白の石が散らばった。

「誰かの犠牲の上に成り立つ碁に、なんの価値がある？ 俺ひとりが島を出てどうす
る？ サネンに我慢をさせて摑《つか》むものなど、俺はいらない。そんなものは間違って
る」

フィエクサは絶叫し、顔を上げた。サネンの凍りついた顔、正木の怒りに震える顔、
狼狽《ろうばい》した衆達の顔を順番に眺め、もう一度叫んだ。

「誰かが我慢しなければならない世の中なんて間違ってるんだ」

「黙れ。これ以上恥をかかせるな」正木が引き攣《つ》った顔で刀を抜いた。「このままで
済むと思うのか？」

「罰なら俺が受けます。でも、サネンは関係ない。俺ひとりのことだ」

「いえ、兄はあたしのためを思ってしたことです。あたしも罰を受けます」

「もう、たくさんだ。結局、おまえたちはみな同じだ。たかが郷士上がり、と私のこ

とを虚仮にするのだ」

正木が刀を振り下ろした。フィエクサが避《よ》けると、刀は碁盤にがちりと食い込んだ。

「アジャの碁盤が」フィエクサは叫んだ。

絶対に守る、と約束した碁盤だ。正木が碁盤に足を掛け、食い込んだ刃《やいば》を抜いた。碁盤を踏みつける姿を見たとき、フィエクサは思わず正木を突き飛ばしていた。正木は刀を握ったまま庭先へ転がり落ちた。はずみでフィエクサも落ちた。水棚《ミズダナ》が壊れ、供物《くもつ》が散らばった。フィエクサは口の中を砂だらけにしながら跳ね起きた。正木は俯《うつぶ》せたまま動かない。

恐る恐る正木の肩に手を掛けた。そっと揺り動かしてみる。だが、やはり返事はない。仰向けにしてみると、がくんと頭が反った。次の瞬間、頸《くび》が割れ噴水のように血が噴き出た。フィエクサは頭から血を浴びた。衆達が悲鳴を上げ尻餅《しりもち》をついた。数秒の間、フィエクサは呆然《ぼうぜん》としていたが、やがて弾《はじ》かれたように身を翻《ひるがえ》し座敷に駆け上がった。腰を抜かした衆達を無視して碁盤を脇《わき》に抱えると、再び庭に飛び降りた。背後で岩樽がフィエクサの名を呼ぶのが聞こえたが、返事はしなかった。

「サネン、行くぞ」

立ちすくむサネンの腕を掴み、フィエクサは走り出した。

海のはなし 3

鷲《わし》は月を追ってぐるりと頸《くび》を巡らせた。

二十三夜の月はもうずいぶん沈んで、水平線のすぐ上にある。もうじき夜が明けるだろう。凪は凪《な》いだままだ。海の墨色がいっそう深くなった気がする。

兄の言っていたとおりだ、と茉莉香《まりか》は鷲の真似《まね》をして頸を巡らせた。

――最も暗いのは夜明け前。最も寒いのも夜明け前。どんなことでも、そのすこし前が一番厳しいのだ。

兄の声を思い出して眼を閉じたとき、ふいに鷲が口を開いた。

「おまえは人を殺したことがあるか?」

「いいえ」

茉莉香は艉首《バウ》で独り立つ鷲を見上げた。鷲はこちらをじっと見返し、ふと眼を逸《そ》らした。そして、ごく無造作に言った。

「なぜ、おまえの兄は死んだ？」

どきりとした。コクピットの中でびくんと足が跳ね上がり、カバーに膝《ひざ》がぶつかった。カヤックが揺れたが、鷲は表情ひとつ変えなかった。

「病気。ガン。わかったときには、もう手遅れだった」

「で、おまえはなにをした？　兄になにをしたのだ？」

鷲の金の眼が正確に茉莉香の胸を貫いた。茉莉香は呻《うめ》きながら、思わずライフジャケットを撫《な》でた。穴こそ開いていなかったが、鋭い痛みは現実のものだ。肺が潰《つぶ》れてしまったようで、苦しくてたまらない。わずかな息を絞り出すようにして、答えた。

「私は兄が大好きだっただけ」

「黙れ」鷲が凄《すさ》まじい声で怒鳴った。「おまえは卑怯《ひきょう》だ。死んだ後も兄を裏切っている」

鷲が右足で強くカヤックを踏み鳴らすと、カヤックが大きく揺れた。慌《あわ》てて船縁《ふなべり》に摑《つか》まり、身を縮めて揺れに堪えた。

「嘘《うそ》をつくな。ありのままを話せ。それが兄への礼儀だ」

鷲の声は火の玉のように、茉莉香の頭の上に降り注いだ。すべてを話さない限り、決して鷲は許さないだろう。覚悟を決めて顔を上げた。鷲が言ったとおり、私は卑怯なのだ。死をちらつかせて鷲の気を引こうとした。だが、同じことを兄にもしたのだ。

夜の海の匂《にお》いを胸いっぱいに吸いこむと、ゆっくりと口を開いた。

「私が眠っていた七年の間に、なにもかもが変わっていた。母も父も老《ふ》け込み、友人はみな大人になっていた。なにより変わっていたのは私だった。髪は短く刈られて、魚の腹のように青白い顔をしていた。鏡に向かってどんなに努力しても、表情ひとつ変えられない。冷えて固くなった粘土みたいなの。自分で自分が気持ち悪かった。他のひとが私を見てどう思うだろうかと、怖くてたまらなかった。母も父も怖かった。ただ、五つ上の兄とだけは話すことができた。兄は私の事故に責任を感じてたの。そのせいもあって、私に優しかった。根気強く話しかけ、私と一緒に食事をし、私を外に連れ出した。私はすこしずつ回復していった。でも、兄に頼り切った状態だった」

頼り切った、という言い方は間違っていた。正しくはこう言うべきだろう。兄が世界のすべてだった。茉莉香の世界には兄しかいなかったのだ。

「私には兄がすべてだった。兄さえいればいいと思った。だが、兄は言った。それは無理だ、ひとりで生きていかなければ、と。突き放されて私はショックを受けた。そして、兄を怨《うら》み、罵《ののし》った。兄は懸命に私を諭《さと》した。いつまでも一緒にはいられない。

でも、私は許さなかった。口を閉ざして部屋に引きこもったの。兄はなんとか私を立ち直らせようとした。毎日部屋を訪れ、優しく語りかけた。なのに、私は怒り狂った。子どもみたいに駄々をこねたのよ。床を転げ回って泣いたの。すごいでしょ?」

茉莉香はすこし笑って顔を覆《おお》った。兄を引き留めようと転げ回る自分は、どれだけあさましかっただろう、どれだけ醜かっただろう。

「でも、いつか兄は私の部屋を訪れなくなった。私は完全に見捨てられたのだと思った。そんなとき、兄が入院したと聞かされた。もう長くない、と」

あのときの衝撃を思い出すと、今でも身体《からだ》が凍りつくような気がした。母が山姥《やまんば》のような顔で、こう言ったのだ。

——お兄ちゃんはね、もう助からないの。ずっと前から病気だったの。それを隠して、あんたのために尽くしたのよ。他にやりたいこともいっぱいあったろうにね。

「私は兄の病院へ行って詫《わ》びようと思った。でも、やっぱり外に出るのが怖かった。どうしても部屋を出ることができなかった。それに、どんな顔をして兄に会えばいいのかわからなかった。兄に申し訳なくてたまらなかったの。だって、兄は残されたわずかな時間を、私のお守りで無駄にしたのよ。私は兄の大切な人生を奪ったのよ」

堪《こら》えきれず、茉莉香は泣き出してしまった。これだから、幼い、子どもじみていると言われるのだ。そのことくらいわかっている。一旦溢れ出した涙は止まらない。カヤックが揺れて、船体を打つ水音が高くなった。

「私は兄の人生を台無しにしてしまった。自分のことばかり考えてた。私は馬鹿《ばか》だ」

「ああ、馬鹿だな。おまえは大馬鹿だ。おまえのような妹を持って、兄が気の毒だ」

艇首の大鳥は鋼《はがね》のような声で言い放った。「今の話を聞く限りでは、おまえの兄の人生はまったくの無駄だったというわけだ」

う、と茉莉香は身悶《みもだ》えした。鷲の言葉には一切の容赦がない。これでもか、と追い立てる。一体、どこへ連れて行こうというのだろうか。

「俺の言っている意味がわからぬようだな」鷲の眼が赤く閃《ひらめ》いた。ぞっとするような血の色だった。「おまえは大馬鹿だ。何度でも言う。兄の気持ちのわからぬ大馬鹿だ。そして、兄は哀れだ。おまえに真意を理解してもらえなかったのだからな」

「どういうこと？」

「おまえの兄は残り少ないおのれの時間を、おまえのためにつかおうと決めたのだ。兄は望んでしたのだ。兄はおまえのために生きたのだ。なのに、おまえはそれを無駄だという。兄が懸命に生きた時間を無意味だ、無価値だ、と切り捨てたのだ。兄を貶《おとし》めたのはおまえ自身だ」

「私が？」

「そうだ。兄は病気のことを隠していたのだろう？　それはおまえに余計な心配をかけたくなかったからだ。遠慮してほしくなかったからだ。きっと、周りにも口止めしたのだろうな。そこまでして、兄はおまえのために尽くした。その気持ちを無駄だと言うのか？」

鷲の息は轟々《ごうごう》と音を立てる濁流のようだった。凄まじい怒りが茉莉香に押し寄せてくる。

「でも、私」茉莉香は混乱して、一瞬言葉が出てこなくなった。「でも、お母さんもお父さんも私に言った。あんたのせいで、お兄ちゃんの貴重な時間が奪われた、って。もっと楽しいことだってできたはずなのに、って」

「ふん、おまえの両親も負けず劣らずの大馬鹿者らしいな」

肩を揺すり、鷲は鋭い爪《つめ》の生えた足を苛々《いらいら》と踏み鳴らした。耳障《みみざわ》りな音を立ててカヤックが軋《きし》み、大鳥の爪で幾条《いくすじ》もの傷がついた。

「周りの声など、どうでもいい。勝手に言わせておけばいい。おまえだけは兄を信じてやらなければならぬ。なにがあろうと、おまえだけは兄を信じてやらねばならぬ。だが、おまえはわかってやらねばならぬ。兄はおまえのためにおのれの命をつかったのだ。誰かに強制されてではない。おまえ遠慮なの兄自身が望んだことだ。ならば、それを当然の顔をして受け止めればいい。遠慮などするな。決して謝るな」

鷲の鋳鉄《ちゅうてつ》のような眼と地獄の蒸気のような息にあてられ、目の前が霞《かす》んで暗くなった。鷲はすぐそこの鋌首にいるのに、ずっと遠くから哭《な》き叫ぶ声が聞こえてくるような気がした。

「じゃあ、どうすればいいの？　だって、もう兄は、お兄ちゃんは死んだの。感謝したくても感謝できない。なにもできないのよ。どんなにしても、お兄ちゃんは生き返らない。やり直すことなんかできない」

茉莉香は顔を覆った。自分なりに立ち直ろうとしたこともある。兄の葬式が済むと、覚悟をして部屋を出た。両親の勧めで、茉莉香は形だけの籍を高校に置いていた。八歳の頭の茉莉香でも合格できる高校、卒業までに三分の一が退学する女子校だ。だが、どんなに出席日数が少なくても「ＩＴを使った自宅学習」さえすれば卒業させてくれる、ありがたいところだった。

「兄が死んだ後、これじゃいけないと思ったの。だから、引きこもりをやめて、高校へ行ったの」

高校へ通いはじめた茉莉香を見て、両親は喜んでくれた。どんなに手の掛かる娘でも、それでもやはり娘なのだ。元気な姿を見るのは嬉《うれ》しいようだった。だがどんなに喜んだとしても、これまでのわだかまりまでなくなるものではない。両親の安堵《あんど》にはこんな但《ただ》し書きがついた。どうせなら、もうちょっと早くに立ち直ってくれていたらよかったのに。そうすれば、お兄ちゃんだって安心して天国に行けたろうに、と。

両親の鈍い笑みに、なにも言い返すことができなかった。まさにその通りなのだ。今さら部屋を出ても、兄は生き返らない。なにをやっても、もう遅すぎるのだ。

「修学旅行があって誰ひとり友達もいないくせに、沖縄へ出かけたのよ。そう、あなたが言う琉球《りゆうきゆう》へね」

「琉球か。おまえはあの島でなにを見た？」

「首里城。琉球王のお城。それに、すごく大きな水族館。ジンベエザメが泳いでるの。それから、海。マリンスポーツ体験っていうのがあってね。そこで、カヤックの講習を受けた。でも、あんまり役に立たなかったみたい。パドルを捨てる前から流されてたようなものだから」

「琉球王の御殿はどうだった？　立派だったか？」

「ええ。とっても派手だった。極彩色でね。でも、今あるのは復元されたものなの。戦争で焼けちゃったから。戦艦から大砲を撃ち込まれたんだって」

「なるほど」

「それから、あとは」

「それから、なんだ？」

「戦争の話を聞いた。生き残った人の体験を聞かせてもらうの。ガマ（洞窟《どうくつ》）での集団自決の話、自分の赤ん坊を殺さなければならなかった話」

血と膿《うみ》にまみれた死の話は怖《おそ》ろしかった。震えながらあたりを見回してぎょっとした。眼に入ったのは、黙ってケータイに向かうクラスメイトの姿だった。語り部の老人が話している間ずっと俯《うつむ》いたままで、時折茶色の髪をかき上げながらケータイのボタンを押していた。教師も誰ひとり注意をしなかった。騒がれるよりマシだと思っていたのだろう。沖縄戦の地獄と同じくらい、彼女たちが怖ろしかった。

結局、また高校へ行けなくなった。家には旅行の写真が届いたが、封も開けずに捨てたのだった。

凪は止まっていた。夜明け間近の海はぴたりと凪いで、濃い色に塗った板のように見える。茉莉香は息苦しさを覚えながら空を見た。もうじき夜も終わるだろう。日が昇れば、すぐに焦熱の地獄がやってきて自分は干涸《ひか》らびる。

私は死ぬまでにどれだけ苦しめばよいのだろうか。兄と同じか、いや、それではだめだ。もっともっと、兄以上に苦しんで死ぬべきだ。それがわかっているのに、まだその覚悟ができない。本当は怖い。独りぼっちが怖い。死ぬのが怖くてたまらない。茉莉香は舳先《へさき》にそびえ立つ鷲の影を見上げた。なぜ、昂然《こうぜん》と頭を上げ続けていられるのだろうか。なぜ、たった独りで飛び続けていられるのだろうか。なぜ冷たくならずに身の内に熱を滾《たぎ》らせ続けていられるのだろうか。

茉莉香が船縁を握りしめたとき、鷲が口を開いた。

「おまえたちの世にヤンチュはいないと言ったな」

「ええ。ヤンチュはもういない」

「ヤンチュさえなくなれば、この世は楽土になると信じていたのだがな」

「同じような境遇の人は世界中にまだ大勢いる。日本だって同じ。働いて働いて、過労死っていって、死ぬまで働かされる人もいる」

「ふん、なるほどな」鷲が小さなため息をつき、残った眼をしばたたかせた。「では、飢えている者もいるのか?」

「世界中にいくらでも。毎日、たくさんの子どもが飢えて死んでいく。それに、病気で死んでいく子どもも」

「なるほど」鷲はぞっとするような声で笑った。「なるほど。結局、この世はなにも変わらぬということか。では、やはりこの世の終わりを待たねばならんようだな」

鷲が濁った笑いを嘴《くちばし》に残したまま、低い声で唸《うな》った。苦悶《くもん》とも高揚ともつかぬ、奇妙な声だった。

「この世の終わり?」

茉莉香は問い返したが、鷲の返事はなかった。

「ねえ、思わせぶりなことばっかり言わないで、ちゃんと答えてよ」

「おまえは先程から、自分で考えようとせず問うてばかりいるな」

「そんな言い方したって、平気。私、あなたのことがわかってきたみたい」

「どうわかったのだ?」

ねえ、本当は寂しくてたまらないんでしょう? 苦しくてたまらないんでしょう?

思わずそう答えそうになり、ぎりぎりで言葉を呑み込んだ。はるか高みを飛び続ける者を、自分の這《は》う地まで引きずり下ろして、わかったような気になる。なんと恥知らずな行為だろう。

この大鳥はきっと寂しくてたまらない。苦しくてたまらない。だが、地を這う者にはそれを言う資格はない。はるか長い時を飛び続ける鷲を貶める資格は、自分にはないのだ。

「やっぱりわからない。ごめんなさい」

「また『ごめんなさい』か。正直、おまえの『ごめんなさい』は聞き飽きた。いい顔をしようとして無駄にばらまいていると、本当に必要なときにはなくなってしまうぞ」

「いい顔してるつもりなんてない。自分が悪いときに謝るのは当たり前でしょ？」

むっとして茉莉香は言い返した。鷲の指摘は心外だった。

「悪くもないのに謝るのは、馬鹿のすることだ」さもくだらん、というふうに鷲が答えた。

「馬鹿って言うほうが馬鹿。そんなふうに教えられなかった？」

すると、鷲が黙った。すこし長い沈黙の後、鷲はおもむろに口を開いた。

「ああ、そうだった。サネンも同じことを言っていた。フィエクサが馬鹿鷲《ばかわし》と言われるたび、本気で怒っていたな。だが、一度だけ、サネンがフィエクサを馬鹿だと言ったことがあった」

「どうして？　喧嘩《けんか》でもしたの？」

「いや」鷲は言葉を濁し顔を背けた。

茉莉香は黙って話の続きを待った。鷲は落ち着かない様子で、二三度翼を開いたり閉じたりした。迷っているらしく、言い淀《よど》むさまが妙に幼く見えた。そうやって長い間、逡巡《しゆんじゆん》していたが、茉莉香から眼を逸《そ》らすと暗い海面を眺めながら話しはじめた。

「だが、サネンはフィエクサを庇《かば》う必要などなかったのだ。フィエクサは憐《あわ》れで愚かなヤンチュだったからだ」

「愚か？」

「フィエクサは愚かだった。例えば、とっくの昔、琉球は薩摩《さつま》に下っていたことを知らなかったのだ」

「どうしてそんな勘違いをしていたの？　一体どういう仕組みなの？」

「複雑な事情があるのだ。奄美《あまみ》を実際に支配していたのは薩摩だが、名目上の支配者は琉球ということになっていた。そのほうが清国《しんこく》との交易にも都合がよかったのだ」

「でも、それは愚かというのじゃない。単に知らなかっただけでしょ？」

「ものは言い様だな。愚かでなかったとしても、フィエクサが憐れなヤンチュだったのには間違いない」

「なぜ、山の神はフィエクサを憐れと言ったの？」

茉莉香の問いに、鷲は問いで返してきた。

「外道《げどう》は憐れだと思うか？」

「外道？　それも凄《すさ》まじい言葉ね」

「フィエクサはサネンとの約束を守るために、望んで外道に落ちたのだ。それを憐れと思うか？」

「憐れ、って言葉は好きじゃない。憐れと言われるよりは、外道と呼ばれるほうがまだマシかな。それに本人が望んだのなら、それでいいじゃない。こんな答えではだめ？」

思い切り軽い調子で笑うと、鷲がはっきりと嬉しそうな顔をした。百点のテストを返してもらったときの子どものようだ。

「そう思うか？」

「ええ。だって、私も同じ。外道の仲間だから。フィエクサには負けるかもしれないけど、それでも、他人が知ったなら、眉《まゆ》をひそめて指を差されるくらいのことはしたんだから」

「ほう、どんなことだ？」鷲が金の眼を光らせた。

茉莉香は大きく深呼吸をし、思い切って言った。

「兄は冷たくなって自宅に戻ってきた。お葬式の準備で、家には大勢の人が出入りした。私は見知らぬ人が怖ろしくてたまらず、ずっと部屋に閉じこもっていた」

いつの間にか、鷺は眼を閉じていた。かまわず、茉莉香は話を続けた。

「兄の顔を見る勇気がなかった。兄に責められるような気がした。兄に見捨てられたことを怨《うら》みながら、兄を見捨てたことを後悔していた。結局、私は兄のお葬式には出なかった。最期《さいご》のお別れをしないまま、兄は焼かれて骨になった。両親はカンカンに怒って、私を罵《ののし》った。お兄ちゃんがかわいそう、って。あれほど兄に迷惑を掛けたのに手も合わせないなんて、私はとんでもない恩知らずでしょう？」

茉莉香は無意識に喉を押さえていた。あの日と同じ仕草だった。兄が焼かれている間、自分で自分の首を絞めたのだ。頸《くび》の骨が折れてしまいそうなほど、手に力を込めた。胸と腹が激しく痙攣《けいれん》し、頭がぼうっとした。顔が膨れあがるのが自分でもわかり、涙と鼻水がだらしなく流れ出した。兄の前でみっともない、と恥ずかしくなったが、やがてそれすら感じなくなった。

「やめろ」

鋭い声が飛んで我に返った。茉莉香は身体《からだ》を折り曲げ咳《せ》き込んだ。頭が割れるように痛み、目の前が明るくなったり暗くなったりした。これもあの日と同じだった。

「この馬鹿が」

鷺が怒気をあらわに、艇首で足を踏み鳴らした。胸の羽毛が渦を巻いて逆立っている。大きな鳥がさらに何倍も大きく見えた。

「馬鹿が」

鷲は吐き捨てるように繰り返すと、二三度、乱暴に羽ばたいた。コクピットに突っ伏した茉莉香に風が襲いかかり、汐に固まった髪がほぐれて乱れた。

「ごめんなさい」

「相変わらず『ごめんなさい』か。いい加減、うんざりだ。へらへら笑いながら『ごめんなさい』を振り撒《ま》くのは兄の躾《しつけ》か？　そんな卑《いや》しいごまかしをして生きろと、おまえの兄は言ったのか？」鷲は思わせぶりに時間をかけて翼を畳むと、ぐい、と嘴を突き出した。「ふん、どうやら、おまえの兄とやらもたかが知れているな。どうせ、ろくでもない男だったのだろう」

「違う。お兄ちゃんはろくでなしじゃない。何にも知らないくせに、勝手なことを言わないで。お兄ちゃんはそんなんじゃない」

茉莉香は全身で鷲を睨みつけた。怒りで身体が震えた。兄を侮辱することは、絶対に許せなかった。

「ちょっと高く飛べるからって、偉そうに」

干涸らびた喉で絶叫した茉莉香は、ふと、鷲の眼に気付いた。そこには、嘲《あざけ》りの色などすこしもなかった。鷲は真っ直《ます》ぐにこちらを見つめていた。果てのない眼だった。この眼で人を見つめるためには、どれだけの地獄が必要だったのだろう。島での地獄、空での地獄。そして、この世の終わりまで続く、時という地獄。どれも、自分の想像を遥《はる》かに超えるものだ。

「ならば、本当の兄について語れ」

鷲が此岸《しがん》と彼岸を見通す眼のまま、ごく静かに言った。茉莉香は一声呻《うめ》いて、コクピットに伏した。鷲の声はこれほど冷徹なのに熱いのだ。やはり、兄を思い出させる。

「語れ。おまえの兄のためにも」

鷲の声がそっと降りてきた。茉莉香はゆっくりと頭を上げた。息を止め、歯を食いしばり、残ったわずかの気力を振り絞って、鷲を見つめ返す。

「私は兄の赤ちゃんだったの。退院しても部屋に閉じこもり、ずっと震えていた。着替えもせず、食事もとらず、風呂《ふろ》にも入らなかった。汚れた身体でうずくまっている私を見かねて、兄が世話をしてくれた。髪を梳《す》き、服を着替えさせ、食事をさせ、風呂に入れてくれた。私は安心しきって兄に身体を任せた。私は幸せだった。泣いて駄々をこねれば、兄が飛んできた。私は赤ん坊のふりをして至福を味わった。夜もそう。あの頃、夜が怖くて仕方がなかった。だから、夜が更《ふ》けると兄にしがみついて泣きながら眠った。窓からは梔子《くちなし》の花の匂《にお》いが入ってきたのを憶《おぼ》えてる。甘い匂い。ほんと、いやらしいほど甘い匂いだった。私は梔子の匂いを鼻いっぱいに吸い込んで、安心して眼を閉じた。でも、あの夜、私は兄の息に焼かれた」

「獣の息、外道の息だな」

鷲の声は静かだった。だが、そこにあったのは完全な宣告だった。一切の容赦のない宣告。混じりけのない純粋な、判決の言い渡しだった。鷲の氷のような声に茉莉香は懸命に耐えた。

「ええ、そう」

「山でフィエクサが吐いたのも同じだ。獣の息、外道の息だ。それも、おまえの兄より幾千幾万倍も憐れな息だった。そして、あの夜、フィエクサが嗅《か》いだのはサネン花。あれはサネンの夜だ」

そのとき気付いた。宣告は茉莉香に向けられたものではない。鷲は自らに宣告を下している。己の行いから眼を逸らしたりはしない。罪状札を首からぶら下げ、ただ独り、この世の終わりが来るまで飛び続けるつもりなのだ。

「サネンの夜、月桃の夜ね」

「ああ、そうだ」

鷲が二十三夜の月を仰ぎ、獣の息、外道の息を吐いた。茉莉香も真似をして、大きく息を吐いてみる。鷲が感じたのが月桃の夜なら、自分が感じたのは梔子の夜だ。

「あの夜、私は兄を傷つけた」

部屋の中には薄明かりが差していた。きっと月の光が白い梔子の花に照り返していたのだろう。

「私は兄に抱きついて眠った。兄はいつものように抱きしめてくれた。でも、それだけでは足りなかった。もっともっと兄に抱きしめて欲しくなった」

梔子の香りで息が詰まったのだろうか。なにもかもが恐ろしくてたまらず、わけがわからなくなって全身の力を込めて兄にしがみついたのだ。

「すると、突然、兄の息が変わった。火のように熱い息だった。でも、それはほんの一瞬のことで、次の瞬間、私は兄に突き飛ばされベッドから転がり落ちた」

――もう、いいかげんにするんだ。

「兄が叫んだ。兄は震えながら部屋の真ん中に立ち尽くしていた。私は床に転がったまま呆然《ぼうぜん》と兄を見上げていた」

――ごめん。

「兄が怯《おび》えた顔で言った。そして、半狂乱の私を残して部屋を飛び出していった。それが生きた兄の最後の姿だった」

茉莉香は海に近づいた半欠けの月を眺めた。兄と一緒に奄美の海に漕《こ》ぎ出していれば、なにかが変わっていたのだろうか。兄と一緒に月を見上げていれば、なにかが変わっていたのだろうか。

「兄の最期の言葉は、私への詫びだったんだって。両親は事故の責任を感じてのことだと思った。そして、私を怨《うら》んだ。兄を安らかに死なせてやらなかった私を怨んだ。だから、いくら二十三夜の月が昇っても、私の無事を祈る家族はいないの」

鷲はなにも言わない。ただじっと茉莉香を見つめている。

「やっぱり私はここで死ぬべきだと思う。だって、兄の人生を損なったのは私。兄を傷つけ、やましい思いをさせ、辱《はずかし》めたのも私。兄を後悔させたまま死なせたのも私。そして、見送ることすらしなかったのも私。どう考えても悪いのは私。自分のやったことには責任を取らなくてはならない」

「いい加減にしろ。言葉をおもちゃにするな」

瞬間、鷲の独つ眼が燃え上がった。鷲は火の塊だった。押し寄せる熱波に息が詰まって、カヤックの上に突っ伏した。焼き尽くされる。飢えと渇きで死ぬ前に、この鳥に殺される。

「おまえは口先ではこう言う。ごめんなさい、ごめんなさい。なにもかも私が悪いのだから、と。それはつまりこういう意味だ。罪を抱えた私は他の人たちとは違う特別な人間なのだ、と」

「違う」

「おまえは傲慢《ごうまん》だ。私は他の人たちとは違う。だから、誰にも理解されないのだ、と。そう思って周りを見下しているのだ。そして、表面ではなにも望んでいないふりをして、小声で周りの気を引く。憐れみなどいらないと言っておきながら、心の中で世を怨む。おまえはタチが悪い」

「違う。そんなこと思ってない」

「結局、おまえは自分がかわいいだけなのだ。求めなければ、望まなければ傷つかずに済むからな。ちっぽけな船の上で膝を抱えて天の星を見上げ、寂しい私、かわいそうな私、独りぼっちの私に酔っているだけだ。孤独こそがおまえの自慢なのだ」

「お願い、もうやめて」

「傷つきたくないなら、遠慮せずにそう言え。みな、おまえの望むとおりに扱ってくれるだろう。なにがあってもよしよしと頭を撫《な》でて、当たり障りのない赤子の言葉で話してくれるだろう。ならば、おまえは一生傷つかずに済む」

鷲の言葉の一つ一つが火の玉となって降り注ぎ、茉莉香は顔を覆《おお》って身をよじった。

「赤子にもわかるように言ってやろう。おまえは、おまえの兄が己の命と引き換えに与えてくれたものから逃げている。兄の命を受け取るどころか、その重さに堪えかねて文句まで言う始末だ。それでは、おまえの兄は報われん。おまえのするべきことは兄のすべてを受け取ることだ。いや、ただ受け取るだけでは駄目だ。おまえも望め。兄を望んで求めるのだ。そこまでやって、ようやく兄と対等になれる」

鷲の声で海が燃え上がったようだった。熱い、熱い。息をするだけで胸の奥が焼かれる。茉莉香は涙を流してのたうち回った。

「兄の死体を貪《むさぼ》れ。死体がなければ、おまえの記憶の中の兄を貪れ。徹底的にだ。遠慮など要らぬ。兄の血をひとしずくも余さず啜《すす》れ。肉を最後のひとかけまで喰らえ。兄のすべてを侵し尽くせ。それが手向けだ」

喉を鳴らして鷲が笑った。茉莉香の頭の上で鷲の哄笑《こうしょう》がぐるぐる渦巻いた。今ほど、この鳥が憎く思えたことはなかった。と、同時に、羨ましく思えたこともなかった。

茉莉香は顔を上げ、涙に詰まった喉を開いた。汐《しお》の香りのする風を思い切り吸い込む。身に残ったわずかばかりの力を振り絞って、鷲に挑んだ。できる限りの皮肉を込めた眼で睨みつける。

「そう。じゃあ、フィエクサはどうなの？　サネンに受け止めてもらえたの？　最後のひとかけ、ひとしずくまで貪ってもらえたの？」

鷲がほんの一瞬天を仰ぎ、それから、熾火《おきび》のような眼でこちらを真っ直ぐに睨《ね》めつけた。

「いや」

軋《きし》るような陰鬱《いんうつ》な声を返すと、鷲はそれきり黙った。

茉莉香はカヤックの上で荒い息をつきながらじっとしていた。あれほど熱く焦げていた船体は今は死魚のように冷たく固い。この船は外道の鷲と死にマブリを乗せた幽霊船だ。

ゆっくりと辺りを見回した。兄と一緒に来るかもしれなかった海が、前にも後にも右にも左にも、どこまでも果てしなく広がっていた。

「そう、みんなあなたの言うとおり。私は兄と向き合うべきだった。あんなふうに終わるべきじゃなかった。私は間違えたのよ」

「間違えたのか」

「そう、私は間違えた」

「間違えたのはおまえだけではない」鷲の声には限りない妄執が込められていた。だが、その声はこれまでで最も優しく、静かに海に流れていった。「フィエクサとサネンもまた間違えたのだ」

島のはなし　3

　フィエクサは碁盤を抱えて山を歩いた。厚みは五寸を超えているから、相当な荷だ。

「兄《ムイ》、その碁盤ずっと持って歩く気？」

「アジャの形見の碁盤だ。捨てられるものか。それに、これくらい重くもなんともない。砂糖樽《サタダルかつ》担ぎで慣れてるからな」

　サネンがすこし笑った。ハゼの木を避《よ》けながら歩いて行く。屋敷を逃げ出してから、正木が死んだことには一切触れようとしない。フィエクサにはその沈黙が苦しい。もし、サネンが問い質《ただ》してくれたら、弁解ができる。俺はなにもしていない。揉《も》み合いになっただけで、殺すつもりなどなかった。あの男に悪運がついただけだ、と。だが、サネンは黙ったきりだ。弁解ができないから余計に辛《つら》い。人を殺してしまったという事実が怖《おそ》ろしくてたまらない。

いや、と心に蓋《ふた》をした。怯《おび》えている暇はない。後悔も男に詫《わ》びるのも後だ。今は横にサネンがいる。サネンを救うことだけを考えるのだ。

「なんとかして琉球《りゅうきゅう》へ行く」フィエクサは血塗《ちまみ》れの手で額の汗を拭《ふ》いた。ぬるりと呆《あっ》気《け》なく手が滑り、まるで手応《てごた》えがない。

「琉球へ？」サネンが息を呑《の》んだ。「兄、本気なの？」

「ほとぼりが冷めるまで、一年くらい山で暮らすんだ。そして、みなが忘れた頃にこっそり浜へ下りて、琉球行きの船を捜して潜り込む。琉球は碁が盛んらしい。碁が強ければ、ヤンチュだってきっと引き立ててもらえる。昔、アジャが言ってた。琉球に親雲上濱比賀《ペイチンハマヒカ》という碁の強い男がいたそうなんだ。その男は江戸まで上って碁を打って、大層な褒美《ほうび》をもらったそうだ。だから、俺もそうなってみせる。今度こそサネンをジブンチュにしてやる」

「昔、慈父《ジュウ》も同じことを言った。琉球へ逃げる、って。あのとき、絶対無理だって反対したのは兄だった」

「でも、今になってサネンのジュウの気持ちがわかる。こんな暮らしから逃げるには、島を出るしかないんだ。島にいる限りヤンチュのままだ。琉球へ行くしかないんだ」

しばらくの間サネンは黙っていたが、やがて低い声で呟《つぶや》いた。

「逃げようとしたジュウは死んだ。このままだと、兄もジュウのようになる」

サネンの言葉が正しいということくらい、フィエクサにもわかっている。琉球行きの船を見つけて潜り込むと言っても、港は津口横目が厳しく見張っている。簡単にいくはずがない。だが、それでも他に道がない。捕まれば死罪は間違いないのだ。

「心配するな、サネン。なにがあっても、おまえだけは絶対救ってやる」

わずかの不安も気取られまいと強く言い切ったが、サネンは返事をせず、足を止めた。

「兄は馬鹿だ」サネンがひたとこちらを見据えた。

「なに?」思いもかけないサネンの言葉に狼狽《ろうばい》した。

「兄は馬鹿だ。なぜ、船に乗らなかったの? あたしはアンゴなんて平気なのに」サネンは全身をぶるぶると震わせ、声を詰まらせた。「兄が迎えに来てくれるのをいつまでも待つのに。十年でも二十年でも待つのに。その覚悟があったのに」

「だめだ。そんな覚悟させられるものか」

「アンゴなんて堪えてみせる。あたしがアンゴになることで、兄が碁を打てるなら、これほど嬉《うれ》しいことはない」サネンの鋭い眼が真っ直《ます》ぐにフィエクサを貫いた。

「サネンが堪える必要なんかないんだ。堪えなきゃならないこと自体が間違ってるんだ」

　思わず大声を上げてしまった。サネンが唇を噛《か》んで俯《うつむ》いた。

「あれは、あたしが兄にしてあげられる、たったひとつのことだったのに」

「違う。たったひとつのことじゃない。そんなこと、絶対に言うな」

「兄、ごまかさないで。本当は兄だってわかってるはずだ」サネンが俯いたまま低い声で言った。

「そうだ、俺は馬鹿だ。とうの昔からわかってる。でも、たとえ俺が馬鹿だったとしても、間違っているのはこの世のほうだ。ヤンチュがいてヒザが生まれてくる、この世が間違ってるんだ」

「フィエクサ兄」

　サネンが顔を上げた。その眼には涙がにじんでいた。

「サネン」フィエクサは気を取り直して言った。「すこし回り道になるけど、木挽《こびき》小屋へ寄っていくぞ」

「え、どうして？」

「いずれ山狩りのやつらが来る。なにかあったほうがいい」

　空手でいるより山刀一本、鎌《かま》一本でも手許《てもと》にあったほうがいい。いざというとき振り回して相手の足を止めれば、サネンだけでも逃がすことができる。

木挽小屋を捜すと、思った通り斧《おの》が一本見つかった。不精者の安態《あんぐま》が、重たい斧を担いで山を上り下りするのが面倒だ、と隠していたやつだ。生まれてはじめて安態に感謝した。

フィエクサはサネンを連れてひたすら歩き続けた。碁盤は非常識な荷物だったが、捨てる気はなかった。アジャが、腹に呑んでまで守る、他人に渡すくらいなら叩《たた》き割る、とまで言った碁盤だ。少々欠けてしまったが、これを守り抜くことは、せめてもの罪滅ぼしだった。

フィエクサは碁盤に蔓《かずら》を掛け背中に負い、沢を登った。サネンも懸命についてきた。すぐに山狩りがはじまって、追っ手が来るだろう。ずっと奥深くまで行かなければならない。幸い、鳥を獲《と》るために幼い頃から山を歩き回ってきた。衆達《しゅうた》のほかのどのヤンチュよりも山には詳しい。サネンも小さな頃から椎《しい》の実を拾うのが上手《うま》かった。山を歩く勘ならフィエクサに負けない。どんな追っ手が来ても、何度山狩りされても、上手に逃げる自信があった。

「だいじょうぶだ、サネン。山に入ったら俺たちは強い」

追っ手のヤンチュたちの考えなど、フィエクサには手に取るようにわかった。今日は十五日で盆送りの日だ。夜には八月踊りの踊りはじめをする。八月踊りは島の人間にとって、最大の楽しみなのだ。真剣に捜すものなどいない。

「心配するな、サネン。きっとなにもかもうまくいく。それに考えてみろ、今よりひどくなることなんてありえないんだ」

「でも」サネンがなにかを言いかけて口を閉じた。

遠くで物音が聞こえる。フィエクサたちは息をひそめて藪《やぶ》の奥の岩陰に隠れた。思ったよりも早く、追っ手が近づいてきた。どうやら尾根道を進んでいるようだ。犬の声もする。猪狩《ししが》りで使う犬を連れてきたらしい。まずいことになった。人の眼を誤魔化すのはたやすいが、犬の鼻は難しい。しかも、自分はまだ男の血を浴びたままだ。川で落としておくべきだった、と悔やむが後の祭りだ。

「谷へ降りて捜せ」

岩樽《いわだる》の声だった。藪を掻《か》き分ける音、岩の転がる音、犬の声が近づいてくる。男たちが険しい崖《がけ》を降りてくるのだ。フィエクサとサネンは息を殺し身を縮めた。やがて、全員が谷へ降りきった。ふたりが隠れているすぐ近くまでやってくる。このまま見つかって引き立てられるくらいなら、いっそ飛び出して暴れてやろうか。立ち上がろうとしたとき、サネンが腕を摑《つか》んだ。

「聞いて」押し殺した声でサネンが呟く。

そのときだった。どこからか細い声が流れてきた。


いちゅび山登て、いちゅびもてくれちよ。

あだん山登て、あだんもてくれちよ。


「幽霊だ」

先頭を歩いていたヤンチュが叫んだ。続いて、後ろの男たちの中からも次々に悲鳴が上がる。

「あそこにいる。幽霊だ、幽霊だ」

幽霊の歌声は谷底に谺《こだま》し、幾重にも重なって響き続けた。

皆があわてふためき、走り回る音が聞こえた。木の枝の折れる音、岩が転がる音、川に落ちたのか、大きな水音まで聞こえてきた。そっと覗《のぞ》くと、ヤンチュたちが我がちに逃げ出していくのが見えた。やがて、岩樽だけが取り残された。

「いるのか？　馬鹿《ば か》鷲《わし》」谷を見渡しながら岩樽が怒鳴った。「あの家はもう終わりだ。おまえのおかげだ」

そう言うと、突然岩樽が笑い出した。フィエクサはこの男がこれほど楽しそうに笑うのを聞いたことがなかった。子どもがするように頭の上で杖《つえ》をぐるぐると振り回しながら、岩樽は腹の底から笑い続けた。

「じゃあな、フィエクサ」

空に向かって叫ぶと、岩樽は何事もなかったかのように去っていった。

いちゅび山登て、いちゅびもてくれちよ。
あだん山登て、あだんもてくれちよ。

再び、幽霊の歌が聞こえてきた。サネンがフィエクサの手を握りしめ、囁《ささや》いた。

「あの子たちが助けてくれたのよ」

サネンが立ち上がって、茂みから出て行こうとした。

「待て。まだ、危ないかもしれない」

「だいじょうぶ」

フィエクサの手を振り切り、サネンが外へ出た。フィエクサも慌《あわ》てて後を追った。日暮れにはまだ時間があるはずだったが、陽の射《さ》しこまない谷底はもう暗かった。

サネンを追って藪から出たところで、フィエクサは立ちすくんだ。谷川の上には姉弟の幽霊がいた。

「ありがとう。助けてくれたのね」サネンが白い影に話しかけた。

姉と弟は川の上でフィエクサたちを見ていた。通り雨のような眼だった。地面を叩く雨粒があげる水煙のように、激しいけれど形もなく消えていくものだ。そのとき、幽霊のマブリがフィエクサの中に流れ込んできた。それは怨《うら》みでも怒りでもなく、ただ哀《かな》しみだった。怒りなら怒りを向ける相手がいる。怨みなら怨みを向ける相手がいる。だが、哀しみには相手がいない。哀しむマブリの前には誰もいない。なにもない。だから、いつまでも抱え込んで彷徨《さまよ》うほかない。

「俺とサネンを助けてくれてありがとう」

フィエクサは幽霊に頭を下げた。いつの間にか泣いていた。ひとつになった眼からぼろぼろと涙が出て、どうしても止まらなかった。

「来年、クチナが咲いたら、また水車を作ってあげる」

「俺も手伝う。来年、クチナの花が咲いたら」

「今日は盆送りの日だったね」サネンが呟いて、手を合わせ頭を下げた。「ふたりが後生《グシュ》へ行けますように」

フィエクサもサネンに倣《なら》って、手を合わせた。その手に、サネンがそっと触れた。フィエクサはサネンの手を握り返した。そのままじっと手を取り合ったまま、頭《こうべ》を垂れていた。しばらくして、顔を上げたときにはもう幽霊の姿はなかった。

再び、山の奥を目指して歩きはじめた。次第に陽は翳《かげ》り、足許がおぼつかなくなってきた。それでも、足を止めずに歩き続けた。ジョウゴの川を遡《さかのぼ》り入り組んだ谷を越えた。

やがて、源にほど近い小さな滝まで来た。切り立った崖から糸を引いたような水が流れ落ちてくる。その下では、苔《こけ》と羊歯《しだ》の生い茂った倒木と岩とが折り重なるようにして行く手を塞《ふさ》いでいた。フィエクサとサネンは苦労して滝を越えた。もし、犬が追って来たとしても、ここで時間が稼げるはずだ。滝の先はすこし幅の広い川床で、水際《みずぎわ》までサネン花の大株が茂っている。フィエクサは碁盤を下ろし、川で血を洗い流した。

「兄、今夜はここで眠ろう。きっとサネン花が守ってくれる」

早速柴《しば》を集めた。サネン花の周りに柴で大きな輪を作ると、山の奥に向かって手を合わせた。

「山の神さま、一夜、輪の内をお貸し下さい」

フィエクサは眼を閉じ頭を垂れた。サネンもそれに倣った。そのとき、ふいに悲鳴のような声がした。サネンがびくりと震え、あたりを見回した。

「大丈夫、あれはアオバトだ」

「あの鳴き声、たまらない」サネンは月桃の葉の奥に潜り込むと、地面に尻《しり》を落とし息をついた。「ねえ、ジュウが死んだのはこのあたりだったね」

「ここからすこし下ったところにある滝だったな」

「ジュウは山の神さまにお願いしなかった。だから、死んだのかもしれない」

「サネン。俺たちは大丈夫だ」フィエクサはサネンの横に腰を下ろした。

「フィエクサ兄。あたしはハヅキデークになりたかった」サネンがフィエクサに身を寄せ呟いた。「シマからシマへと回ってね、みんなの手に綺麗《きれい》な針突《ハヅキ》を刺すの。見ただけでわかるのよ。あれは、サネンが刺した針突だ、ってね。そして、年頃の娘はこう言うの。サネンに針突を刺してもらいたい、って」

サネンの息は月桃と同じ芳香がした。

「ああ、きっとそう言う。みんなサネンの針突を欲しがる」

フィエクサは左半身にサネンの重みを感じていた。サネンがヤンチュ小屋にやって来た夜、はじめてサネンと眠った夜のことを思い出す。あのとき感じたのは柔らかな温かさだった。だが、今、自分を灼《や》いているのは、煮えた砂糖鍋《なべ》のような熱だ。ねっとりと湿って、底からぶつぶつ泡を噴き上げる。一体、自分の身体《からだ》は鍋なのか、それとも鍋で煮られる黒糖なのか、どちらともわからない。ひっきりなしに噴き上げる熱を逃がそうと、なんども大きな息を繰り返した。

「針突のお礼にいっぱいお米をもらって、兄に食べさせてあげる。蘇鉄粥《そてつがゆ》じゃなくて、ちゃんとしたお米をね。そんな夢をずっと見てた」

サネンが息が詰まるような重みを預けてくる。フィエクサは手を伸ばしてサネン葉を毟《むし》り取った。額の墨に押し当て、溜《た》まった熱を逃がしてくれるように祈る。やがて、サネン葉の匂《にお》いが、ゆっくりとフィエクサを鎮《しず》めていった。

「なんだかおかしな気がする。アダンの頃には浜で貝を拾っていたのに」

ヤマトの男に出会いサネンが見初められた。反抗した俺は墨を入れられた。マァン屋は燃えアジャは淵《コモリ》に沈んだ。今、俺は人を殺して山を逃げ回っている。

「本当だ。あっという間に俺は人殺しだ」フィエクサは柴の中で顔を覆《おお》った。「あの男は善い人だった。本気でサネンに惚《ほ》れていた。アンゴになればきっと幸せにしてくれたろう。ヒザの俺と碁を打って、船に乗せると言ってくれた。そんな人を俺は殺してしまった」

「兄、あれは兄のせいじゃない」

「違う。俺は人殺しだ」

堪《こら》えきれずに俯《うつむ》いた。アジャを助けられず、正木を殺した。親切にしてくれた者を、みな死に追いやってしまったのだ。

「俺は善い人ばかり殺した。俺のことを思ってくれた人を、みんな殺してしまったんだ」

フィエクサは身を折り曲げ、腹の底からこみ上げてくる嗚咽《おえつ》を抑えた。

「兄、フィエクサ兄」

サネンがそっと肩を抱いてくれた。

暗闇《くらやみ》にはサネン葉の匂いが満ちている。風が吹くたび、身体を動かすたび、サネン葉の匂いが胸の中に入ってきた。

サネン葉よ、夜のサネン葉よ。この澄んだ香りで、俺を内から清めてくれ。青く鋭い香りで、俺をめちゃくちゃに突き刺して壊してほしい。そして、最後の最後に密《ひそ》やかな甘い香りで、俺を慰めてほしい。

「俺は……」

もう言葉が続かなかった。フィエクサは闇の中で慟哭《どうこく》した。

やがて、白々と夜が明けた。

フィエクサは柴の輪を出ると、ジョウゴの川で水を何度もかぶった。嘆いている暇などない。サネンだけは何としても救うのだ。昨夜のような醜態は二度と見せてはいけない。踏みとどまるのだ。弱い心は悪神《あくがみ》を呼ぶだけだ。

身体中から水を滴《したた》らせて戻ると、サネンが強《こわ》ばった顔で見上げた。

「兄、あたしはやっぱり山を降りる。もしかしたら、あの人は死んでないのかもしれない。怪我《けが》だけかもしれない。そうしたら、あたしがアンゴになって兄を許してもらう」

「サネン、なにを言うんだ。あの男はもう死んでいた。間違いない」

「じゃあ、誰か別のひとのアンゴになる。覚悟はできてる。あたしを欲しいと言ってくれる人がいるかもしれない。そうしたら、兄を許してください、って頼むから」

「そんな都合よく行くものか」フィエクサは怒鳴った。「なにを甘いことを言ってるんだ。山を降りて捕まったら、酷《ひど》い目に遭わされるだけだ」

「でも、やってみないとわからない。だって、衆達も言ってたじゃない。元はと言えば、あたしのためなんだから。罰を受けるのはあたしでしょ？　それに、琉球へ逃げるなんて絶対に無理。そんなことをしたら、兄もジュウのようになる」

「だめだ、サネン。アンゴなんて絶対だめだ」

サネンの両の腕を摑んで、揺さぶった。ふっと不思議に思った。いつから、こんなにサネンの肉は軟らかくなったのだろう。はじめて逢《あ》った夜、俺の脚にしがみついてきた腕はただの棒切れだったのに。

しばらくの間、サネンは俯いてされるままになっていた。

「サネン、わかってくれ」

すると、サネンが静かに顔を上げた。先程の苦しげな表情は消え、のっぺりと青い板のような顔になっている。

「兄、もうやめて。アンゴのなにが悪いの？ 綺麗な着物を着て、銀の簪《ギファ》だって挿せる。高割だってない。島から手当だって出る。だから、あたしは逃げ回るより、アンゴになっていい暮らしをしたい」

「サネン、まさか、おまえ、本気で言ってるのか？」

フィエクサは呆然《ぼうぜん》とした。次の言葉が出てこない。

「あたしは本気。あたしはアンゴになりたい。だから、フィエクサ兄、あたしの邪魔をしないで」サネンがきっぱりと言い切った。

まだ薄い朝の光の下、突然サネンの眼が真っ黒に見えた。わけのわからぬ闇だった。フィエクサの眼に黒しか映らなくなっているのか、サネンの眼が黒しか映さなくなっているのか、どちらかわからない。ただわかることは、その黒はぞっとするほどの禍々《まがまが》しさを湛《たた》えていることだ。

そのとき、ふいにアジャの声が甦《よみがえ》った。

——他人に渡すくらいなら、斧《おの》で叩《たた》き割ったほうが。

気付かぬうちに手が腰の斧を摑んでいた。その様子を見たサネンが短く息を呑んだ。そのまま凍り付いたように動かない。しばらくじっとしていたが、やがて静かに眼を閉じた。

「兄、あたしは平気だから」

いつも通り、ひやりと冴《さ》えた声だった。眼の前に、心もち反らされたサネンの細い頸がある。震えてなどいない。なんのためらいもなく、ただ静かに差し出されているのだ。フィエクサは打たれたように、斧を投げ捨てた。なぜ、一瞬でもサネンを疑ったのだろう。アンゴになりたい、というのは俺を諦《あきら》めさせるための嘘だ。

サネンは俺のためにアンゴになろうとした。そして、今、俺のために命を捨てようとした。これほどまでに俺を思ってくれる人がいたか。いや、サネンだけだ。そして、俺だって同じだ。俺にはサネンしかいない。

サネン。

瞬間、眼の眩《くら》むような激しさでなにかが身体の奥深くから突き上げてきた。身体を中から焼き尽くす熱の塊だ。

気がつくと、フィエクサはサネンをサネン花の根元に押し倒していた。

「兄、なにを」サネンがフィエクサの下でもがいた。

サネン葉が大きな音を立てて擦れ合い、揺れる。涼やかな芳香が立ち、サネンの汗の匂いと混じり合う。フィエクサはもうわけがわからなくなっていた。いつの間にか身体の中心は痛いほどに張りつめていて、勝手に息が乱れる。サネンの細い腰を抱きしめ、強く身体を押しつけた。勝手に背中が弾む。

「やめて、フィエクサ兄」

「やめるものか。サネン、俺はおまえが欲しい」

「フィエクサ兄。あたしは兄が怖い」

「怖い？　俺が？　俺が怖いのか、サネン。独つ眼だからか？　額に墨があるからか？」

「違う」サネンは大きく頭を振った。「そんなものちっとも怖くない。ただ、兄の息が怖《おそ》ろしい。兄の心臓の音が怖ろしい。獣のように熱くて、速くて」

逃げようとしたサネンを、フィエクサは再びサネン葉の下に押し戻した。サネンは手足をばたつかせ暴れた。

「サネン、聞いてくれ。俺が生きてこられたのはおまえのおかげだ。俺はヒザだ。マジムン殺しのフィエクサと、みなに嫌われていたヒザだった。おまえに会う前は、俺は苦しくて仕方なかった。何もかもが辛《つら》くて、腹が立って、いやでいやで、この世のすべてを怨んでいた。でも、おまえがやってきた。俺に触れてくれた。俺の横で眠ってくれた。俺に話しかけてくれた。その日からだ。俺は生きていこうと思った。わかるか？　おまえが触れてくれたから、俺は生きてこられたんだ」

「フィエクサ兄、やめて」

サネンが顔を歪《ゆが》め呻《うめ》いた。その苦しげな声に、臓腑《ぞうふ》の千切れるほどの悔恨を覚えた。なのに身体が勝手に動いて気が狂ったようにサネンを抱きしめた。サネンは細い悲鳴を上げたが、もう抵抗はしなかった。

「サネン、おまえが俺を兄と呼んでくれたから、俺は生きてこられた。でも、もう兄では駄目なのだ。俺は兄では満足できなくなってしまった。いつの間にか、俺はおかしくなってしまって……」

「フィエクサ兄、そんなことを考えてはいけない」

「サネン。なにを気にすることがある？　俺たちは犬の仔《こ》のように一緒に育っただけだ。血など繋《つな》がってはいない」

あの頃、仔犬のようにお互い重なり合って眠った。今でも俺は犬だ。だが、無邪気な仔犬ではなく、さかりのついた憐《あわ》れな牡犬《おすいぬ》だ。

「血なんて関係ない。それでも兄は兄だ。肉を交わすなんて、そんな怖ろしいことはできない」

「サネン、俺がいやか？　俺ではいやか？」

サネンの胸を強く抱いた。サネンが小さく息を呑みこみ身をよじる。フィエクサの節くれ立ったひび割れだらけの貧しい手に、サネンの震えが伝わってくる。

「そうじゃない。いやじゃない。あたしは兄が愛《いと》しい。兄以外の男を愛しいと思ったことなどない。でも、わかって。一度でも兄と呼んだ人とは決してできない」

「俺が愛しいのなら、なにを迷うことがある？」

サネンの脚の間に、強引に身を割り込ませた。サネンはめちゃくちゃにもがき、腕を突っ張らせた。

「兄はあのとき山の神さまに誓った。サネンの兄になると。その誓いを破るつもり?」

「山の神さまへの誓いなど、かまうものか」

吐き捨てるように言った。サネンの唇を吸おうとしたとき、ふいに、気付いた。今日は盆の十六日。決して山へ入ってはいけない日。山の神さまの日。一年で最も不吉な悪日《アクニチ》だ。

「しまった」フィエクサは叫んだ。

だが、もう遅かった。全身が総毛立った。まばゆい白が降ってきて、眼が眩んだ。

「憐れなフィエクサ」

すぐ目の前に山の神が立っていた。サネンが組み敷かれたまま、アオバトのような悲鳴を上げた。フィエクサは慌《あわ》ててサネンから離れると、膝《ひざ》を突いた。

「まさか、山の神さま?」サネンが呟《つぶや》いた。呆然として動けないままだ。

山の神はまるで表情のない顔で、フィエクサとサネンを見下ろしていた。

「フィエクサ、その額はどうした?」

「衆達《しゅうた》に逆らって墨を入れられました」

「憐れな」

山の神が歌うように呟くと、髪に挿した金の簪を大きく揺らした。ごうっと山鳴りがした。

「おまえたちは、わたくしの山でずいぶんなことをしてくれたな」山の神が轟々《ごうごう》と声を響かせた。「今日がなんの日か知らないとは言わせないぞ」

「あっ」サネンが掠《かす》れた声を絞り出した。「もしかしたら、今日は十六日」

「そうだ。今頃思い出したのか？」山の神が唇の端を吊《つ》り上げ笑った。「おまえたちは禁を犯したのだ」

その言葉で我に返ったサネンが弾《はじ》かれたように身を起こした。フィエクサに乱された裾《すそ》もそのままだ。山の神はサネンに眼をやり、尖《とが》った骨のような声を投げつけた。

「サネン、わたくしの前で見苦しいなりだな」

「申し訳ありません」サネンは慌てて芭蕉衣《バシャギン》の前を掻《か》き合わせ、膝を閉じた。

「心配するな、サネン。わたくしはおまえの望みを叶《かな》えに来ただけだ」

「望み？」サネンの貌《かお》がわずかに強ばった。

「そうだ。愚かなサネンよ」山の神は艶然《えんぜん》と微笑《ほほえ》むと、フィエクサに向き直った。

「そして、フィエクサ。おまえは禁の日に山へ入っただけではなく、こともあろうに、わたくしへの誓いを反古《ほご》にした。わたくしの名を貶《おとし》めたのだ」

「反古にしたわけではありません」

フィエクサは真《ま》っ直《す》ぐに山の神を見据えた。声が震えぬよう、懸命に腹に力を込める。

「おまえは十年前、私に誓ったな。サネンの兄になると。違うか？」

「誓いました。でも」

「でも、などとたやすく口に出すな。そうやって、おまえたちは言葉を殺しているのだ。都合のよい言葉で神に誓い、自分の欲さえ叶えば誓いを忘れる。言葉とは世界そのもの。なぜそれ程までに軽んじることができるのか、人間のやりようがわたくしには理解できぬ」

「軽んじているわけではありません。ただ、俺は」フィエクサは懸命に言った。

「もうよい」山の神はうっとうしげに袖《そで》を振った。「言葉を殺すは神を殺すも同じ。それがどうしても人間にはわからぬようだ」

「俺は妹でもかまいません。俺は妹が愛しい。サネンが愛しい。たとえ兄と妹であっても、俺はサネンが欲しい。俺は堂々と妹と添います。それなら、山の神さまを裏切ったことにはならないはずだ」

「フィエクサ兄、そんなことを言ってはいけない」サネンが悲痛な声をあげた。

「よう言うた、フィエクサ」山の神がにたりと笑った。「そうか。おまえは妹を抱くか。妹と契《ちぎ》るか。神の真似《まね》をして、妹に柱を建てるか。なるほど。では、どうだ？　わたくしの前で妹とさかる勇気はあるのか？」

「それは」フィエクサは返答に窮した。

「今さら恥ずかしがってなんとする？　さんざ、わたくしの山の中で、妹を思うて精を零《こぼ》しておきながらな」

「どうぞ、もうお許しください」フィエクサはそれだけ言うのがやっとだった。

山の神はサネンに向き直り、なぶるように高い声で笑いかけた。

「では、おまえはどうだ？　兄に抱《か》かれるか？」

サネンは引き攣《つ》った顔で唇を嚙みしめている。色のない顔は山の神より白かった。

「いえ。この世の道を穢《けが》すことはできません」

「そうか。おまえは兄を拒むか」山の神は本当に面白そうに笑った。

サネンの前で辱《はずかし》められ、羞恥《しゅうち》に眼が眩んだ。ぐらぐらと地が揺れるようで、ひざまずいたまま身体《からだ》を支えるのがやっとだった。山の神はにたにたと笑っていたが、その背後で山は死んでいた。風はぴたりと止まり、高いイジュの梢《こずえ》から射《さ》し込む光も地面に突き刺さったまま揺らぎもしない。鳥の声もない。葉擦れの音もない。川音さえない。

凄《すさ》まじい恐怖が水煙のように足許《あしもと》から這《は》い上ってくる。

「憐れなフィエクサ。憐れな、本当に憐れな」山の神が静かに繰り返した。

その声はぐるぐるとフィエクサの周りを巡った。フィエクサは弾かれたように立ち上がると、堪えきれずに叫んだ。

「俺は憐れじゃない」

次の瞬間、山に音が戻ってきた。風が谷を吹き下ろし、イジュの木が揺れる。アカヒゲの啼《な》き声が響き、水が撥《は》ね飛沫《しぶき》が上がった。フィエクサはほっとして、その場に崩れ落ちそうになった。

「それ、忌々《いまいま》しいことだ」山の神が舌打ちして空を見上げた。「フィエクサ、おまえに客だ」

山の神が腕を真っ直ぐに伸ばし、なにもない宙を指差した。フィエクサが顔を上げると、七つの黒い塊が谷の上空に浮いていた。墨よりも闇《やみ》よりも黒く禍々《まがまが》しい影だ。

「島には神の通るカミミチがあるように、悪神のとおるミチもあるのだ。そこは決してカミミチとは交わらぬ。だから、平気であのようなところを通る」

「あれは、まさか」

「悪神だ。ああやって、頂上《チヂ》から頂上へ渡り歩いておる」

悪神はゆっくりと空を進んでいた。山の頂上から、谷を挟んで向かい合う山の頂上を結ぶ線の上を、七つの影が滲《にじ》んだり歪んだりしながら近づいてくる。

「あれらには腰を落ち着ける場所がない。ひとつ決まったところ、というのがないのだ。だから、山から山へ、頂上から頂上へと彷徨《さまよ》うておるわけだ」

山の神がうっとうしげに眉《まゆ》を寄せると、白く長い袖を翻《ひるがえ》した。

「ああ、胸が悪い。一旦《いったん》、去《い》ぬとしよう」

山が鳴った瞬間、山の神の影は消えていた。

入れ替わりに、宙に浮く黒い影のひとつが列を離れてゆらゆらと降りてきた。悪神を見上げたフィエクサは、凄まじい衝撃を受けた。その影はアジャだった。

「フィエクサ、我の碁盤を取り返してきてくれたのか」アジャが穏やかな声で訊《たず》ねた。

「アジャ、本当にアジャなのか？」フィエクサは叫んだ。

サネンは呆然《ぼうぜん》とした顔で空を見上げている。フィエクサは慌ててサネンを背中に隠した。悪神となったアジャは濃い闇の渦でしかなかったが、それでもやはりアジャだった。

「悪日に碁盤を届けてくれるとは、感謝するぞ、フィエクサ」

アジャの声は生きているときそのままに優しかった。闇の塊から響いてくるのに、チナの花だった。


温かく血の通った声に聞こえた。こみ上げてくる懐《なつ》かしさに、思わず心が揺れた。

「さあ、我と一緒に来い。存分に碁を打とう。斧《おの》の柄が腐るまでだ」

「馬鹿《ばか》なことを言うな」フィエクサは大声で怒鳴り返した。

無理にでも自分を繋ぎとめないと、アジャの声に引きずり込まれそうな気がする。

そのとき、ふいにむっとする甘い匂《にお》いに襲われた。ふと見回すと、あたりは一面のク

「こんな季節にクチナの花が」

フィエクサはぞっとした。背中の後ろでサネンが震えているのがわかった。

「クチナの意味は教えてやったろう?」アジャがにんまりと笑った。「口無し、口出し無用ということだ。誰にも邪魔をされず、心おきなく碁を打つのだ」

「アジャ、正気に戻ってくれ」

「フィエクサ、我の碁盤に傷を付けたことは問うまい」アジャはフィエクサの声など聞こえなかったかのように、同じ調子で繰り返した。「こちらに来い。我はおまえにもっともっと碁を教えてやれる。道策の碁も、丈和《じょうわ》も、因碩《いんせき》もだ。今の我ならなんでもおまえに並べてやれる。秀策もだ」

「秀策の碁を?」

思わず足がもつれた。ふらっと上体が揺れて傾《かし》ぎ、前後左右の感覚がにぶくなった。クチナの匂いが強すぎて、頭がぼうっと痺《しび》れているようだ。

「そうだ。道策以来の碁豪、秀策の御城碁を見せてやろう」

「秀策の御城碁を？　本当か？」

「それだけではない。おまえの見たがっている耳赤の一局も並べてやろう」

「耳赤の一局」

鸚鵡《おうむ》返しに呟くと、途端に腰から下の力が抜けた。足が地を踏んでいる感覚がない。いつの間にか身体が浮いてしまっているのだ。

「兄、フィエクサ兄、だめだ」サネンが叫んでフィエクサの足にすがりついた。「アジャの力は邪《よこしま》だ」

だが、足が勝手に上へ上へと進もうとする。空に眼に見えない階段があるかのようだ。

「フィエクサ兄、行ってはいけない。眼を覚まして」

サネンの悲痛な声が谷底に谺《こだま》し、頭からぱっと霧が消えた。

「散れ、クチナ。甘ったるい匂いを撒《ま》き散らすな」フィエクサは絶叫した。「俺が望むのはサネン、サネン、サネン花だ」

瞬間、一面に咲いていたクチナの花が消えた。フィエクサの前には青々と茂るサネン花があった。

「アジャ、俺は行けない。アジャこそ戻ってきてくれ」

「フィエクサ、来い。我にはおまえが必要なのだ」今はもう、アジャの声はすっかり変わっていた。黒い氷のようで、触れると骨から腐りそうなほど忌まわしかった。

「我は神も拝まず石に溺《おぼ》れた。フィエクサ、おまえも同じ。禁を犯して山に入り、妹に触れた。来い、フィエクサ。我らは同志だ。心ゆくまで碁を打とうではないか」

アジャがぐらぐら揺れながら碁盤に近づき、その上に身をかがめた。

「これは我の碁盤だ」アジャは生卵でも吸うように碁盤を一息に呑《の》んだ。「見ろ、フィエクサ。我は碁盤を取り返したぞ。これで思う存分碁が打てる」

フィエクサとサネンは碁盤が吸い込まれる様を呆然と見ていた。アジャの腹は魚の浮き袋のようにぶよぶよと膨らんで、呑んだ碁盤が透けて見えていた。

「我は身体が軽くなってずいぶん調子がよくなった。余計な汚いものを捨て、碁のことばかり考えられるようになったのだ。もっと早くこうしておればよかったと、悔やむことしきりだ。悪神になって満足しているのだ」

「アジャ、そんなことを言うなんて」

「さあ、フィエクサ。我と碁を打とう。斧の柄が腐るまで」

「いやだ。悪神と一緒に行けるか」

「なにを今さら」アジャがどす黒く爛《ただ》れた笑みを浮かべた。「フィエクサ、おまえも悪神の仲間ではないか。昔、我が言ったことを憶《おぼ》えていないのか？　邪な考えを持つ者は悪神に取り憑《つ》かれるのだ、と。フィエクサ、おまえもまた、一度は碁のために妹を売ったではないか」

「それは」フィエクサは返答に詰まった。

「それどころか、妹に懸想《けそう》しておったとは。おまえは我などよりもずっと立派な悪神よ」

「フィエクサ兄、惑わされちゃいけない。兄は悪神なんかじゃない」

フィエクサを押しのけて、サネンが前に出た。

「あたしたちはアジャが大好きだった。優しくしてくれた。なんでも教えてくれた。感謝してる。でも、あなたはもうアジャじゃない。兄をたぶらかす悪神だ」

すると、アジャがぞっとするような高笑いをした。

「悪神を睨《ね》め付けるとは。ははは。この娘はかつての我と同じことをしたぞ。そんなに我らの仲間に入りたいのか？」

「あたしは悪神になってもかまわない。でも、兄は連れて行かせない」

「はは。さすが馬鹿鷲の妹よ。悪神になってもかまわぬか。サネン、おまえはわかっているのか？ 悪神に後生《グシュ》はないぞ」

「後生なんてかまわない。どうせ、あたしの手には針突《ハヅキ》がないのだから」

「サネン、もうそれ以上言うな」フィエクサは怒鳴って、サネンを無理矢理背後に押しやった。勢い余ってサネンが倒れたが、かまう余裕はない。フィエクサは空に向かって叫んだ。

「山の神さま、どうぞお助けください」

「無駄だ」アジャが笑う。「禁を犯した者を助けるわけがない」

アジャは虚《うつ》ろになった腹の中に碁盤を抱いている。定まらぬ形で揺れながら、黒い影は少しずつ大きくなっているように見えた。

「フィエクサ、我は諦《あきら》めぬ。何度でも迎えに来るぞ。我はおまえと碁が打ちたいのだ」

アジャの執着の根源はあの碁盤か。フィエクサは斧を握りしめた。

「アジャ、許せ」

フィエクサは斧を振り上げて、思い切りアジャの腹の碁盤に叩《たた》き付けた。アジャは茸《きのこ》から胞子が飛ぶように、黒い霧となって四散した。次の瞬間、急に斧が軽くなった。碁盤に食い込んだはずの斧の手応《てごた》えがない。フィエクサは思わず前のめりになり、慌てて踏ん張った。不思議に思い手許を見ると、斧の先がなくなっていた。柄は半ばで折れ、その断面はぼろぼろと崩れている。いつの間にか、柄が腐っていたのだ。

「フィエクサ兄」

背中から、サネンのくぐもった声がした。振り向いたフィエクサは、全身が硬直した。無くなった斧の先の刃《やいば》がサネンの胸の真ん中に突き立っていた。

「フィエクサ、兄」サネンはなにが起こったかわからないという顔で、大きな眼を見開いている。唇の端から血が溢《あふ》れていた。

「サネン、なぜだ」

叫ぶと同時に、サネンがゆっくりとくずおれた。フィエクサは折れた柄を投げ捨て、サネンを抱き上げた。サネンは焦点の合わぬ眼をかすかに開き、フィエクサの腕の中でひくひくと痙攣《けいれん》していた。

そのとき、高いところから声がした。

「憐《あわ》れなフィエクサ」

フィエクサは空を見上げた。イジュの梢の中に葉に紛れるようにして、山の神の貌《かお》が浮かんでいた。

「山の神さま。サネンをお助けください」

だが、山の神は答えなかった。無表情でフィエクサとサネンを見下ろしているだけだ。

「お願いです、山の神さま。このままじゃサネンは」フィエクサは叫んだ。

山の神が静かに口を開いた。

「わたくしは約束を果たした」

その言葉を聞くと、フィエクサの腕の中でサネンがびくりと震えた。わずかに唇が動いたようだが、なにも声は出なかった。

「約束? どういうことですか?」

「その娘は、昔、わたくしに誓いを立てた。兄を守ってやってくれ、助けてくれ、その代わり、あたしの命を差し出します、と」

山の神はまるで抑揚のない声で話した。温かくもなく冷たくもない。澄んでもいないし濁ってもいない。その声にはなにもないのだ。光も闇もない。ただ、なにもない。

今、そこにいるのは、悪神などよりもずっと恐ろしいものだ。

「おまえの命を取ろうとする悪神くらい、わたくしが追い払ってやる。わたくしのかわいいフィエクサなのだから。だが、おまえは禁を犯し、あまつさえ、わたくしの名を穢《けが》した。助けるわけにはいかなかったのだ。憐れなフィエクサよ」

「まさか」フィエクサは全身の血が冷えていくのを感じた。

「そして、わたくしは娘の望みを叶《かな》えたのだ」

「じゃあ、俺を助ける代わりにサネンの命を？　まさか、そんな馬鹿な」

「わたくしは約束を守っただけだ。それに、その娘の望みを叶えるのは、娘の父の望みでもある」

「そんな、あのときの」

あまりの皮肉に頭がおかしくなりそうだった。かつて、サネンのジュウはいまわの際《きわ》にこう願ったのだった。自分の命を差し出す代わりにサネンを守ってくれ。いつか将来、サネンが本当に困ったとき、たった一度でいいから望みを叶えてやってくれ、と。

「違う。こんなこと、誰も望んじゃいない」

掠《かす》れた声で叫んだ。嘘《うそ》だ、と思った。望みが叶って死ぬなんて、そんな馬鹿な話があるものか。そんなものは望みではない。

「いや。みな、おまえたちが望んだことだ」山の神は眉ひとつ動かさず答えた。「わたくしはおまえたち人間とは違う。言葉に縛られる。そう、ある意味不自由な存在だ。どうすることもできない」

「くそっ」

フィエクサは歯を軋《きし》らせ、サネンを抱きしめた。サネンの胸に刺さった斧が潰《つぶ》れた眼に触れた。山の神の言葉は至極単純だった。だが、決して理解したくはなかった。

そのとき、サネンが血の流れる唇を開いた。

「山の神さま、これは、罰なのですか？」

「罰？　おまえの言っていることはよくわからぬな。なぜ、わたくしが罰をおまえたちに与えなければならぬのだ？　それほど、わたくしは親切でもないし、暇でもないぞ。サネン、おまえは知らぬだろうが、おまえのためにわたくしの小鳥が死んだことがある。だが、それでもわたくしはおまえの望みを叶える。言葉を守るのだ。それが神だ」

「神さま」サネンが絶望に眼を見開いた。

「憐れなフィエクサ、愚かなサネン」山の神がふたりを見た。「おまえたちは知らなかったのだな。言葉を殺すは神を殺すも同じなのだ。だから、なにがあっても、わたくしは言葉を守らねばならないのだ」

山の神の姿がゆっくりと薄れ、青く濡《ぬ》れた葉の中へ溶けていく。

「守らねばならないが、それでも、わたくしはおまえがかわいい。憐れなフィエクサ」

その言葉を聞いたとき、フィエクサの身体に雷にでも打たれたかのような衝撃が走った。

「じゃあ、山の神さま、最初から、なにもかもわかっていたんですか？　だから、はじめて会ったとき、俺のことを憐れだと言ったんですか？」

「憐れなフィエクサ。それを知ってどうする？」

山の神の姿は次第に薄れていく。山の神だけではない。川も、森も、空も、なにもかもが、フィエクサにはまるでかすみ網でも通しているかのように見えた。

「なにもかも、なにもかも決まっていたのか。そうなんだな」

山の神の姿はもうほとんど見えない。

「フィエクサ、憐れな」ジョウゴの川に声だけが響いた。「おまえはすべてを間違えたのだ。だから、わたくしはおまえがいとしかった」

「俺は憐れじゃない」

フィエクサの絶叫がジョウゴの谷底に谺した。その声はかなり長い間尾を曳《ひ》き谷を彷徨《さまよ》っていたが、やがて消えた。山はもう何事もなかったかのように動きだした。強い夏の陽射《ひざ》しが川面《かわも》を撥《は》ね、鳥の声があちこちから響いてくる。山の向こうから遠い雷鳴が聞こえてきた。じきに雨が落ちるだろう。

「兄《ムイ》」膝《ひざ》の上のサネンが掠れた声で呼んだ。「兄、兄」

サネンの唇の端から血がひと筋流れ、フィエクサの掌《てのひら》を汚した。

「兄が眼を失ったとき、あたしは山の神さまに誓いを立てた。命に替えて兄を守ります、と。サネンがフィエクサ兄を守ります、と」

「サネン」

フィエクサはサネンを抱いて呻《うめ》いた。サネンの身体がどんどん冷たくなっていくのがわかる。

「こうも願った。兄のためなら命は惜しくない。でも、できれば痛くしないでほしい、と」

そこで、サネンは顔を歪《ゆが》めて笑った。

「まだ子どもだったから自分で言ったことの意味がわかっていなかった。あたしはこう言った。命を取るときは、痛くしないでほしい。兄は優しいから、きっと痛くないように命を取ってくれる。だから、兄に命を取ってもらいたい、と。山の神さまは望みを叶えてくれた」

「フィエクサ兄、あたしは後悔していない。兄に命を取ってもらえて嬉《うれ》しい」

「サネン、サネン」

「サネン、馬鹿なことを言うな」

「兄、もうずっと長い間、あたしには勇気がなかった。兄以外の男と交わすことなどできず、兄と交わすこともできず、それでも、あたしはずっと」

サネンがフィエクサの腕の中でふっと笑った。

「兄、憶えてる？　小さな頃、クチナの水車で遊んだのを」

「ああ、憶えてる。サネンが作ったんだ。そこの川で、くるくる回ってた」

「クチナ、口無し」サネンは顔を歪めて笑った。「あたしも口無しになればよかった。なにも祈らず、なにも望まずにおればよかった」

「サネン、お願いだ。もう喋《しゃべ》るな。血が溢れてしまう」

「フィエクサ兄、この斧《おの》を抜いて。こんなものが刺さったまま死ぬのはいやだから」

「でも、そんなことをしたら」

「兄、お願い。こんなみっともない姿で死ぬのはいや」

サネンは震える腕を伸ばすとフィエクサの手を引き寄せ、斧を握らせた。

血塗《ちまみ》れのサネンを強く抱いた。サネンの血は火傷《やけど》するほどに熱く、フィエクサの身体を濡らした。

「フィエクサ、愛《いと》しい兄よ」

サネンが口から泡混じりの血を吐きながら微笑《ほほえ》みかけた。

「兄よ、あたしたちはこの世では一緒になれない。だったら、この世が終わってから逢《あ》いましょう。そこならば、あたしたちを縛るものはないから」

「サネン、サネン」

サネンを抱きしめ絶叫した。サネンの身体からはもう力が失われ、四肢のあちこちが引き攣《つ》れ震えていた。

「兄よ、愛しい兄よ。あたしたちに後生なんて要らない。この世の終わりで待っていて。あたしもきっと行くから。そこで、互いの望みを叶えましょう」

「ああ、そうだ」フィエクサは声を詰まらせた。「俺たちに後生の幸せなんていらない。だから、この世の終わりで逢おう。必ず迎えに行く」

サネンの胸から斧を引き抜いた。噴き出した血がフィエクサの全身を染めた。

「愛しい兄、この世の終わりで」

サネンは血で輝く唇で語り、息絶えた。

涙は出なかった。ただ、声だけが、獣のような呻《うな》り声が出た。フィエクサはジョウゴの川のほとりで吠《ほ》えた。喉《のど》が裂けて血が噴き出すまで、吠えた。

「山の神さま、俺とサネンは誓いを守る。この世の終わりまで、兄と妹だ。その代わり、なにもかもがなくなって、ヤンチュも黍《ウギ》も島も、すべてがなくなって……山の神さま、あんたもいなくなってしまって、この世の終わりが来たら、俺はサネンとひとつになる。きっとサネンを抱いてやる」

自分の人差し指の先を噛《か》み切り、滴《したた》る血でサネンの手の甲に血の針突を刺した。以前、サネンが描いた紋様を思い出し、渦巻きやら星やらを描いていった。

墨の針突は無事の往生を願うためだ。あの世に、後生に行くための針突だ。だが、フィエクサの描いた血の針突は違う。あの世へ行かないため、この世の終わりまで島にとどまるためのまじないだ。

「サネンよ、愛しい妹よ。この世の終わりでおまえを待とう。この世の終わりで、きっと、きっとだ」

フィエクサはサネンの身体をジョウゴの川のほとりに横たえ、ゆっくりと立ち上がった。

「何度来ても無駄だ、アジャ」

目の前にはアジャがいた。腹の中の碁盤はすっかり汚れ、黒く黴《か》びたようになっていた。

「フィエクサ、その娘は死んだ。これで、つまらぬ軛《くびき》はなくなった。おまえを縛るものなどない。さあ、行こう。我と碁を打とう」

「いやだ。俺は悪神になどならない」フィエクサは柄のなくなった斧の刃を摑《つか》んで、ゆっくりと差し上げた。「俺はフィエクサ。強くて美しい鷲だ」

刃を喉に押し当て一気に引いた。

「愚かなフィエクサ」血を浴びた悪神の顔が歪んだ。「おまえはまた間違えた」

気がつくと、空にいた。二本の腕は広い翼となり、身体は羽で覆《おお》われている。足の指は鉤型《かぎがた》に曲がり、鋭い爪《つめ》が生えていた。眼は数里先を見通すほど鋭い。ひとつ羽ばたくと、一気に身体が持ち上がった。あっという間に山を飛び越し、雲が近くなる。

空からジョウゴの川が見えた。谷底に横たわるサネンから赤い川が流れ出している。血の川はジョウゴの底を真っ赤に染め、どこまでも流れ下っていた。

「サネンよ、この世の終わりで逢おう」

独つ眼の鷲はジョウゴの底に向かって叫んだ。

海のはなし　4

「これでフィエクサとサネンの話は終わりだ」

　鷲《わし》は静かに語り終えると眼を閉じ、ほんのわずか喉《のど》を震わせた。瞬間、水平線がちかりと光って、白い線が走った。星と月が薄くなっていく。太陽が圧倒的な力で顔を出した。濃青灰色だった海がゆっくりと薔薇色《ばらいろ》に変わっていく。艇首《バウ》に立つ鷲の胸の白い羽も陽に染まり、空と同調して色を移していった。

「じゃあ、フィエクサは、あなたは、この世の終わりが来るまで空でサネンを待ち続けるの？」

「そうだ。だが、そんなことはたいしたことではない。この世の終わりは、ずっとずっと遠い果ての果てかもしれないが、明日かもしれない。いや、今、俺が話しているこの瞬間かもしれない」

　そう語る鷲の声には絶望など感じられない。それどころか、なにか妙に子どもじみた、はしゃいだ調子さえ聞こえた。

「今、俺は幸せなのだ。今の俺には希望がある。この世の終わりでサネンに逢《あ》うという、たしかな望みがある。だから、この重い翼さえ苦にはならない。あてもなく無為に飛び続けるだけだとしても、俺にしては上出来の人生ではないかと思う」

「上出来の人生」

「ああ、きれいごとではなく、そう思う。俺にしては、だがな」

「そう、あなたはそんなふうに思っているの」

「そうだ。何度でも言う。この世の終わりで、俺はサネンと肉を交わす。サネンは俺の子を産み、俺たちはふたりで子どもを育てるのだ」

　鷲は真《ま》っ直《す》ぐ海の向こうを見ていた。ネリヤと呼ばれる彼方《かなた》の地を見ていた。もう海に夜の名残はない。朝陽を浴びた海面《うなづら》が波立ち、また潮の香が立ち上りはじめた。茉莉香《まりか》はぐるりとあたりを見渡した。夜にはわからなかったが、今なら海の無辺、空の無辺が理解できる。長い間、鷲も茉莉香もなにも言わなかった。

　やがて、心を決め、茉莉香は顔を上げた。

「ごめんなさい。このカヤックをあなたの休憩場所にするっていう約束はなかったことにして」

ごめんなさい、とは言ったものの、すこしも詫《わ》びる口調にはならなかったのが少々恥ずかしいが、仕方ない。鷲の返事はないが、かまわず言葉を続けた。

「ねえ、教えて。島はどっち？」

「向こうだ」鷲は嘴《くちばし》で陽と反対の海を示した。「すこし遠い」

「ありがとう」

大きく息を吸い込むと身を折り曲げ、両の腕を海に浸した。昨日一日灼《や》かれた肌に潮が浸《し》み、思わず声が出そうになる。悲鳴を喉の奥に抑え込み、思い切り水を搔《か》いた。鷲と茉莉香を乗せた幽霊船は、進もうか進むまいかとまどうようにその場で揺れた。もう一度だ。両肩を張り、渾身《こんしん》の力で水を搔いた。カヤックは不承不承動き出し、ごくごく小さな波を越えた。

「家へ帰るの」

再び水を搔いた。途端にひとつ波が来て、カヤックは押し戻された。茉莉香は歯を食いしばった。リハビリの際の筋トレと比べれば、これくらいなんともない。泣きながら機能回復訓練室のマシンに座り続けた日々を思えば、今は天国だ。

茉莉香はひたすら水を搔き続けた。全身に汗が浮いている。干涸《ひか》らびた身の奥から、なにか頼りない感覚が湧《わ》いてくる。じわり、じわりと広がる懐《なつ》かしいなにかだ。

鷲が無言で翼を拡《ひろ》げた。大きく羽ばたこうとするのを、茉莉香は止めた。

「待って、行かないで」

「俺がいれば重いだろう」

「平気。あなた一人くらい大丈夫。だてに鍛えてないもの」

「だが」

「お願い、そこにいて。私には重みが必要だから」

鷲はしばらく逡巡《しゆんじゆん》していたが、やがてゆっくりと翼を畳み、また元のように艇首に留まった。茉莉香は再びパドル代わりの腕で水を掻いた。

「家へ帰ってどうする?」

「決まってるでしょ? 兄を貪《むさぼ》るのよ」

顎《あご》から汗を落としながら言った。身体《からだ》の中から湧きあがるものは、もう頼りなくない。懐かしくて輝かしいもの、それはあの日の熱だ。

兄と一緒に自転車を漕《こ》いだ日々が甦《よみがえ》る。兄は新しいラケットに茉莉香と自分の名を書き入れると、自転車の前カゴに積んでくれた。さあ、公園へ行こう、と。兄は笑っている。茉莉香の名を呼んで笑っている。兄の額に浮いた汗まで見えるようだ。

熱い。茉莉香は呻《うめ》いた。骨が、肉が、血そのものが、かっかと燃えている。熱を放っている。あの夏の日と同じだ。あの日、兄も茉莉香の熱の塊だった。

「あなたの言ったとおり、いえ、それ以上に兄を喰らい尽くしてやるの。梔子《くちなし》の根元に転がって、あの甘ったるい匂《にお》いを吸い込んで、一晩中兄の記憶を貪ってみる。それから、そう、墓石を引き倒して、骨壺《こつつぼ》を取り出してやろうかな。そうして、兄の骨を、灰を、心ゆくまで味わってやるの」

「なるほど、凄《すさ》まじいな」鷲が楽しそうに眼を細めた。

「でしょ? だから、こんなところでぐずぐずしてられないの。私は、生きて帰る」

それきり黙って腕を動かし続けた。海は重く粘ついている。朝陽が全身を灼く。ひとつ波を越えれば、ふたつ押し戻される。ごく稀《まれ》に、ふたつみっつと滑るように波をこえることがあって心の中で快哉《かいさい》を叫ぶ。だが、その歓喜はほんの一瞬だ。

果たしてカヤックが進んでいるのかどうかもわからない。同じところをぐるぐる回っているか、それどころか潮に流され遥《はる》か外海に向かっているのかもしれない。それでも、懸命に水を掻いた。兄を貪るのだ。生きて帰るのだ。

どれくらい水を掻き続けただろう。汗でかすんだ眼を無理に見開き、鷲の示す方向に眼を凝らした。だが、島影などどこにも見えない。

「ねえ、すこしくらいは島に近づいてる？」

「ああ」鷲の声は心なしか哀《かな》しげだった。

腕が痺《しび》れてきた。汗が眼に入って痛い。頭が重くて上げていられない。肩も首も強《こわ》ばってしまった。息ができない。眼がかすんでよく見えなくなってきた。でも、こんなところで諦《あきら》めてたまるものか。私は兄を貪るのだ。

だが、どんなに勇ましく号令を掛けても、身体が言うことを聞かなくなった。茉莉香は疲れ切り棒のようになった腕を、力なく海に落とした。腕を動かさなければならない。水を掻いて、前に進まなければならない。家に帰らなければならない。なのに、もう腕が上がらない。

いやだ。茉莉香は歯を食いしばった。あの鷲のように頭を上げるのだ。たとえどれほどの重石《おもし》を載せられようと、傲然《ごうぜん》と世界を睨《にら》みつけてやる。見せつけてやるのだ。みなが顔をしかめ眉《まゆ》をひそめ、私を指差して罵《ののし》ろうとも、見せつけてやる。兄を喰らってやる。まず、梔子に身をすりつけ、あのいやらしい香りを全身に浸み込ませるのだ。乾いて白茶けた骨をばりばりと嚙《か》み砕き、口の中でこねくり回し、歯で、舌で、喉で、何度も何度も味わってやる。指についたくずも舐《な》め、地に落ちたくずも這《は》って拾って喰う。身だろうが心だろうが、兄のすべてをおさめるのだ。だから、私は生きて帰る。漕ぐのだ。腕を動かせ。たとえ、ひとしずくでも水を掻くのだ。

「この馬鹿《ばか》茉莉香」

腹の底から声を絞り出し、水を掻いた。腕の痺れは激痛に変わっている。掻いた、というよりは掻きむしったと言うほうが近い。海の水は針のように尖《とが》り、爪《つめ》が剝《は》がれて血を吹いたような気さえした。

熱い、熱くてたまらない。ふいに、海も空も暗くなった。茉莉香は両の腕を浸したまま、焼けたコクピットに倒れ込んだ。もう、身体が動かない。

「熱い」

とうとう判決のときがやってきたのか。茉莉香は皮肉な結末に身をよじり慟哭《どうこく》した。なにもかも遅かったのか。今頃になって生きようと願っても、もう手遅れだったというわけか。全身に満ちたものは、あの懐かしい夏の日の熱ではなく、自分に下された火刑ということか。ここまでか、ここまでなのか。

いや、違う。勘違いするな。これは兄と私の熱だ。あの夏の日の熱だ。私の味方なのだ。

「私は、帰る」

熱いポリエチレンから真っ赤に焼けた頰を引き剝がし、顔を上げた。頭を高く掲げるのだ。お手本はそこにいる。あの鷲にできるなら、私にもできるはずだ。

「絶対に、生きて、帰る」

そのとき、どこからか奇妙な音が聞こえてきた。大勢の子どもが駆け回るような音だ。駆けっこだろうか、鬼ごっこだろうか。よほど楽しいのだろう。子どもたちは休みなく走り回っている。ただふざけているのにしては、足音が揃《そろ》っているようだ。でも、子どもたちは一体どこで駆け回っているのだろう。楽しそうだから、きっと天国だ。ということは、私のところへ天国から迎えに来たということか。まさか、信じられない。私のマブリが天国に行けるはずはないのに、と空を仰いだ。規則正しい足音は、次第に大きくなっていく。

もうすっかり明るくなった空に、突然、白い点が現れた。茉莉香は狭いコクピットで腰を浮かし、残った力を振り絞って手を振った。

「ここよ、助けて」

ヘリが真っ直ぐに向かってくる。機体には青い線が入っているのが見えた。

「助けて」

白いヘリはカヤックの真上まで来ると、ずいぶん高いところで旋回しはじめた。どうやら見つけてもらえたらしい。ほっとして崩れるように腰を下ろした。もう、身体の中に水分など残っていないと思っていたが、それでも涙が溢《あふ》れてきた。

「よかった。見つけてもらえて」

茉莉香は涙を拭《ぬぐ》った。これでは今までと同じだ。今度こそ泣いてはいけない。

「見つけて？」鷲が訝《いぶか》しげに言った。「見つけてもらえて？」

どうしたの、と声を掛けようとしたときだった。鷲がふいに呻いた。

「そうか、わかったぞ」鷲は天を仰ぎ、翼を広げた。

「なに？　なにがわかったの？」

「あの一粒の椎《しい》は俺だったのだ」鷲は誇らしげに宣言すると、ほんの一瞬、声を詰まらせた。「泥に汚れた椎は、俺だったのだ」

「一粒の椎って、サネンが見つけた？」

「そうだ。山に転がった、たった一粒の椎をサネンは見つけ出した。そして、俺の掌《てのひら》に載せてくれた。俺は心が震えた。こんなちっぽけな実を懸命に捜してくれる誰かがいる。泥まみれの椎ですら、誰かに見つけてもらえるのだ、ということを知ったからだ。まさしく、あの実は俺だった」

鷲が誇らしげに胸を反らした。朝陽を映した金の眼は輝かしく、船体に落ちた影まで熱く見えた。

「サネンの言ったことは正しかった。おあいこなのだ」鷲が身体を揺すりながら、本当に嬉《うれ》しそうに笑った。「今度逢ったなら、きちんとサネンに詫びなければな」

子どものように喜ぶ鷲の姿を見ていると胸が詰まった。

「そう、そうだね」それ以上、言葉が出てこなかった。

ヘリの音はだんだんと大きくなる。もう天国の足音には聞こえない。機械オイルの臭《にお》いが浸みついた、現実の音だ。

「あのやたらと喧《やかま》しい風車に乗っているのは、おまえの知り合いか？」

鷲がほんのわずか迷惑そうな眼をし、気怠《けだる》げに大きな翼を広げた。

「いえ、たぶん違う。あれは、私を捜索に来た海上保安庁かどこかの人が乗ってる」

「見ず知らずの者か」

「ええ、そう」

すると、鷲は眩《まぶ》しそうに独眼を細め、上空を周回する白い機体を見上げた。

「俺がどんなに驚いているかわかるか？　おまえのような小娘ひとりを捜して、この広い海を飛び回るものがいるのだ。見ず知らずのおまえの命に拘《こだわ》るものがいるのだ。それがどんなに贅沢《ぜいたく》なことだかわかるか？　フィエクサとサネンの命など、黍汁《きびじる》以下の価値しかなかったのだから」

鷲はじっとヘリを見つめている。かすかな羨望《せんぼう》と期待を込めた眼には、話していたときとはまるで違う力がこもっていた。茉莉香は思い切って鷲に言った。

「今が素晴らしい世の中だとは言わないけれど、それでも、砂糖黍よりは人の命を大切にするから」

「そうか」鷲が首を傾《かし》げて穏やかに微笑《ほほえ》んだ。「俺は間違っていたようだ。この世はなにも変わらぬわけではない。今の世にはヤンチュもヒザもいないと言ったな。ならば、わずかでも変わったということだ。たとえ、今、苦しみ、もがいている者がいたとしても、諦める必要はない。わずか、ほんのわずかの歩みでしかなくとも、この世は進んでいく。変わっていく。よいふうにも、悪いふうにもな」

爆音の下、鷲の澄んだ声はひとすじの道のように茉莉香に届いた。

「俺はこの世の終わりを空で待つ。生まれてくる子どもは、もうヒザではない。この世の終わりがどんな場所であろうと、俺たちの子どもは二本の脚で自由に駆け回り、風よりも高い声で歌を唄《うた》い、黄金の息を吐いて遊ぶのだ。なんと楽しみなことか」

鷲は終わりの向こうにある楽園を静かに語った。茉莉香は鷲の眼を見て、思わず胸が詰まった。黄金の園を夢見る独つ眼はやはり黄金で、はっとするほど厳《おごそ》かでありながら、それでいて抱きしめたくなるほどに愛らしかった。

「じゃあ、早くこの世の終わりが来ればいいね」

「ああ。早く来ればいい」

含羞《がんしゅう》を含んだ笑みを洩《も》らし、ゆっくりと翼を広げた。高く上げた翼を途中で止め、茉莉香を見る。

「おまえも一粒の椎だ」

にこりともせず言った。だが、その金の眼が映す世界は、この上もなく柔らかで暖かかった。

「この果てのない海に落ちた、一粒の椎の実だ」

「そう、私も一粒の椎」茉莉香は頷《うなず》いた。「今、誰かに見つけてもらえた」

頭の上で、ヘリがホバリングをはじめた。降下の準備をしているらしい。低い振動音が腹に響いてくる。

「そろそろ俺は行こう。おまえはもうすこしこの世にとどまらねばならんようだ」

わずかにためらってから、鷲は照れたようにぶっきらぼうな口調で言った。

「もし、海でクチナの匂いのするマブリに逢ったら、おまえのことを伝えておこう」

「ありがとう。ありがとう、フィエクサ」

鷲は大きく二三度羽ばたいた。広い翼が海面を波立たせ、真っ白な泡がいくつも生まれた。鷲は真っ直ぐに夜明けの空を見上げた。金の独つ眼には抑えきれぬ歓喜が溢れていた。

「待って、まだ行かないで」茉莉香は叫んだ。「なにか私にできることがある?」

鷲が金の独つ眼で真っ直ぐに茉莉香を見返した。

「ない」

茉莉香の身の丈よりも大きな翼をいっぱいに伸ばし、鳥は渦風を起こして飛び上がった。

「いつかまた会える?」

「この世の終わりでなら」

「じゃあ、そのときはサネンに紹介して。私、サネンと友達になりたい」

「ああ、そのときはな」

鷲は歌うように答えた。ヘリコプターの音が大きくなる。茉莉香は大きく手を振りながら、声を張り上げた。

「この世の終わりで、また」

鳥からの返事はなかった。鷲は茉莉香の頭の上を数度旋回すると、あっという間に空のどこかへ消えた。

引用・参考文献

『南島雑話 1』名越左源太、國分直一・恵良宏校注（平凡社）
『南島雑話 2』名越左源太、國分直一・恵良宏校注（平凡社）
『大奄美史』昇曙夢（原書房）
『奄美大島物語』文英吉（南方新社）
『龍郷町誌 歴史編』龍郷町誌歴史編編さん委員会（鹿児島県大島郡龍郷町）
『龍郷町誌 民俗編』龍郷町誌民俗編編さん委員会（鹿児島県大島郡龍郷町）
『奄美の債務奴隷ヤンチュ』名越護（南方新社）
『奄美の針突 消えた入墨習俗』山下文武（まろうど社）
『宝暦治水・薩摩義士』坂口達夫（春苑堂出版）
『奄美の伝説』島尾敏雄・島尾ミホ・田畑英勝（角川書店）
『奄美歌掛けのディアローグ』酒井正子（第一書房）
『久永ナオマツ媼の昔話』山下欣一、有馬英子編（日本放送出版協会）
『蘇鉄のすべて』榮喜久元（南方新社）
『日本囲碁大系第三巻 道策』呉清源解説（筑摩書房）

解説

吉田伸子

本書は、2009年、第21回日本ファンタジーノベル大賞受賞作であり、遠田さんのデビュー作である。作家・遠田潤子は、この作品から始まったのだ。

デビュー以降、第15回大藪春彦《おおやぶはるひこ》賞の候補作となった『アンチェルの蝶《ちょう》』（2011）、本の雑誌社の「おすすめ文庫王国2017」第1位の『雪の鉄樹《てつじゅ》』（2014）、第1回未来屋小説大賞を受賞し、2018年の日本推理作家協会賞長編および連作短編集部門候補となった『冬雷《とうらい》』（2017）、と遠田さんの作品は着実に評価を高めてきた。2020年に刊行された『銀花の蔵』は、第163回直木賞の候補作に。

登場人物たちが織りなす濃密な――読んでいて思わず息苦しくなるほどの――ドラマを持ち味とする遠田さんのスタートが、ファンタジーであるということを、意外に感じる読者もいるかもしれないが、その違和感は本書を読めば吹き飛んでしまう。確かに、奄美《あまみ》の海を漂う少女のカヤックに隻眼《せきがん》の大鷲《おおわし》が舞い降りてきて、かつてその身に起きた話を語り始めるというその結構は、ファンタジーである。けれど、中身はまぎれもない遠田ワールドなのだ。濃く、そして哀切だ。

物語は、少女の視点で語られる「島のはなし」と、大鷲の視点で語られる「海のはなし」が交互に語られて進んでいく。分量的には「島のはなし」が圧倒的にメインで、そこで語られているのは、奄美大島という土地の昏《くら》い歴史をベースにした物語だ。

私はこの物語を読むまで、奄美大島の歴史は、西郷隆盛が身を潜めていた島、ぐらいの知識しかなかった（本書を読んだ今、私はそのことが恥ずかしい）。

奄美大島は、平安時代末期、「壇ノ浦の戦い」で源氏に敗走した平家の平有盛が流れ着いたという伝承のある島だ。後に琉球《りゆうきゆう》王国の支配下に入り、江戸時代には薩《さつ》摩《ま》藩の支配下に。本書で大鷲が語るのは、その薩摩藩の支配下にあった時代のことだ。

とりわけ、本書に深く関わっているのは「家人（ヤンチュ）」と呼ばれる「債務奴《ど》隷《れい》」の制度だ。薩摩藩が課した苛烈《かれつ》な黒糖の取り立てにより、借財が嵩《こう》じた島民は自らを労働力として売ることでヤンチュとなった。

大鷲の言葉を借りるなら「あの頃、島は薩摩の黍畑だった。黍を搾《しぼ》って砂糖を作るためにだけ、島はあったようなものだ。ジブンチュ（自分人）という農民は懸命に黍を育て砂糖を作った。決められた量の砂糖を上納できないときは、高利と知りつつ衆《しゅう》達《た》などに借りて納めるしかなかった」

衆達とは「成り上がりの豪農だ。薩摩に砂糖を余計に献上して認められた連中だ。貧しい者に砂糖を貸し付け、返せない者を証文一枚でヤンチュとして働かせた」

「両親がヤンチュなら、生まれた子どもはヒザと呼ばれる。結婚せぬまま女ヤンチュが産んだ場合もそうだ。ヒザは生まれた瞬間からヤンチュとなり、息を引き取るまで自由はない」

大鷲が語る話の主人公フィエクサは、そのヒザだった。フィエクサはみなしごだ。ある日、ヤンチュの頭《かしら》である、岩樽《いわだる》と呼ばれる主取《ヌシドリ》に、山狩りを手伝えと言われるところからフィエクサの物語は始まる。昨日来たばかりのヤンチュが逃げ出したのだという。男とその子どもを捜しに山に入ったフィエクサは、山の奥にある滝をよじ登ろうとして落ちたと思《おぼ》しき男と、その男のそばにいた小さな女の子を見つける。男は、船を出して琉球に行き、琉球王に助けてもらう。だから、見逃してくれ、と乞《こ》うものの、怪我《けが》の様子から助かる見込みはなかった。やがて、男は最後の力を振り絞り、サネンという我が子をフィエクサに託し、山の神に願う。「私の、命を差し上げる代わりに、娘をお守りください。いつか将来、娘が本当に困ったとき、たった、一度でいいから、望みを叶《かな》えてやって」と。

これがフィエクサとサネンの出会いで、以来、二人は兄妹《きょうだい》のように、幼い身を寄せ合って暮らす。七歳のフィエクサと五歳のサネン。年端《としは》も行かない二人だったが、庇《ひ》護《ご》してくれる大人はいない。既に労働力とカウントされているフィエクサはもちろん、サネンもまた単なる労働力でしかない。フィエクサは、他のヤンチュが住まうヤンチュ屋から離れて、フィエクサの親が働けなくなって移された狭い小屋に、親の死後も一人で住んでいたのだが、そこで、サネンと二人で暮らし始める。

父を亡《な》くし、ヤンチュとなってしまった幼い少女。フィエクサは思う。「俺にはサネンのこれからが手に取るようにわかる。サネンも俺と同じだ。哀《かな》しくはならない。寂しくもならない。きっと、ただ黙って冷たくなるのだ」けれど、あどけなく自分に笑いかけるサネンに、フィエクサは言う。俺がおまえの兄《ムイ》になってやる、と。「サネンに俺と同じ思いはさせない。絶対に冷たくなどさせない」と。二人はそれぞれ、山の神に誓う。ずっとずっと「兄と妹だ」と。

読んでいて、幼い二人がなんの未来も持ち得ないことに胸が締め付けられる。サネンはヒザではないので、借りた砂糖さえ返せば自由になる。けれどもそれは建前にしかすぎない。「証文には年三割の高利がついている。どんなに働いても利息を返すのがやっとで、いつまで経《た》っても元の借用糖は減らない。だが、それでも、ヒザよりはましだ。たとえ建前でも年季があるだけましなのだ」要するに、フィエクサもサネンも、働き詰めに働いて、そして死んでいくしかないのだ。美しい着物を着ることもなく、美味《おい》しいものを口にすることもなく、道具についた黍の汁を舐《な》めたというだけで罰を受ける、そんな日々を積み重ね、ぼろ裂《きれ》のようになって朽ちていく一生。そこにあるのは、まぎれもない絶望で、だからこそ、フィエクサとサネンの魂は分かち難く結びついていく。

過酷な日々、フィエクサの心のよすがとなったのは、囲碁だった。新たにやって来た真常《しんじょう》アジャ（アジャとは男ヤンチュの意）はなかなかに腕の立つ碁打ちであり、フィエクサは真常アジャから囲碁の薫陶《くんとう》を受けたのだ。フィエクサはみるみる上達し、真常アジャを超える腕前になるのだが、フィエクサが囲碁と出会ったことが、後々の悲劇の遠因となる。

やがて、月日が経ち、美しい娘に成長したサネンに対して、兄以上の想《おも》いを抱くようになったフィエクサだったが……。ここから先は、実際に本書を読んで欲しい。そして、フィエクサとサネンの行き着いた先を見届けて欲しい。

さて、「島のはなし」にここまで長く触れてしまったが、「海のはなし」と「島のはなし」がどうリンクするのかもまた、実際に本書にあたられたい。ここでは、「海のはなし」もまた、漂流している少女と、彼女の兄の話なのだ、とだけ。

それにしても、ヤンチュとはなんと酷《ひど》い制度だったのか、と思わずにいられない。けれど、ふと気が付く。かつての奄美大島に存在したこの奴隷制度は、現代の「貧困のループ」に通じるものがあるのでは、と。貧困家庭に生まれた子どもたちが、そこから抜け出せずに苦しみ、もがいている現代の状況と根っこは同じなのでは、と。もちろん、現代には奴隷制度はない。未来の見えない日々を送っている人たちはいるし、じわじわと増えてもいると思う。昨日も今日も苦しくて、明日も苦しいまま。そんな日々に絶望してしまいそうな人には、大鶩が語るこの言葉を届けたい。

「俺は間違っていたようだ。この世はなにも変わらぬわけではない。今の世にはヤンチュもヒザもいないと言ったな。ならば、わずかでも変わったということだ。たとえ、今、苦しみ、もがいている者がいたとしても、諦《あきら》める必要はない。わずか、ほんのわずかの歩みでしかなくとも、この世は進んでいく」

こうやって書いてしまうと、本書がなにやら重苦しい物語だと思われてしまうかもしれない。けれど、そうではない。確かにテーマはヘビーだが、そのヘビーさを凌駕《りょうが》するものが、本書にはある。読む者を魅了してやまない、奄美大島の豊かな自然や、南国ならではの描写。なによりも、寄るべないフィエクサとサネンの純情と熱情。そして、作家・遠田潤子の原点に触れているのだ、という喜び。

本書は2009年に単行本として刊行され、その後、2015年、新潮文庫nexとして刊行されたものに加筆・修正している。いわば令和版『月桃夜』である。遠田さんがどんなふうにアップデートされたかを、既に読まれた方にもぜひ確かめていただければ、と思う。

（二〇二一年十月、書評家）

本書は、平成二十一年十一月に新潮社より刊行され、平成二十七年十二月に新潮文庫ｎｅｘに収められた作品を改版したものである。また、改版にあたり加筆修正を行った。

小野不由美著

魔性の子

―十二国記―

孤立する少年の周りで相次ぐ事故は、何かの前ぶれなのか。更なる惨劇の果てに明かされるものとは――「十二国記」への戦慄の序章。

小野不由美著

月の影 影の海

（上・下）―十二国記―

平凡な女子高生の日々は、見知らぬ異界へと連れ去られ一変した。苦難の旅を経て「生」への信念が迸る、シリーズ本編の幕開け。

小野不由美著

風の海 迷宮の岸

―十二国記―

神獣の麒麟が王を選ぶ十二国。幼い戴国《たいこく》の麒麟は、正しい王を玉座に据えることができるのか――『魔性の子』の謎が解き明かされる！

小野不由美著

東の海神 西の滄海

―十二国記―

王とは、民に幸福を約束するもの。しかし雁国に謀反が勃発した――この男こそが「王」と信じた麒麟の決断は過ちだったのか!?

小野不由美著

風の万里 黎明の空

（上・下）―十二国記―

陽子は、慶国の玉座に就きながら役割を果たせず苦悩する。二人の少女もまた、泣いていた。いま、希望に向かい旅立つのだが――。

小野不由美著

丕《ひ》緒《しょ》の鳥

―十二国記―

書下ろし2編を含む12年ぶり待望の短編集！希望を信じ、己の役割を全うする覚悟を決めた名も無き男たちの生き様を描く4編を収録。

畠中恵著
しゃばけ
日本ファンタジーノベル大賞優秀賞受賞

大店の若だんな一太郎は、めっぽう体が弱い。なのに猟奇事件に巻き込まれ、仲間の妖怪と解決に乗り出すことに。大江戸人情捕物帖。

畠中恵著
ぬしさまへ

毒饅頭に泣く布団。おまけに手代の仁吉に恋人だって? 病弱若だんな一太郎の周りは妖怪がいっぱい。ついでに難事件もめいっぱい。

畠中恵著
ねこのばば

あの一太郎が、お代わりだって?! 福の神のお陰か、それとも…。病弱若だんなと妖怪たちの「しゃばけ」シリーズ第三弾、全五篇。

畠中恵著
おまけのこ

孤独な妖怪の哀しみ(「こわい」)、滑稽な厚化粧をやめられない娘心(「畳紙」)……。シリーズ第4弾は〝じっくりしみじみ〟全5編。

畠中恵著
うそうそ

え、あの病弱な若だんなが旅に出た!? だが案の定、行く先々で不思議な災難に巻き込まれてしまい――。大人気シリーズ待望の長編。

畠中恵著
ちんぷんかん

長崎屋の火事で煙を吸った若だんな。気づけばそこは三途の川!? 兄・松之助の縁談や若き日の母の恋など、脇役も大活躍の全五編。

宮部みゆき著

魔術はささやく

日本推理サスペンス大賞受賞

それぞれ無関係に見えた三つの死。さらに魔の手は四人めに伸びていた。しかし知らず知らず事件の真相に迫っていく少年がいた。

宮部みゆき著

レベル7《セブン》

レベル7まで行ったら戻れない。謎の言葉を残して失踪した少女を探すカウンセラーと記憶を失った男女の追跡行は……緊迫の四日間。

宮部みゆき著

返事はいらない

失恋から犯罪の片棒を担ぐにいたる微妙な女性心理を描く表題作など6編。日々の生活と幻想が交錯する東京の街と人を描く短編集。

宮部みゆき著

龍は眠る

日本推理作家協会賞受賞

雑誌記者の高坂は嵐の晩に、超常能力者と名乗る少年、慎司と出会った。それが全ての始まりだったのだ。やがて高坂の周囲に……。

宮部みゆき著

本所深川ふしぎ草紙

吉川英治文学新人賞受賞

深川七不思議を題材に、下町の人情の機微とささやかな日々の哀歓をミステリー仕立てで描く七編。宮部みゆきワールド時代小説篇。

宮部みゆき著

かまいたち

夜な夜な出没して江戸を恐怖に陥れる辻斬り〝かまいたち〟の正体に迫る町娘。サスペンス満点の表題作はじめ四編収録の時代短編集。

伊坂幸太郎著

オーデュボンの祈り

卓越したイメージ喚起力、洒脱な会話、気の利いた警句、抑えようのない才気がほとばしる！　伝説のデビュー作、待望の文庫化！

伊坂幸太郎著

ラッシュライフ

未来を決めるのは、神の恩寵か、偶然の連鎖か。リンクして並走する4つの人生にバラバラ死体が乱入。巧緻な騙し絵のごとき物語。

伊坂幸太郎著

重力ピエロ

ルールは越えられるか、世界は変えられるか。未知の感動をたたえて、発表時より読書界を圧倒した記念碑的名作、待望の文庫化！

伊坂幸太郎著

フィッシュストーリー

売れないロックバンドの叫びが、時空を超えて奇蹟を呼ぶ。緻密な仕掛け、爽快なエンディング。伊坂マジック冴え渡る中篇4連打。

伊坂幸太郎著

砂漠

未熟さに悩み、過剰さを持て余し、それでも何かを求め、手探りで進もうとする青春時代。二度とない季節の光と闇を描く長編小説。

伊坂幸太郎著

ゴールデンスランバー

山本周五郎賞受賞
本屋大賞受賞

俺は犯人じゃない！　首相暗殺の濡れ衣をきせられ、巨大な陰謀に包囲された男。必死の逃走。スリル炸裂超弩級エンタテインメント。

上橋菜穂子著

狐笛のかなた

野間児童文芸賞受賞

不思議な力を持つ少女・小夜と、霊狐・野火。森陰屋敷に閉じ込められた少年・小春丸をめぐり、孤独で健気な二人の愛が燃え上がる。

上橋菜穂子著

精霊の守り人

野間児童文芸新人賞受賞
産経児童出版文化賞受賞

精霊に卵を産み付けられた皇子チャグム。女用心棒バルサは、体を張って皇子を守る。数多くの受賞歴を誇る、痛快で新しい冒険物語。

上橋菜穂子著

闇の守り人

日本児童文学者協会賞・
路傍の石文学賞受賞

25年ぶりに生まれ故郷に戻った女用心棒バルサを、闇の底で迎えたものとは。壮大なスケールで語られる魂の物語。シリーズ第2弾。

上橋菜穂子著

夢の守り人

路傍の石文学賞・
巖谷小波文芸賞受賞

女用心棒バルサは、人鬼と化したタンダの魂を取り戻そうと命を懸ける。そして今明かされる、大呪術師トロガイの秘められた過去。

上橋菜穂子著

虚空の旅人

新王即位の儀に招かれ、隣国を訪れたチャグムたちを待つ陰謀。漂海民や国政を操る女たちが織り成す壮大なドラマ。シリーズ第4弾。

上橋菜穂子著

神の守り人

（上 来訪編・下 帰還編）

小学館児童出版文化賞受賞

バルサが市場で救った美少女は、〈畏ろしき神〉を招く力を持っていた。彼女は〈神の子〉か？ それとも〈災いの子〉なのか？

恩田陸著
六番目の小夜子
ツムラサヨコ。奇妙なゲームが受け継がれる高校に、謎めいた生徒が転校してきた。青春のきらめきを放つ、伝説のモダン・ホラー。

恩田陸著
ライオンハート
17世紀のロンドン、19世紀のシェルブール、20世紀のパナマ、フロリダ……。時空を越えて邂逅する男と女。異色のラブストーリー。

恩田陸著
図書室の海
学校に代々伝わる〈サヨコ〉伝説。女子高生は伝説に関わる秘密の使命を託された――。恩田ワールドの魅力満載。全10話の短篇玉手箱。

恩田陸著
夜のピクニック
吉川英治文学新人賞・本屋大賞受賞
小さな賭けを胸に秘め、貴子は高校生活最後のイベント歩行祭にのぞむ。誰にも言えない秘密を清算するために。永遠普遍の青春小説。

恩田陸著
中庭の出来事
山本周五郎賞受賞
瀟洒なホテルの中庭で、気鋭の脚本家が謎の死を遂げた。容疑は三人の女優に掛かるが。芝居とミステリが見事に融合した著者の新境地。

恩田陸著
歩道橋シネマ
その場所に行けば、大事な記憶に出会えると――。不思議と郷愁に彩られた表題作他、著者の作品世界を隅々まで味わえる全18話。

月《げつ》桃《とう》夜《や》

新潮文庫　と - 28 - 1

平成二十七年十二月　一　日　発　行
令和　四　年十二月　一　日　新版発行

著　者　遠《とお》田《だ》潤《じゅん》子《こ》

発行者　佐藤隆信

発行所　株式会社　新潮社

郵便番号　一六二—八七一一
東京都新宿区矢来町七一
電話　編集部(〇三)三二六六—五四四〇
　　　読者係(〇三)三二六六—五一一一
https://www.shinchosha.co.jp

価格はカバーに表示してあります。

印刷・錦明印刷株式会社　製本・錦明印刷株式会社

ISBN978-4-10-104352-4 C0193